世界文學
經典名作

湯姆歷險記

THE ADVENTURES OF TOM SAWYER

MARK TWAIN

馬克・吐溫 著
張友松 譯

起初這本書在喜歡「模範少年」的大人和主日學校的老師之間，並未得到正面評價。原因何在，只消讀過這部小說即可知道。然而，這個讓馬克．吐溫不寫不快的頑皮的湯姆，寄託在這少年身上的精神，至今依然不死，一直活在人們心中，廣為衆人所喜愛。

馬克．吐溫的本名為賽姆．朗赫恩．克萊門斯（Samuel Langhorne Clemens）。若欲得知當時的美國的樣態，則只需一探此家族的歷程即可。賽姆的父親約翰．馬修．克萊門斯出生於位於東岸的維吉尼亞州。這位修習過法律的父親，和當時的許多人一樣，都一心嚮往到新天地謀求發展，於是移居肯達基州結婚，繼而又遷往田納西州。不久，為了追求更好的機會，舉家搭乘雙頭馬車，一路搖晃移居密蘇里州的佛羅里達鎮。此時家族成員增加了，馬車上的旅行者增為六個人。一八三五年十一月三十日，他的第五個孩子賽姆在這個小鎮出世。之後又再次舉家遷至同一州的漢尼巴爾，約翰．克萊門斯便以這個沈寂的小鎮做為他人生旅途的終點，終生未能達成夢想，留下一貧如洗的家庭走了。

賽姆所度過的那段有如湯姆．索亞一般的童年，就是在這位於密西西比河沿岸的漢尼巴爾。當時，他最憧憬的人物是該鎮的一名流浪兒——湯姆．布蘭肯希普。衣衫襤褸，無家可歸的湯姆的世界，是無比的自由。賽姆經常翹課與這名為湯姆的野孩子奔遊山林之中，度過一段快樂的時光，然而如此愜意的童年在他十二歲時便被迫告終。因為他的父親過世了。

自此，賽姆便為了生計出外謀生。學校沒有再去唸，而進了一家印刷廠工作，之後轉到他哥哥奧利安所辦的報社當排字學徒。他青年時期最大的成就可說是，在他從小就很嚮往的密西西比河當一名領航員。當時，領航員資格的取得極為困難，不過也是個很賺錢的行業，人們稱領船員爲「河上王子」，所受之推崇可見一般。

拜南北戰爭爆發之賜，領航員的工作也做不下去了，便跟隨擔任公職的哥哥前往渺無人煙的內華達州，一頭栽進黃金熱潮之中，黃金沒找著，擔任領航員時期所積存下來的一筆錢也花費殆盡，只好投入新聞記者的工作。賽姆就是在這時期開始以「馬克．吐溫」爲筆名的。「Mark Twain」是領航員所使用的專業術語，意謂「水深二尋」，密西西比河上的船長只要聽到領航員報告水深二尋，即可安心地行船。賽姆後來便是以此筆名揚名國際。

之後，他在舊金山擔任新聞記者，有一次來到一個廢礦區附近挖金時，他聽到了一則有趣的有關青蛙的故事。內容大致是參與跳蛙的人爲了讓自己的青蛙跳得比別人的遠，便在別人的青蛙身上放了沈重的彈珠。不久之後，他便在紐約的一份報紙上發表了《加利維郡有名的跳蛙》（The Celebrated Jumping Frog of Calaveras County）。刊出之後，使之一舉成名，成爲家喻戶曉的幽默作家。之後他接受薩克拉門托的《聯合報》的邀請，前往薩德維奇群島（即後來的夏威夷）擔任特派員。回來之後辦了一場演講，街頭散發的傳單上寫著——「七點開場，八點才慢吞吞開講」。結果，演講會場大爆滿。當他開口慢吞吞地開講，聽衆紛紛捧腹大笑，滿場笑聲持續到結束。至此，他又一躍而爲一名演講家。

之後，馬克．吐溫去到紐約，擔任某家報社的特派員，前往基督聖地遊覽，途中同行的青年查理．蘭頓（Charles Langdon）拿出他姊姊的照片，馬克．吐溫竟一見鍾情。這位蘭頓小姐便是後來與之苦樂同擔的馬克．吐溫夫人。這次旅遊的記錄經以《土包子出洋記》（The Innocents Abroad）刊出後，使得原只是一個鄉土作家的馬克．吐溫，晉身進入美國文化的中心——紐約的文壇。

喜歡做大事的馬克．吐溫之後也曾從事報社的經營，但後來便隱居康乃狄克州的哈特福德，夏天則在紐約州的鄉下專心從事創作。他在距住處不遠的山丘上建了一間類似領航員船艙的八角形書齋，在這裡他廢寢忘食，以菸草為友，從早到晚埋首創作，只有到了晚上才會下來與家人共聚，並告訴家人他當天所寫的東西。《湯姆歷險記》就是在這時期的創作。從這時期開始，他便已成了一名具有特異幽默和痛快諷刺風格的全球性作家。

五十六歲，正值馬克．吐溫聲譽頂盛的時候，他所投資的一家出版社破產了，使得他非但身無分文，甚至債台高築。儘管年事已高，他還是將所有家產變賣，全家遷到生活消費較低的英國居住，並到各國演講，直到債務清償為止，馬克．吐溫有好幾年沒有回到美國。債務清償，回到美國之後，日子絕大部分是在旅行中度過。其晚年極為孤寂，心愛的家人又一個個先他一步離開人世，使他變得極為痛恨世間的虛偽。永遠保有童稚之心的賽姆．克萊門斯，以七十四高齡離開了人世。遠離了受自英國和歐洲的學問，成為一名眞正的美國產的作家，馬克．吐溫被人們奉為美國國民文學之父。

目錄

小引

這部書裡所記載的冒險故事，大部分都是實際發生過的；其中有一、兩件事情是我親身的經歷，其餘的都是和我同學的孩子們的故事。哈克貝利・費恩是照眞實的人物刻劃出來的；湯姆・索亞也是一樣，可是並非根據單獨一個人寫的——他是由我所認識的三個孩子的特點結合起來的一個角色，所以是屬於混合式結構這一類型。

書中所說到的那些荒唐的迷信在這個故事發生的時期——也就是說，三、四十年前——在西部的兒童和奴隸們當中都是很流行的。

我這部書雖然主要是打算供男女少年們欣賞的，可是我希望成年人並不因此而不看它，因爲我的計畫有一部分是想要輕鬆愉快地引起成年人回憶他們童年的生活情況，聯想到他們當初怎樣感覺、怎樣思想、怎樣談話，以及他們有時候做些什麼稀奇古怪的冒險事情。

作者　一八七六年於哈特福德

1 頑皮的湯姆

「湯姆！」

——沒人應聲。

「湯姆！」

——沒人應聲。

「咦？這孩子跑到哪裡去了，湯姆呀！」

——沒人應聲。

老太太把她的眼鏡拉到眼底下，從鏡片上端向屋子裡四處張望了一下；然後她又把眼鏡弄到眼睛上方，從鏡片底下往外看。像一個小孩子這麼小的傢伙，她很少甚至從來就不必戴正了眼鏡去找。這副眼鏡是很講究的，也是她很得意的東西，她配這副眼鏡是爲了「派頭」，而不是爲了實用——她看東西的時候，哪怕戴上兩塊火爐蓋，也一樣看得很清楚。她一時顯得有點不知如何是好，隨後就說：

「好吧！我發誓，我要是抓到你，我可就要……」聲音並不很凶，但還是足夠讓桌椅、板凳聽得清楚。

她那句話沒有說完，因爲這時候她正在彎下腰去，拿掃帚在床底下撥，所以她需要喘一口氣再撥一下才行。結果卻除了跑出一隻貓兒以外，什麼也沒有弄出來。

「我從來沒有見過比這孩子更淘氣的！」

她又走到敞開的門口，向她那滿園子的西紅柿梗和曼陀羅草當中搜尋。還是沒有找到湯姆。於是她就抬起頭來，特意向著遠處高聲地喊道：

「湯姆，你——這——孩——子呀！」

她背後有了輕微的響聲，她倏然一轉身，恰恰好抓住了一個小孩子的短上衣的衣角，使他無法逃掉了。

「哈！我本該想到那個小廚房的。你在那裡面幹什麼呀？」

「沒幹什麼。」

「沒幹什麼！瞧你那雙手，瞧你的嘴，那是什麼東西？」

「我不知道，阿姨。」

「哼，我卻知道呀！那是果醬——一定沒錯。我跟你說過幾十回了，你要是敢再動我那果醬，我就要剝你的皮，快把鞭子拿過來。」

只見鞭子在空中搖晃——簡直是危急萬分——

「哎呀！您往背後瞧瞧，阿姨！」

老太太以爲眞有什麼危險，連忙轉過身去，撩起裙子，閃到一邊。那孩子馬上就一溜煙逃跑了，他爬上那高高的木板圍牆，一翻過去就不見了。

他阿姨大吃一驚，站了一會兒，隨後就小聲地笑起來。

「這該死的孩子，我怎麼老是弄不清他這套把戲？他像這樣給我開玩笑，實在也開得夠多的了，難道我現在還不應該提防他嗎？可是自己卻常常掉進他的老圈套裡去。俗話說得好，老狗學不會新把戲。可是天哪，他要的花頭從來沒有兩天是一樣的，誰猜得到他的鬼主意呢？他好像是知道他可以把我折磨多久，才會叫我冒火，他也知道他只要能想個辦法把我哄過一會兒，惹得我發笑，就什麼事都過去了，我也就不能揍他一頓。我對這孩子沒有盡到我的責任，這是實在話，一點也不錯。《聖經》上說得好，孩子不打不成器。我明知這樣慣壞了他，對我們倆都越來越加重了罪過和苦痛。他整個兒讓魔鬼迷住了，可是哎呀！這可憐的孩子，他是我親姊姊的兒子，不知怎麼的，我總是不忍心揍他。我每次饒了他，良心上又很難受，打他一次，又覺得有點兒心疼。算了吧！算了吧！《聖經》上說得好，人爲婦人所生，日子短少，多有患難❶，我看這話一點也不假。今天下午，他又要逃學了，明天我非得叫他幹點活，罰他一下不行。一到星期六，別的孩

❶見《舊約·約伯記》第十四章第一節。

子們都放假了，叫他幹活是很不容易的，可是他恨透了幹活，比什麼事都還恨得厲害，我可不能不對他盡我的一份責任，要不然我就會把這孩子給寵壞了。」

湯姆果然逃了學，而且玩得很痛快。他回到家裡的時候，只勉強趕上了給那小黑人孩子吉姆幫幫忙，在晚飯前鋸第二天用的柴火——至少他算是趕上了時候，還來得及把他所幹的那些事情說給吉姆聽，工作可是吉姆幹了四分之三。湯姆的弟弟（其實是異母兄弟）席德已經做完了他那一部分工作（拾碎木片），因爲他是個很乖巧的孩子，一點也沒有荒唐和搗蛋的壞習慣。

湯姆吃晚飯的時候，一有機會就偷糖吃。這時候，波莉阿姨問他一些問題，話裡充滿了詭計，而且奧妙得很——因爲她要耍點圈套，引著他招供出一些對他自己不利的實話。她也像其他許多心地單純的人一樣，頗有一種自負的心理，總覺得自己賦有天才，特別會耍狡猾和詭秘的手腕，一心以爲她那些極容易讓人猜透的花招都是些聰明透頂的傑作。她說：

「湯姆，今天學校裡相當熱吧！是不是？」

「是呀！阿姨。」

「熱得很厲害吧！是不是？」

「是呀！阿姨。」

「你是不是想去游泳呢，湯姆？」

湯姆心裡突然感覺到一陣驚慌——他不由得有點不安和懷疑。他察看波莉阿姨的臉色，可是並沒有看出什麼來。所以他就說：

「沒有，阿姨！呃，並不十分想。」

老太太伸出手去摸摸湯姆的襯衫，一面說：

「可是你現在並不太熱了吧！我想。」她發現襯衫是乾的，她覺得誰也不知道她的用意正是要弄清楚這一點，所以這使她一想起就很得意。可是她儘管是這麼想，湯姆可猜透了她的心思。所以他就先想好了，預防老太太的下一步：

「我們有時會將冷水淋在頭上──我頭上這時候還是濕的哩！您看見嗎？」

波莉阿姨心裡一想，她居然沒有注意到這個附帶的證據，以至於又錯過了一個好機會，不免有些懊惱。隨後她又靈機一動，出了個新主意：

「湯姆，你往頭上淋水的時候，用不著拆掉我在你襯衫領子上縫的線吧！是不是？你解開上衣的鈕釦讓我瞧瞧！」

湯姆臉上不安的神色馬上消失了。他解開了上衣。襯衫領子還是縫得好好的。

「怪事！好吧。我還以為你準是逃了學去游泳了。可是我原諒你，湯姆。我看你就和俗話說的燒掉了毛的貓那樣！並不像外表那麼壞。可是也就只有這一次。」

她一方面為了自己的機智落了空而難過，一方面又為了湯姆居然也有這麼一回破天荒的聽話守規矩的行為而高興。

可是席德尼❷說：

「咦，我好像記得您縫他的領子是用白線，可是現在是黑的。」

---

❷ 席德尼就是席德，後者是前者的簡稱。

「噢，我的確是用白線縫的呀！湯姆！」

可是，湯姆沒有等到聽完後面的話就走了。他走出門口的時候說：

「席第❸，這可要叫我揍你一頓才行。」

湯姆走到一個安全的地方，就把他插在上衣翻領上的兩根大針仔細看了一陣，針上還纏著線——有一根針上纏的是白線，另一根纏著黑的。他說：

「要不是席德多嘴，她根本就不會看出來。哼！有時候她用白線縫，有時候又用黑線縫。我眞希望她乾脆只用一種線就好——換來換去，我簡直弄不清楚。可是我發誓非揍席德不可。我得教訓教訓他！」

湯姆不是村裡的模範兒童。不過他對那位模範兒童知道得很清楚——並且還很討厭他。

不到兩分鐘的工夫，甚至還沒有那麼久，他就把他的一切煩惱通通忘光了。這並不是因爲他的煩惱對他不怎麼沈重和深切，比大人的煩惱對大人的影響輕鬆一絲半點，而是因爲有一種新鮮強烈的興趣壓倒了他的煩惱，暫時把它從他心裡趕出去了——正如大人在神奇遭遇的興奮之下，也會忘記他們的不幸一樣。

這種新的興趣是吹口哨的一種寶貴的新奇妙法，他剛從一個黑人那兒學了來，一心想要練習練習，不讓別人打攪。那是一個特別的像鳥兒叫的音調，是一種流暢婉轉的輕柔調子，在吹奏的時候把舌頭斷斷續續地抵著口腔的頂上就可以發出來——讀者只要曾經是一個小孩，或許還記得

---

❸ 席第是席德的變音。

那是怎麼吹法。湯姆練得很勤，又很用心，所以不久就學到了妙訣，於是他邁著大步沿街走著，嘴裡吹著溜溜轉，心裡說不盡的高興。他的感覺很像一個發現了新行星的天文家的感覺那樣——不用說，要是以那股強烈、深沈和純粹的愉快感受而論，那還是這個孩子勝過天文家。

夏天的下午是很長的，這時候天還沒有黑。湯姆突然停止了口哨，因為一個陌生的角色來到了他面前——那是一個比他稍大一點的男孩。在聖彼得堡這個可憐的不像樣子的小村子裡❹，凡是一個新來的人，無論年齡和性別怎樣，都是很能引起好奇心的，並且這個孩子又穿得很講究——在一個並非星期天的日子穿得那麼講究是很特別的，這簡直是令人驚奇。他的帽子很漂亮，他那件扣得很緊的藍料子短上衣又新又乾淨，褲子也是一樣。他還穿著鞋——那才不過星期五哩❺。他甚至還打著領帶，那是很漂亮的一條緞帶子。他擺出一副城裡人的神氣，這簡直讓湯姆嫉妒得要命。湯姆瞪著眼睛瞧這個了不起的角色，越瞧他就越把鼻頭翹起，看不起他那身漂亮衣服，同時他又覺得自己身上穿的好像是越來越顯得寒傖了。於是兩個孩子都不做聲，這一個走動一下，另外那個也走動一下——可是都只橫著步轉圈子；他們始終是面對面，眼對眼。後來湯姆說道：

「我敢揍你一頓！」

---

❹ 這個地方的大小是介乎村與鎮之間的，所以一時被稱為村，一時又被稱為鎮。二者之間並無明確的界限。

❺ 湯姆和一般男孩除了星期天以外，平日是赤腳的。

「我倒想看你試一試。」
「哼，那我就揍給你看。」
「你就是不敢。」
「我就敢。」
「不敢，你不敢。」
「我敢。」
「你不敢。」
「敢！」
「不敢！」
兩人很不自在地停了一陣。然後湯姆說：
「你叫什麼名字？」
「這不關你的事。」
「哼，就關我的事。」
「好，誰叫你不管呢？」
「你再說那麼多廢話，我就要管。」
「偏要說——偏要說——偏——要說。看你能怎麼樣！」
「啊，你覺得自己比我高明，是不是？我把一隻手捆在背後，就可以揍你一頓只要我，願意的話。」

「那麼，你怎麼不做呢？你說你能做呀！」

「哼，你要是想欺負人，那我就對你不客氣了。」

「啊，是呀——你這種人我見得多了，最後都是弄得下不了台。」

「你別臭美！你自己覺得怪不錯，是不是？啊，這頂帽子可眞漂亮呀！」

「你要是看了不順眼，那也只好乾瞪眼了。我看你敢不敢把它取下來——誰敢，誰就得挨揍。」

「你是吹牛大王！」

「你也是。」

「你光會吹牛，跟人家鬥嘴，可是光說不做。」

「噢——滾蛋！」

「哼——你要是老說這些冒失話，我就要拿石頭砸你的狗腦袋。」

「啊，當然你會。」

「哼，我就敢。」

「那麼你爲什麼不動手呢？你老說空話幹嘛？你爲什麼不動手呀？就是因爲你害怕。」

「我才不害怕哩！」

「你害怕。」

「我不怕。」

「你怕。」

又停了一會兒，他倆彼此又互瞪了一陣子，接著側著身子互相推擠，後來他們肩碰肩了。

湯姆說：

「你滾開這兒！」

「你自個兒滾！」

「我不滾。」

「我也不滾。」

於是他倆站住了，各人把一隻腳斜過來，站穩了架勢，兩人同時用力撞，彼此懷恨，凶狠狠地互相瞪眼，可是誰也撞不過誰。他們鬥了一陣之後，一直鬥得渾身發熱，滿臉通紅，各人才仔細提防著把力氣鬆下來，然後湯姆說道：

「你是個膽小鬼，是隻小狗。我要到我大哥哥那兒去告你，他只要用小指頭就可以揍你一頓，我一定要叫他來收拾你。」

「你當我怕你那大哥哥嗎？我有個哥哥比他還大——並且還不光只大，他還可以把你丟過那道圍牆哩！」（——兩個哥哥都是捏造的。）

「撒謊。」

「眞的就是眞的，你說是撒謊也沒用。」

湯姆用大腳趾在地上的灰土裡畫了一條線，他說：

「你敢走過這條線，我就要把你揍得站不起來。誰敢，誰就得倒楣。」

那個新來的孩子馬上就跨過去了，他說：

「是你說的，那麼我們瞧瞧你真揍起來吧！」

「你可別再逼我，你最好是當心點。」

「哼，你自個兒說的——你怎麼又不敢呢？」

「哼！你哪怕只給我兩個銅板，我就揍。」

新來的孩子從口袋裡掏出兩個大銅板，顯出譏諷的神氣伸出手來。湯姆一下子就把銅板打到地上。兩個孩子馬上就在土裡翻來覆去地打滾，像貓兒似地扭成一團；他們打了約一分鐘的時間，互相揪頭髮和衣服，用拳頭在鼻子上捶，並拚命地抓，全弄得渾身是灰土，也渾身是威風。後來這一陣混亂很快就見出分曉了，湯姆從戰雲中露出頭來，他騎在新來的孩子身上，用拳頭狠狠地打他。

「你說『饒了我吧！』」他說。

那孩子只顧掙扎著想脫身。他在哭！主要是由於憤怒。

「你說『饒了我吧！』」——湯姆還是繼續在捶打。

後來那個陌生的孩子懲住氣勉強說了一聲「饒了我吧！」

湯姆這才把他放開，說道：

「好吧，這總可以給你一頓教訓。下次你最好是當心點，看你是跟誰鬥嘴。」

新來的孩子拍掉身上的灰土，哭哭啼啼地走開了，偶爾還回過頭來望一望，搖搖頭，嚇唬著說「下次再碰上」的時候，就要怎樣怎樣地對付湯姆。湯姆一聽這句話，就說了些譏笑的話回敬他，然後非常得意地走開，可是他剛一轉身，那新來的孩子就撿起一塊石頭，扔過來打中湯姆的

背上，馬上就逃跑了，他跑得像一隻羚羊那麼快。湯姆把這個壞蛋一直追到家裡，最後才知道了他住的地方。於是他在大門口站住，待了一會兒，叫他的對手出來較量較量，可是他的對手只敢躲在窗戶裡面向他做怪臉，不肯出來。後來對手的母親出來了，她罵湯姆是一個壞心眼且下流的野孩子，並叫他滾開。於是他就走了，可是他發誓他一定要找個機會再收拾那孩子一頓。

那天晚上他很晚回家，他提心弔膽地從窗戶裡爬進去的時候，一下子發現了埋伏，原來是阿姨在守候著他。一看他的衣服弄成了那個樣子，她原來打算在星期六的假日❻把他扣留下來做苦工的決心，就成爲堅定不移的主意了。

❻當時美國的小學是每逢星期六整天放假的。

2 光榮的油漆匠

星期六早晨來到了，整個夏季的世界是光明燦爛、生氣勃勃，洋溢著生命的氣息。每個人心裡都有一首歌，如果是年輕人，歌聲就從嘴裡唱出來了。每個人臉上都流露著喜色，每個腳步都充滿了活力。刺槐正在開花，空中彌漫著花香。村莊外面高出的加第夫山上草木長得很茂盛，遍山是青的，它與這村莊的距離恰好不遠不近，正像一片樂土，夢一般的境界，安閒而誘人。

湯姆出現在人行道上，手裡提著一桶灰漿，拿著一把長柄的刷子。他把圍牆打量了一番，滿心的歡樂都跑掉了，一陣深沈的憂鬱籠罩了他的心靈。木板的圍牆有三十碼長，九呎高。他似乎覺得生命空虛起來，生活簡直成了一種負擔。他嘆了一口氣，把刷子蘸上灰漿，順著頂上一層的木板刷過去，然後又重複這個動作，然後再做一遍；他把刷過那渺小的一條和還沒有刷的那一望無邊的圍牆比了一比，就在一個木箱上垂頭喪氣地坐下了。吉姆提著一個洋鐵桶從大門口蹦蹦跳跳地跑出來，嘴裡還唱著《布法羅的少女們》。從前在湯姆心目中，到公用放水站那兒去提水一向是討厭的工作，現在他可不是那麼想，他想起了放水站那兒有不少的同伴。那兒經常有許多白種的、混血的和黑種的男孩和女孩們輪班等候，大家在那兒休息，交換玩物、吵嘴、打架和胡鬧。他還想起了放水站雖然只離著一百五十碼遠，吉姆卻從來沒有在一個鐘頭以內提回一桶水來——就連這樣，通常還得有人去催他才行。

湯姆招呼說：

「喂，吉姆，你給我刷點兒牆，我去提水吧！」

吉姆搖搖頭說：

「不行，湯姆少爺。老太太叫我非得趕快去把水提回來，路上不許站著跟人家聊天。她說她猜湯姆少爺恐怕會要叫我刷牆，所以她就叫我直接去幹自己的事——她還說她要親自來看看你刷牆哩！」

「啊，你可別管她說的那一套吧！吉姆。她老是愛那麼說。把水桶給我——我一會兒就來了，她哪會知道。」

「啊，我可不敢，湯姆少爺。老太太她會揪住我的腦袋把它擰掉，她真會那麼做。」

「她呀！她從來不揍人——也不過是拿頂針在頭上敲一敲——誰怕她這個，我倒要問你。她光是說得凶，可是說是說不傷人的——只要她不哭，就沒什麼關係。吉姆，我給你一個好玩意兒吧！我給你大粒的白石頭彈子！」

吉姆有點動搖了。

「大粒的白石頭彈子，吉姆！這個彈子可是呱呱叫呀！」

「哎！那可是個了不起的好玩竟兒，老實說！可是湯姆少爺，我可眞怕老太太會要……」「還有哪，你要是答應，我就把我那個腫了的腳趾頭給你看。」

吉姆不是神仙，經不住誘惑——這個誘惑對他作用太大了。他把桶子擱下，拿起那粒白石頭彈子；湯姆一面解開腳上包的布，他一面聚精會神地彎著腰去看那隻腳趾。可只過了一會兒，吉姆就覺得屁股好痛，他提起水桶順著大街拚命跑了；湯姆用力地刷牆，波莉阿姨打了個勝仗正往家裡走，她手裡還拿著一隻拖鞋，眼睛裡含著得意的神氣❶。

可湯姆的勁頭並沒有持久。他開始想起他原先給那一天安排的好玩的事情，心裡越來越難受。再過一會兒，那些自由自在的孩子們就會蹦蹦跳跳地從這兒走過，大家都到各處去做各式各樣好玩的事情，他們一見他還得幹活，那可非大大地開他一陣玩笑不可——一想到這點，他心裡就像火燒似地難受。他把他的財寶通通拿出來，仔細看了一陣——一些破碎的玩具和石頭，還有一些廢物；他要是想和人家換換工作，把這些東西送給人家也許是夠的，可是要想拿來買到完全的自由，那就是想買到半小時也還差得遠。於是，他把那幾件可憐的財寶放回口袋裡，不再作收買那些孩子的打算了。

❶波莉阿姨用拖鞋打了吉姆一頓屁股。

正在這個倒楣和絕望的時候，他忽然計上心來，想出了一個妙計。這個主意可實在是了不起得呱呱叫。

他拿起刷子，心平氣和地又去工作。貝恩．羅杰馬上就出現了——這正是所有的孩子當中他最怕的一個，他正在擔心這個孩子的俏皮話哩！貝恩走的是三級跳的步法——這足以證明他心裡是輕鬆的，正打算做一些痛痛快快的事情。他正在吃一顆蘋果，隔一會兒又發出一陣老長又好聽的叫聲，隨後就是一陣深沈的叮噹噹、叮噹噹，因爲他在扮演著一艘輪船。他到了近處的時候，就降低了速度，在街道當中走，大大地向右舷傾斜過來，使足了勁叫船頭停住，做得很神氣、很認眞——因爲他扮演的是「大密蘇里號」，想像著他自己是個排水九呎深的大輪船。他兼扮著輪船和船長和指揮輪機的鈴噹，所以他只好想像著他自己站在自己的頂層甲板上發著口令，並且還要執行這些口令：

「停船，夥計！叮—噢鈴—鈴！」輪船差不多停住了，他慢慢地向人行道上靠攏來。

「掉過頭來！叮—噢鈴—鈴！」他把兩隻胳臂伸直，用力往兩邊垂著。

「右舷後退！叮—噢鈴—鈴！呎嗚！呎　嗚！呎嗚！」他的右手一面畫著大圓圈——因爲它是代表一隻四十呎的大轉輪的❷。

「左舷後退！叮—噢鈴—鈴！呎嗚！呎！嗚！呎嗚！」左手又開始畫起大圓圈來。

「停右舷！叮—噢鈴—鈴！停左舷！右舷往前開動！停住！外面慢慢轉過來！叮—噢鈴

❷舊式輪船不是用螺旋槳推進，而是靠船的兩旁兩個大明輪轉動，打水前進的。

鈴！呎嗚！嗚！嗚！把船頭的大繩拿出來！喂，快點！來吧——把船邊的大繩拿出來——你在那兒幹什麼？把繩耳繞著靠墩轉一圈！好了，就那麼拉住——放手吧！機器停住吧，夥計！叮—噢—鈴—鈴！唏特！唏特！唏特！」（他摹仿著汽門撒汽的聲音。）

湯姆繼續刷牆——他並不理睬那艘輪船。

貝恩瞪著眼睛看了一會兒，然後說：

「哎呀！你又做錯事了，是不是？」

沒有回答。湯姆以一個藝術家的眼光打量他最後塗的那一塊，然後又把刷子輕輕地抹了一下，又照剛才那樣打量著塗抹的結果。貝恩走過來和他並排站著。湯姆看見那顆蘋果就嘴饞，可是他還是堅持工作。貝恩說：

「嘿，夥計，你還得幹活呀，咦？」

湯姆突然轉過身來說道：

「啊，原來是你呀，貝恩！我還沒注意哩！」

「哈——我可是要去游泳哩，告訴你吧！難道你不想去嗎？可是你當然寧肯在這兒幹活嘍——是不是？當然你幹得挺起勁的呀！」

湯姆把那孩子打量了一下，說道：

「你說什麼叫做幹活？」

「噢，你這還不叫幹活叫什麼？」

湯姆又繼續刷他的牆，滿不在乎地回答說：

「我說嘛，這也許算是幹活，也許不是。我只知道，這很合湯姆．索亞的胃口。」

「啊，算了吧！難道你的意思是說你可想當喜歡做這個嗎？」

刷子繼續在晃動。

「喜歡做？哼，我不知道我爲什麼不應該喜歡做這個。難道一個小孩子天天會有機會刷圍牆玩嗎？」

這麼一說，倒把這事情說得有點新鮮的意味。貝恩停止咬他的蘋果了。湯姆把他的刷子細巧地來回刷著！往後退兩步看看效果怎樣——又在這兒補一刷，那兒補一刷——再打量一下效果——貝恩仔細看著他的一舉一動，越看越感興趣，越看越聚精會神了。

後來他就說：

「嘿，湯姆，讓我來刷一下看看。」

湯姆想了一下，打算答應他；可是他又改變了主意：

「不行——不行——我想這大概是不行的，貝恩。你要知道，波莉阿姨對這道圍牆是很講究的、這是當街的地方呀！你明白吧——要是後面的圍牆，那我倒不在乎，她也不在乎。是呀！她對這道圍牆可是講究得要命，這一定要很仔細的刷；我想一千個孩子裡面，也許兩千個還找不出一個來，能夠把它刷得叫波莉阿姨滿意哩！」

「是啊——眞的嗎？歐，不要緊！讓我試試吧！我只試一下子——湯姆，你要是我的話，我就會讓你試。」

「貝恩，我倒是願意的，騙你我不是人；可是波莉阿姨——唉，吉姆想做，可是她不叫他做；

席德也想做，她也不叫席德做。那麼你看我是多麼爲難啊！要是讓你來刷這道圍牆，萬一出了什麼毛病，那……」

「啊，沒有的事，我也會一樣小心地刷呀！還是讓我試一試吧！嘿——我把這蘋果核兒給你好了。」

「好吧，那就……啊，不行，貝恩，算了吧！我就怕……」

「那我把這蘋果全給你！」

湯姆把刷子讓給貝恩，臉上顯露出不願意的神情，心裡可是快活得很。這下子剛才那艘「大密蘇里號」輪船在太陽底下幹著活，累得直出汗，同時那位退休了的藝術家卻坐在附近的地方一個大木桶上，擱著兩條腿，大聲地嚼著蘋果吃，同時盤算著宰宰些別的小傻子。角色是不會缺乏的；每過一會兒就有些男孩子從這兒經過；他們都想來開玩笑，但結果卻留下來刷牆。在貝恩累得快不行時，湯姆已經和畢利·費舍講好了買賣，把接替的機會讓給他，換了他一只收拾得很好的風箏；等到他又玩夠了的時候，江尼·密拉又拿一隻死老鼠和拴著它來甩著玩的小繩子換得了這個特權——就這樣，一個又一個地輪流下去，一連幾個鐘頭都沒有間斷。後來下午過了一半的時候，湯姆已經從早上的一個可憐的窮孩子成了一個道地的富人家了。除了上面提到過的那幾件東西以外，他還得到了十二顆石彈、一隻破口琴、一塊可以透視的藍瓶子玻璃片、一尊葦管做的大炮、一把什麼鎖也不能開的鑰匙、一截粉筆、一個大酒瓶的玻璃塞子、一個洋鐵做小兵、一對蝌蚪、六個爆竹、一隻獨眼的小貓、一個門上的銅把手、一根拴狗的頸圈——可是沒有狗！一個刀把、四塊柑子皮，還有一個壞了的窗戶框子。

他一直過了一段舒服和安閒的時光——玩伴多得很——圍牆上還刷上了三層灰漿！要不是他的灰漿用完了，恐怕全村每個孩子都要被他搞得破產了。

湯姆心想，這世界原來並不是那麼空虛啊！他發現了人類行為的一個大法則，自己還不知道——那就是，爲了要使一個大人或是一個小孩極想做某樣事情，只需要設法把那件事情弄得「這玩意不易到手」就行了。假使他是一個聰明偉大的哲學家，就像這本書的作者一樣，他就會理解到「工作」就是一個人不得不做的事情，而「玩耍」卻是一個人所不一定要做的事情。這個道理可以幫助他明白爲什麼製造假花或是拚命踩踏車的就算是工作，而打保齡球或爬勃朗峰❸就只算是娛樂。英國有些較富有的紳士在夏季天天在一條每天按班期行車的大路上駕著四匹馬的乘客馬車走二、三十哩的路，只是因爲他們爲這種駕車的特權花了許多錢的代價；可是你如果出工錢叫他們駕車，那就把這件事情變成了工作，他們也就不肯做了。

湯姆把他那小天地裡剛才發生的重大變化沈思了一陣，然後就回到司令部報告了。

❸ 勃朗峰在法國東南部，是阿爾卑斯山最高峰，意思是「白色的山峰」，因常年積雪，永遠是白的。有些人以爬這個山峰消遣。

3 打仗和戀愛

湯姆出現在波莉阿姨面前，這時候她坐在後面的一個兼做寢室、餐室和圖書室的舒適房間裡一個敞開的窗戶旁邊。爽朗的夏天的空氣、安閒的幽靜、花兒的香氣和催眠的蜜蜂的嗡嗡叫聲都發生了效果，她拿著針織品在那兒打盹——因爲她除了貓兒之外就沒有伴，而貓兒又在她懷裡睡著了。她爲了眼鏡的安全，把它架在灰白的頭頂上。她原來還以爲湯姆當然早已離去，現在她一看這孩子居然那麼毫無懼色地出現在她的威力之內，不免有點覺得奇怪。

他說：「現在我可以去玩嗎，阿姨？」

「怎麼，就想去玩？你刷了多少？」

「全都刷完了，阿姨。」

「湯姆，別跟我撒謊吧——我受不了。」

「我沒撒謊呀，阿姨！眞的通通刷好了。」

波莉阿姨對於這種話是不大相信的。於是她親自出去察看；只要她發現湯姆所說的話有百分之二十是眞的，她就會心滿意足了。當她發現整道圍牆都刷好了，不但刷過，而且很認眞地刷了一層又一層，牆腳還加了一道，她眞是驚訝得幾乎無法形容。她說：

「咦，眞是怪事！簡直叫人猜不透，你只要是有心做點事情，還眞是怪能幹哩，湯姆。」然後她又補了一句，把這句誇獎的話沖淡了一點：「可是我不能不說，你有心幹活的時候，可實在是少得要命。好了，你去玩吧！可是你得記住，玩上一個星期，也總得有個回來的時候，要不然我就要揍你一頓。」

她因爲這孩子的成績實在了不起，簡直歡喜極了，所以她就把他帶到廚房，挑了一顆最好的蘋果給他，同時還給了他一番說教的話，說是人家的款待如果是由於自己的眞心努力換來的，並沒有耍什麼不道德的花招，那就分外有價値、有味道。當她背了《聖經》上一句很妙的漂亮話做結尾時，湯姆順手偷了一塊油炸餅。

然後他就跳著出去，恰好看見席德正在房子外面通著二樓後面那些房間的樓梯上往上爬。他手邊有的是泥塊，方便得很，一眨眼的工夫，泥塊就丟得滿天飛了。他打得席德前後左右都是泥塊，好像下一陣冰雹似的；波莉阿姨還沒有來得及靜下她那吃驚的腦筋，便趕快跑出來解圍，卻已經有六、七塊泥土打中了目標，而且湯姆已經翻過圍牆，溜之大吉了。圍牆原是有大門的，可是他照例總是忙得沒有工夫，來不及利用它。席德引起波莉阿姨注意到他的黑線，使他吃盡了苦頭，現在他已經對這件事情出了氣，所以他心裡就覺得很舒坦了。

湯姆繞著那一排房子轉過來，繞到靠他阿姨的牛欄後面一條爛泥巷子中。他馬上就平安無事地溜到抓不著也罰不到他的地方，趕快跑到村莊上那個公共場地上。按照預先的安排，那兒已經有兩群孩子的「軍事」隊伍集合了起來，準備打仗。湯姆是其中一隊的將軍，他的知心朋友喬伊・哈波是另一隊的統帥。這兩位大司令是不屑於親自打仗的——那只宜於叫那些更小的嘍囉去幹——他們在一個高處坐在一起，叫他們的參謀人員發出命令，指揮戰鬥。經過一場長時間的打

鬥之後，湯姆的軍隊打了一個大勝仗。然後雙方清點陣亡人數，交換俘虜，商妥下次交戰的條件，並且還約定了作戰的日期；這一切談好了之後，雙方的人馬就整隊散開，湯姆也就獨自回家了。

他走過杰夫・柴契爾的住宅時，看見花園裡有一個新來的女孩——她是一個可愛的藍眼睛女孩，有兩條黃頭髮編成的長辮子，身上穿著白色的夏季上衣和繡花的寬鬆長褲。這位剛戴上勝利花冠的英雄一彈不發就投降了。有一位艾美・勞倫斯馬上離開他的心房，不見蹤影了，連一點叫他懷念的痕跡都沒有留下。他原本以爲他愛她愛得發瘋，他把他的愛情當成深情的愛慕；可是你看，那不過是一種渺小可憐、虛幻無常的一時偏愛罷了。他費了好幾個月的工夫才獲得了她的歡心；她說出心裡的話還不過一個星期，他成爲世界上最快活、最得意的男孩子還不過短短的七天工夫，現在可是在片刻之間，她就離開了他的心房，好像一個拜訪完畢、告辭而去的稀客一般。

他偷偷地望著這個新的天使，心裡非常愛慕，後來他看出她已經發現了他，才沒有再盯下去；然後他就假裝著不知道她在眼前，開始用可笑又孩子氣的方式要出各種花樣，露一手給她看，爲的是要引起她的羨慕。他這種稀奇古怪、傻頭傻腦的舉動繼續了一些時候；過了一會兒，他正在表演著一些最驚險的體育動作時，把眼睛往旁邊瞟了一下，看見那個小女孩正在向著那座房子往回走。湯姆跑到圍牆那兒，靠著它嘆氣，希望她再停留一陣。她在台階上站了一會兒，然後又向門口開步。湯姆看見她把腳踏在門檻上，就長嘆了一聲。可是他臉上立刻又有了喜色，因爲她臨到走開之前的片刻工夫，向圍牆外面拋了一朵三色堇❶。

這孩子轉身跑過來，在離這朵花一、二呎內的地方站住，然後舉手在眼睛上面遮住陽光，順著街上望過去，好像發現了那方面有什麼有趣的事情正在進行似的。隨後他就拾起一根乾草，把頭儘量往後仰，把那根草放在鼻子上，極力保持它的平衡，於是他很吃力地左右扭動身子，慢慢地向著那朵三色堇那兒移過去。最後他的光腳踏在花上，他那靈活的腳趾抓住了它，於是他拿起他的寶貝，一轉彎就跑掉了。可是他只跑了一會兒——他跑開只是爲了好把那朵花扣在短衫裡面貼近他心房的地方——也許是貼近他肚子的地方，因爲他對解剖學是不大懂的，反正他也不大注意這些細節。

他馬上又回到原處，在那道圍牆那兒蕩來蕩去；一直到天黑的時候，還是像先前那樣耍花樣；可是那女孩再也沒有露面，雖然湯姆總拿一種希望安慰著自己，但願這時候她在一個窗戶附近，知道他這番殷勤的心意。後來他終於很不情願地飄飄然走回家去，他那可憐的腦子裡充滿了幻想。

❶三色堇是西方人表示相思的花。

吃晚飯的時候，他始終是那麼興高采烈，使得他阿姨覺得很奇怪，不知「這孩子的心裡裝著什麼開心事」。他為了拿泥塊打席德，挨了一頓罵，可是他好像是一點也不在意。接著他就當著阿姨面前偷糖吃，指節骨上讓她敲了一下。他說：

「阿姨，席德拿糖，您可不打他啊！」

「噢，席德可不像你這樣折磨人。我不小心看住你，你就老是要伸手去拿糖吃。」

隨後她便到廚房去了，席德因為得到特許，心裡很高興，他就伸手去拿盛糖的盤子——這是故意對湯姆表示得意的一種舉動，簡直令人難堪。可是席德的手指沒有拿穩，盤子掉在地上砸碎了。湯姆眞是高興得要命，他甚至高興得閉住嘴不做聲。他暗自想，即使阿姨來了，他還是一聲不響，只悄悄地坐著，等她問起那是誰做的好事；那時候他就說出去，然後看著那個模範生吃苦頭，那眞是天下最痛快的事情。他心裡的歡喜情緒簡直到了極點，因此他一見老太太回來，站在那兒望著地上的破盤子，從眼鏡上面放射出一陣陣閃電似的怒火，他就幾乎按捺不住了。他心裡想，這下子輪到他了！想不到他自己反而馬上被打趴到了地上！那隻有力的巴掌又舉起來預備再打的時候，湯姆便大聲叫起來：

「住手吧！您憑什麼打我呀？是席德打破的！」

波莉阿姨停住了，她不知怎麼辦才好，湯姆盼望著她會說幾句好話哄他一下。可是她再張嘴說話的時候，卻只是這麼說：

「噢！不過，我覺得你挨這一下也不會很冤枉。說不定我走開的時候，你總做了其他大膽的淘氣事呢！」

然後她受了良心的譴責，很想說兩句和氣和安撫的話，可是她斷定這樣一來，就不免被那孩子認爲她承認自己錯了，那可是規矩所不容的。因此她就不做聲，只顧做她的事情，心裡可是亂得很。湯姆在一個角落裡繃著臉生氣，心裡也更加難受。他明知阿姨內心是在給他難看，他也就因爲有這種感覺，雖是愁眉苦臉，卻還是感到很滿足。他知道有一種渴望的眼色屢次透過淚眼落到他身上，可是他偏不肯表示他已經看出了這個。他暗自幻想著自己躺在床上，病得快死了，阿姨在他身上彎著腰，懇求他稍說一句簡單饒恕的話，可是他偏要轉過臉去向著牆，不說這一句話就死去。啊，那時候她心裡會覺得怎樣呢？他又幻想著自己淹死了，被人從河邊抬回來，頭髮浸得透濕，他那傷透了的心可是得到安息了。她會多麼傷心地撲到他身上，像下雨似地掉眼淚，嘴裡不住地祈禱上帝把她的孩子還給她，說她永遠永遠也不再打他罵他了！可是他卻冷冰冰地、慘白地躺在那兒，毫無動靜——一個小小的可憐蟲，什麼煩惱都結束了。他這樣拚命地拿這些夢想中的悲傷感染自己的情緒，到後來竟不得不吞下淚水，因爲他很容易把嗓子哽住；他的眼睛也讓淚水蒙住了，老是發暈，他一眨眼睛，淚水就流出來，順著鼻尖往下掉。他這樣玩弄著他的悲傷情緒，對他簡直是一種了不起的快樂，所以如果有什麼庸俗的愉快或是什麼無聊的歡樂來打攪他這種境界，那就會叫他無法忍受；因爲他這種快樂是非常聖潔的，不應該遭到那樣的沾染；所以一會兒，他的表姊瑪麗興致勃勃地蹦蹦跳跳跑進來的時候，他馬上就避開了她。瑪麗到鄉下去作客，住了一個星期，好像是過了幾十年似的；她現在再看到自己的家，眞是快活得精神百倍。可是正當她把歌聲和陽光從一扇門裡帶進來的時候，湯姆卻反而站起來，在陰霾暗影中從另外一扇門裡溜出去了。

他遠離孩子們平日常到的地方遊蕩著，專找一些適合於他情緒的僻靜地方。河裡有一個木筏吸引了他，他就在它的外邊坐下，打量著淒涼的、一片茫茫的流水，同時只想自己忽然一下子不知不覺地淹死了，而不經過老天所安排的那一段難受過程，然後他又想起他那朵花。他把它拿出來，一看已經皺成一團，而且枯萎了；這個寶貝大大地增加了他那種淒涼中的幸福情調。他暗自問自己，她要是知道，是否會對他表示同情呢？她會不會哭？會不會希望她有權利抱住他的脖子來安慰他呢？要不然，她會不會像這個空虛的世界一樣，漠不關心地掉頭不管呢？這幅圖畫給他帶來了一種苦樂交融的情緒，深深地在他腦海裡縈繞著，所以他把它一遍又一遍地在心中描繪，用各種新奇的眼光來看它，一直把它弄到索然無味的地步才肯罷休。後來他終於嘆息著站起來，在黑暗中走開了。

大約在九點半或是十點的時候，他順著那條沒有行人的大街走著，沒有聽見什麼聲音；有一支蠟燭放出一道微暗的光芒，射在二層樓上的一個窗帘上。那個聖潔的人兒是否在那裡呢？他爬過圍牆，在花草當中偷偷地往裡面走過去，一直走到窗戶底下才站住。他抬頭望了很久，心中充滿了熱情，然後他在窗戶底下仰臥在地上，雙手合在胸前，捧著他那朵可憐的、萎謝了的花。他就情願這樣死去——孤零零地在這冷酷無情的人間，當死神降臨的時候，他這漂泊無依的人，頭上毫無遮蓋，沒有親友的手來從他額上揩去臨死的汗珠，也沒有慈愛的面孔在他身上低下來對他表示惋惜。就這樣，她在明天晴朗的早晨往外一看，一定會看見他。啊！她會不會在他這可憐的、沒有氣息的軀體上掉一滴小小的眼淚呢？她看見一個前途無量的青年的生命這樣無情地被摧折且過早地被斬掉了，會不會發出一聲輕微的嘆息呢？

窗戶打開了，有一個女僕的嘈雜聲音玷污了那聖潔的寂靜氣氛，隨即就是一股洪水嘩啦嘩啦地潑下來，把這位躺著殉情者的遺體澆得濕透了！

這位給沖得透不過氣來的英雄一下子跳起來，噴了噴鼻子，減輕那種難受的滋味。空中有個什麼東西颼地一聲投過去，混雜著一聲輕輕的咒罵，隨即就是一陣打破了玻璃的響聲，然後一個小小又模糊的人影翻過圍牆，在朦朧的夜色中像箭般地飛跑了。

不久之後，湯姆脫光了衣服上床睡覺，他正在蠟燭光下檢查他那潑得透濕的衣服時，席德醒過來了；即使他心裡隱隱約約地稍有幸災樂禍的意思，想要「指雞罵狗」地說兩句俏皮話，不過他可改變了主意，仍舊沒有做聲，因爲湯姆眼睛裡含有一股殺氣。

湯姆沒有爲禱告而更加自找麻煩，就鑽到被窩裡去了，席德暗自把他這次怠慢的行爲記下了一筆帳。

4 在主日學校大出風頭

太陽在平靜的世界上升起，萬道金光射下來，照耀在這沈寂的村莊上，好像是上天的祝福一般。波莉阿姨吃過早飯之後，就舉行了家庭祈禱；開始的一篇禱詞從頭到尾都是堆砌著不折不扣的一段又一段的引自《聖經》裡的話，其中只夾雜著一兩句獨出心裁的新鮮意思，勉強把它們組合起來；這個堆砌工作做到頂點的時候，她就像是從西奈山頂上似地宣布了「摩西律」中嚴酷的一段❶。

然後，湯姆活像是振作精神，一本正經去唸熟他要背誦的那一節一節的《聖經》。席德在好幾天以前早就把他的功課預備好了。湯姆把全副精神用來背誦五節《聖經》，他選擇了基督《登山寶訓》的一部分，因為他再也找不出更短的經文了。在半小時過了之候，湯姆對他的功課有了一個模糊的印象，可是也不過如此而已，因為他的心靈走遍了人間思想的全部領域，兩隻手也在忙著搞一些分散注意力的把戲。瑪麗把他的書拿起來，要聽他的背誦，他就勉強在雲霧中摸索著前進：

「虛心的人……呃——呃——」

「有——」

---

❶ 指摩西所宣布的十誡：據《聖經》上說，西奈山是摩西傳上帝之命的地方，見《舊約．出埃及記》。

「是呀——有：虛心的人有……有……呃——」

「有福了——」

「有福了：虛心的人有福了，因爲他們……他們……」

「天——國——」

「因爲天國——虛心的人有福了，因爲天國是他們的。哀慟的人有福了，因爲……因爲……」

「他們——」

「因爲他們……呃——」

「必——」

「因爲他們必……啊，我不記得是怎麼說的了！」

「必得！」

「啊，必得！因爲他們必得……因爲他們必得……呃——呃——必得哀慟……呃——呃——有福的人必得……必得……呃——必得哀慟的人，因爲他們……呃！必得什麼呀？妳爲什麼不告訴我，瑪麗？妳幹嘛要這樣小氣呀？」

「啊，湯姆，你這可憐的笨蛋，我並不是拿你來開玩笑，我不會故意逗你。你還得再去唸幾遍。別喪氣吧！湯姆，你好歹會唸得熟的——只要你唸熟了，我就給你一個頂好玩的東西。唉，對了，這才是個好孩子哪！」

「好吧！是什麼東西呢，瑪麗？告訴我是什麼吧？」

「你別著急嘛！湯姆。你知道我說好玩，就一定是好玩呀！」

「妳可得包好呀，瑪麗。好吧，我再去好好唸一會兒吧！」

他果然是「好好唸」了——在好奇心和得獎品的希望的雙重鼓舞下，他精神百倍地背了一陣，結果居然獲得了輝煌的成績。瑪麗給了他一把值得一毛二分半的嶄新「巴羅牌」大摺刀；他那一陣竄透全身的狂喜使他一直到腳跟都震動了。當然，這把刀並不能割什麼東西，可是它究竟是一把「千眞萬確」的「巴羅牌」摺刀，這可是意味著一種想像不到的光彩——雖然西部的孩子們怎麼會想到這樣一個武器居然會被人假造，以至於損害它的名譽❷，那實在是一個了不起的奧妙，也許永遠也沒有人猜得透。湯姆設法拿這把刀在碗櫃上亂劃了一陣，後來他正打算再往梳妝台上動手的時候，卻被叫去換衣服，準備上主日學校。

瑪麗給他一洋鐵盆的水和一塊肥皀，他把水端到門外去，把盆子放在那兒的一張小凳子上；然後把肥皀放到盆裡沾點水，又把它擱下；他捲起袖子，輕輕地把水潑在地上，然後跑到廚房裡，在門背後掛著的一條毛巾上用力地擦臉。可是瑪麗把毛巾拿開，說道：

「嘿，你不害躁嗎，湯姆！你可千萬別這麼壞，水不會把你洗出毛病來的。」

湯姆有點不自在。盆裡又盛滿了水，這回他對著這盆水彎著腰站了一會兒下定決心；他深深地吸了一口氣，就開始洗起來。隨後他走進廚房去，閉上眼睛伸出一雙手去找那條毛巾，這時候

---

❷「巴羅牌」摺刀並不是什麼名貴的東西，根本沒有冒牌貨，可是在孩子們的心目中，卻是個了不起的寶貝，因此湯姆就因爲得了一把「眞正的」巴羅刀而得意。這種兒童心理，大人是不太容易體會的。

臉上的肥皀水直往下流，算是他老老實實洗過臉的證明。可是他拿毛巾擦了一陣，露出臉來的時候，還是不能叫人滿意，因爲乾淨的地方剛剛到下巴和腮幫子那兒就有了分明的界限，好像一個假面具似的；在這條界線以下和兩旁，還有很大一片沒有沾過水的黑黝黝的地方，繞著脖子一直往下和往後伸展著。於是瑪麗又來幫他收拾，她把他弄好了之後，他才是個同胞兄弟的樣子，既沒有膚色的不同，那濕透了的頭髮也刷得整整齊齊，短短的捲髮還梳成了挺好看的對稱的樣式。（他費了很大的力氣，偷偷地把那些捲髮按平了，叫他的頭髮緊緊地貼著頭；因爲他認爲捲髮有些女人氣，天生的捲髮使他在生活中充滿了苦惱。）然後瑪麗把他那一套衣服拿出來，這套衣服已經穿了兩年了，只有星期天才穿——乾脆就叫做他「那一套衣服」——我們由此也就可以知道他在穿著方面的全套衣服共有多少。他自己穿好衣服之後，那個女孩子又幫他「整理」了一下；她把他那件整潔上裝的鈕釦通通扣上，一直扣到下巴，又把他那個寬大的襯衫領子往下一捲，捲到兩邊肩膀上，再給他刷得乾乾淨淨，戴上他那頂有斑點的草帽。這下子他就顯得英俊多了，同時也非常不舒服。他心裡的難受和他外表顯出的難受樣子是完全一樣的；因爲穿上整套的衣服和保持清潔，就有了拘束作用，這是使他很心煩的。他希望瑪麗會忘記叫他穿鞋，可是這個希望落了空；她按照當時的習慣，把他的鞋塗滿了蠟，然後拿出來。他簡直忍不住了，埋怨人家老是叫他做他自己不願意做的事情，可是瑪麗溫柔地勸他說：

「聽話嘛，湯姆；這才是個好孩子呢！」

於是他一面說些不厭煩的話，一面穿上那雙鞋。瑪麗也馬上準備好了，三個孩子就一齊動身上主日學校去——這地方是湯姆深惡痛絕的，可是席德和瑪麗卻對它頗有好感。

主日學校上課的時間是九點到十點半，然後是作禮拜。這三個孩子當中有兩個每次都自願留在那兒聽牧師講道，另外那一個也是每次都留下——不過他爲的是一個更重大的原因。教堂裡的座位椅背很高，沒有靠墊，總共可以坐三百人；教堂的建築是一所簡陋的小房子，頂上安一個松木板子做的匣子似的東西當做尖塔。湯姆在門口故意落後一步，和一個穿著星期天服裝的同伴打了招呼：

「喂，畢利，你有黃條兒嗎？」

「有呀！」

「你要什麼東西才肯換呢？」

「你打算拿什麼換？」

「一塊乾草糖和一個釣魚鉤。」

「讓我瞧瞧。」

湯姆拿出來了。畢利看了這兩樣東西很中意，雙方的財物就換了主。然後湯姆又把兩個大白石彈換了三張紅條兒，再拿一些什麼小東西換了兩張藍的。別的孩子過來的時候，他又把他們攔路截住來收買各種顏色的條兒，繼續買了十幾分鐘的工夫。這時

候他和一群穿得乾乾淨淨的、吵吵鬧鬧的男孩和女孩進了教堂，走到他的座位上去，馬上又和一個坐在近處的孩子吵起架來。老師是個莊嚴且上了年紀的人，他責備他們之後，就轉過背去待了一會兒；湯姆又揪了一下前排凳子上一個孩子的頭髮，那孩子回轉身來的時候，他卻在專心看書；接著他又把別針戳了另外一個孩子一下，爲的是要聽見他叫一聲「哎唷！」，結果又讓老師罵了一頓。湯姆這一班都是一模一樣的角色——吵吵鬧鬧，老愛搗蛋。他們來背書的時候，沒有一個把功課記熟了，老是一面背，一面要有人給他提醒才行。然而他們還是勉爲其難地背下去，最後個個都得了獎品——藍色的小條兒，每張上面印著一段《聖經》上的話；每張藍條兒是背兩節《聖經》的代價。十張藍條兒等於一張紅的：十張紅條兒等於一張黃的；有了十張黃條兒，校長就獎賞這個學生一本裝訂得很馬虎的《聖經》（在當初那種好過日子的時候，只值四毛錢）。要是叫我的讀者們背熟兩千節《聖經》，哪怕是可以換一本多萊版的《聖經》❸，又有多少人肯那麼用功，那麼賣力呢？可是瑪麗就用這個方法獲得了兩本《聖經》——那是兩年之久的苦工夫的代價——還有一個德國血統的男孩得到了四、五本。有一次他一直不停地背了三千節《聖經》；可是由於他用腦過度的結果，從此以後，他簡直就差不多變成了一個白痴——這是學校的一個重大的不幸，因爲每逢盛大的場合，在許多來賓面前，（據湯姆的說法）校長總是叫這個學生出來「裝點場面」。只有那些年齡較大的學生才會注意保持他們的條兒，堅持那討厭的背書功夫，直到換得一本《聖經》爲止，所以每次發給這種獎品都是一件稀罕和了不起的大事；得獎的學生在

---

❸ 多萊版《聖經》是一種印有法國名畫家多萊揮畫的版本。

那一天顯得非常光榮，非常出色，以至於每個學生心裡當場都燃起了一陣新的野心，每每繼續維持到一、兩個星期之久。湯姆心裡也許是從來就沒有認眞渴求過這種獎品，可是毫無疑問，他的全副身心已經有許多天希望得到隨著這種獎品而帶來的榮譽和光彩。

到了適當的時候，校長在講道台前面站起來了，他手裡拿著一本闔著的聖詩，手指夾在書頁中間，叫大家安靜聽講。一個主日學校的校長在照例說那幾句簡單的開場白的時候，手裡非拿著一本聖詩不可，就好像一個歌唱家開音樂會的時候，從台上走到前面去獨唱，非把歌單拿在手裡不可一樣——雖然誰也不知道那是爲什麼；因爲在台上受罪的那個人從來都不會用得著那本聖詩或是那張歌單。這位校長是個三十五歲的瘦子，留著淡黃色的山羊鬍子和淡黃色的短頭髮；他戴著一條筆挺的硬領，上邊幾乎頂到他的耳朵那兒了，兩個尖角一直往前面彎過來，齊著他的嘴角——好像一道圍牆似的，逼著他只能一直往前看，每逢他要往旁邊看看的時候就不得不把全身轉過來；他的下巴托在一條寬大的領結上面，這個領結像一張鈔票那樣寬和長，兩頭還有帶著縫子的邊；他靴子的尖頭是筆直向上翹的，這是當時的時興樣式，好像雪車底下翹起來的滑刀一樣——這種時興樣式是青年們耐心地、費勁地一連幾個鐘頭把腳趾拚命頂牆坐著的成果。華爾特先生的態度是很嚴肅的，心地是很誠懇和眞實的，他對宗教上的事情和場所非常尊敬，把它們和世俗的一切分得非常清楚，所以他不知不覺地把在主日學校說的聲音養成了一種特別的腔調，這種腔調他在平日是完全不用的。他的話是這樣起頭：

「孩子們，現在我要你們端端正正地坐起來，坐得好好的，集中全副精神聽我講一兩分鐘的話。對呀——就是這樣，好孩子們就應該這樣。我看見一個小女孩在望窗戶外面哩——恐怕她是想著我在外面什麼地方——也許是想著我在樹上給小鳥兒講話吧（滿場都是表示喝采的嘻嘻低笑聲）。我要告訴你們，我看見這麼多聰明又乾淨的小臉聚集在這個地方，大家都來學習正當的行爲和優良的品行，這叫我心裡多麼快活。」還有諸如此類的話。我也不必把他的演說通通記下來。那反正是些千篇一律的話，所以我們大家都是聽慣了的。這篇演說最後的三分之一遭到了一些打攪，因爲那些壞孩子當中又有人打架和搞別的玩意兒，扭動身子和悄悄耳語的更是滿場都有，甚至連席德和瑪麗那種屹立的、不能摧毀的「中流砥柱」也不由得受到激蕩了。可是後來華爾特先生聲音平息下來的時候，一切聲音都突然停止了；演說的結束受到了一陣無聲的感激。

耳語的一大部分是由於一件比較稀有的事情引起的——那就是幾個客人的入場：柴契爾律師，由一個非常瘦弱的老人陪伴著；一位文雅的、肥胖的、鐵灰色頭髮的中年紳士；還有一位莊嚴的闊太太，她顯然是那位紳士的妻子。這位太太還牽著一個小孩。湯姆這麼半天老是一直感到不安，心裡充滿了煩躁和懊惱，而且還受著良心的譴責——他不敢和艾美．勞倫斯對視，她那含情的注目簡直使他受不了。可是他一見這個新來的小客人，他的心靈裡馬上就燃起了幸福的火焰。他立刻就拚命地出風頭——打別的孩子的耳光，揪人家的頭髮，做鬼臉——總而言之，凡是似乎足以博得一個女孩子的歡心和讚賞的一切手段，他都用盡了。他興高采烈的勁頭只有一點煞風景的小事夾雜在裡面——那就是他在這個小天使的花園裡那件晦氣事的回憶——不過那好像是沙灘上留下的痕跡似的，現在有這一陣陣幸福的浪潮往上面沖刷，也就很快地沖得無影無蹤了。

幾位貴客被請上了最高的榮譽席位，華爾特先生的演說剛剛完畢，他就介紹他們和全校師生見面。那位中年人原來是一個不平凡的大人物——竟是縣裡的法官——他簡直是這些孩子們從來沒有見過的一位最威嚴的角色——他們猜不透上帝究竟是用什麼材料把他做成的——他們一方面想聽聽他發出吼聲，一方面又有點害怕他吼。他是康士坦丁堡鎮的人，離這兒有十二哩遠——所以他是出過遠門、見過世面的——他那雙眼曾經見過縣裡的法庭——據說那所房子的屋頂是洋鐵皮的。這些念頭所引起的敬畏，從那意味深長的沈默和那一排一排瞪著的眼睛就可以看得出來。這就是柴契爾大法官，是他們這鎮上的律師的哥哥。杰夫·柴契爾立即走上前去，和這位大人物親近，並且讓全校羨慕。他要是聽得見大家悄悄說的話，那眞會像音樂那麼叫他聽著心裡舒服：

「吉姆，你瞧他！他往台上去地。嘿——瞧！他要跟他握手——他眞的在跟他握手哩！哎呀，你自己想不想當杰夫？」

華爾特先生開始「賣弄」了，他做著各種照例的忙亂事情和活動，東一處、西一處地發號施令，表示意見，給予指示，凡是他找得到目標的地方，他都要嘮叨幾句。圖書管理員也「賣弄」一番——他到各處跑來跑去，手裡抱著許多書，嘴裡老是咕噥著，忙個不停，他這種舉動和聲音，是那位權威人物所喜歡的。年輕的女教師們也「賣弄」一番——彎著腰親密地望著剛被打過耳光的學生，舉起漂亮的手指警告地指著那些壞孩子，溫柔地拍拍那些好孩子。年輕的男教師們也「賣弄」一番，他們小聲地罵一罵學生，還用別的方式表現他們的權威和他們對校規的重視——男男女女的教師們都上講道台旁邊的圖書室那兒有事情做；這種事情，他們往往不得不反覆做兩、三次（外表裝出很著急的樣子）。小女孩們也用各種方式「賣弄」，男孩子們更是「賣弄」得勁頭十足，所以空中到處都是紙團在亂飛，還有互相扭打的嘟噥聲音。尤其重要的是，那位大人物坐在台上含著莊嚴而有智慧的微笑，喜氣洋洋地望著全場，他自己的光榮好像太陽似地把他曬得很溫暖——因爲他也在炫耀自己哩！

這時候如果再有一件事情，就可以使華爾特先生狂喜到極點——他很想有個機會發一部作獎品的《聖經》給一個學生，展現出一番不平凡的盛況。有幾個學生稍有幾張黃條兒，可是誰也不齊全——他到那些出色的學生當中轉了一圈，探聽消息。假如這時候能叫那個德國孩子腦筋健全起來，他眞是無論什麼代價都情願付出的。

正在這時候，眼看著毫無希望了，湯姆．索亞卻拿著九張黃條兒、九張紅條兒和十張藍條兒走上去，請求換一本《聖經》。這眞是晴天霹靂。十年之內，華爾特也不會料得到這個小傢伙竟會提出這種申請。可是這又無法推脫——條子都不假，照票面都是有效的。因此湯姆就被提升到法官和其他貴客那兒，和他們坐在一起，這個重大的消息由校長那兒宣布了。這是十年難遇的最了不起的驚人之事，全場更是大爲轟動，以至於把這位新英雄的地位抬得和大法官相等了，這下子學校裡的人們可以瞪著眼睛看兩位了不起的人物，而不只一位了。男孩子們都嫉妒得要命——可是最懊惱的還是拿背《聖經》的條子給湯姆掉換他出賣刷牆的特權時所積下的財寶的那些孩子們，湯姆靠出賣這種專利而積下了許多財寶，他們都給他幫了大忙，使他獲得了這種可恨的榮譽，可是現在才發現，悔之晚矣。這些孩子們現在才明白他們的對手是個詭計多端的騙子，是一條藏在草叢裡咬人的蛇，而他們自己卻是上了當的大傻瓜，因此他們都看不起自己。

校長把獎品發給湯姆的時候，儘量打足了氣，發表了一大篇表揚的演說來應景；可是他的話裡好像不大有那股出自本心的熱誠，因爲這位可憐先生的本能告訴他，這裡面一定是有什麼見不得人的奧秘；要是說這孩子居然能在他的倉庫裡儲存了兩千個聖經裡面的智囊，那眞是笑死人的事情——不用說，十幾個就會叫他容納不下了。

艾美．勞倫斯很得意，也很歡喜，她一直想要讓湯姆在她臉上看出這種神氣來——可是他根本就不望她一眼。她不知道這是怎麼一回事；接著她有點兒慌張；接著又隱隱約約地有點兒懷疑——這種懷疑一會兒消失了，一會兒又發生了；她定睛望著他；直到後來他偷偷地瞟了新來的女孩子一眼，這才使她恍然大悟了——於是她的心碎了，她覺得又吃醋、又冒火，眼淚也流出來了，她簡直對所有的人都懷恨，最恨的是湯姆（她心想）。

校長介紹湯姆和大法官見了面；可是湯姆的舌頭打了結，氣也換不過來，心也直跳——一半是由於這位大人物的威嚴，一半是因爲他是她的父親。要是在黑暗中，他簡直就要跪下去膜拜他。法官把手按在湯姆頭上，把他叫做了不起的好孩子，問他叫什麼名字。這孩子結結巴巴，透不過氣來，勉強答應了一聲：

「湯姆。」

「啊，不對，不是湯姆——應該是……」

「湯瑪斯❹。」

「哈，這才對了。我想應該還有一半吧，也許。這總算不錯。可是我準知道你還有姓哩，你告訴我吧，好不好？」

「湯瑪斯，把你的姓告訴法官先生吧！」華爾特說，「你還得說一聲『先生』，你可別忘記

---

❹湯姆是湯瑪斯的簡稱，照老古板的規矩，在莊嚴的場合應稱湯瑪斯。

了禮貌呀！

「湯瑪斯．索亞——先生。」

「這才對哪。眞是個好孩子。了不起，眞是個了不起、有出息的好孩子。兩千節《聖經》可實在是不少——實在是夠多的了。你費了那麼多腦筋把這些經文背熟，一輩子也不會後悔的。古諺說：『萬般皆下品，唯有讀書高。』呀！有了學問，才可以成爲大人物，才可以成好人；湯瑪斯，將來你遲早有一天會成爲大人物，成爲好人，那時候你回想起來就會說，一切都多虧我小時候在主日學校裡上了那些寶貴的課——這都得歸功於當初教我的那些親愛的老師——都得歸功於那位好校長，是他鼓勵我，督促我，還給了我一本漂亮的《聖經》——一本漂亮極了的《聖經》——讓我一人永遠保存下來——我這一輩子全是仗著老師們教養有方！你將來就會這麼說，湯瑪斯——你那兩千節《聖經》，無論人家出多少錢，你也不肯賣吧——我想你一定不願。現在請你把你學到的東西拿點出來，說給我和這位太太聽聽，我想你該不在乎吧——不會的，我準知道你不會這麼小氣——我們對於用功的小學生是覺得很光榮的。那麼，不用說，十二門徒的名字你通通知道吧！你把耶穌最初選定的兩個門

徒的名字告訴我們，好不好？」

湯姆捏住一個鈕釦眼使勁地拉，樣子顯得很害躁。他一下子臉紅了，眼睛一直往下望。華爾特先生心裡著急得要命。他暗自想道，這孩子連最簡單的問題都答不上——法官為什麼偏要問他呢？可是他又不得不開口說：

「你回答法官先生吧，湯瑪斯——別害怕。」

湯姆仍舊不肯開口。

「好吧，我知道你會告訴我，」那位太太說，「最初兩個門徒的名字是——」

「大衛和哥利亞——」❺

我們還是發點慈悲，就此閉幕吧！這齣戲不必再往下看了。

---

❺大衛是以色列王，耶穌的祖先；哥利亞是與以色列為敵的非利士巨人，大衛少年時用飛石把他打死了。耶穌首先選定的兩個門徒是彼得和安德魯。湯姆答的是牛頭不對馬嘴。但是他自己很頑皮，愛打架，所以對大衛打死哥利亞的故事一定很感興趣！這時候就脫口而出，把他們的名字說出來了。

5 老虎鉗甲蟲和它作弄的對象

大約在十點半的時候，小教堂的破鐘響起來了，隨即大家都聚集起來聽早晨的佈道。主日學校的孩子們分散在教堂裡，和父母坐在一起，爲的是好受他們的監督。波莉阿姨來了，湯姆、席德和瑪麗都挨著她坐下來——湯姆被安排在緊靠著走道的位子上，儘量讓他跟敞開的窗戶和外面誘人的夏日景致離得遠一些。人群順著走道往裡面走：其中有年老而貧苦的郵政局長，他是曾經過過好日子的；鎮長和他的太太——這地方有許多用不著的陳設，鎮長就是其中之一；治安法官；道格拉斯寡婦，她是個漂亮、精明的人，四十來歲，又慷慨、又善良，境況也還算寬裕，她那山上的大住宅是這鎮上唯一講究的房子，她是聖彼得堡鎮最好客的，而且花錢也比誰都多的一位；還有駝背的、年高德劭的華德少校和他的夫人；還有李維遜律師，他是一位遠處來的新貴客；再其次就是鎮上的美人，後面跟著一大隊穿上等細麻布衣服、紮著緞帶子的、叫人害單相思病的年輕少女；她們後面跟著全鎮所有的年輕店員和職員們，大家一齊湧進去——因爲他們原來都站在門廊裡，吮著自己的甘蔗，他們是一群如痴如醉的愛慕者，圍在那兒站成一道牆似的，一直到最後一個少女走出了他們的包圍爲止；最後來到的是那個模範兒童威利·莫弗遜，他對他的母親照顧得非常仔細，就好像她是一件雕花玻璃器皿一般。他老是領著他的母親到教堂來，所有結過婚的女人都把他當成個寶貝。男孩們都恨他，因爲他太規矩了。況且他常被人誇獎，叫他們難堪。他的白手巾掛在屁股口袋的外面，星期天照例是這樣——故意裝做偶然的。湯姆沒有手巾，他認爲有手巾的孩子們都是些故意擺擺架子的小勢利鬼。

這時候聽道的人都到齊了，大鐘又響了一遍，爲的是提醒遲到的和在外面亂跑的人；然後一陣莊嚴的寂靜降臨教堂，只有特別席上的歌詠隊裡有些低聲嬉笑和耳語聲音，打破這種沈寂。佈道的時候，歌詠隊裡從頭到尾總有人低聲竊笑和耳語。從前曾經有過一個歌詠隊不像這樣沒有教養，可是現在我記不起那是在什麼地方了。反正是多年以前的事，我幾乎什麼也想不起了，不過我想大概是在外國的事情。

牧師把他叫會眾齊唱的頌主詩歌翻出來告訴大家，他津津有味地唸了一遍，他那特別的音調在那帶地方是很受人稱讚的。他的聲音由中級音階開始，一步步往上升，唸到最高音的一個字那兒，特別著重一些，然後突然降低，好像由跳板上跳下來一般——

別人苦戰要得榮耀，血汗染遍
沙場；
我豈可以安坐花壇？盼望抬進
天堂？

人家認爲他是一個了不起的朗誦家。在教堂裡的「聯歡會」上，他老是被人請來朗誦詩歌；他唸完之後，婦女們就要舉起雙手，然後軟綿綿地把手垂下來，放在膝上，睜大著眼睛，一面搖

頭，好像是說：「眞是無法形容，實在太美了，這樣美的聲音，在這平凡的人間簡直是太難得了。」

唱完頌主歌之後，牧師史普拉格先生就變成了一塊布告牌，宣布一些集會和團體的通告等等，他一直說個不停，簡直就像是他所要宣布的事情要繼續說到世界末日霹靂聲響的時候爲止似的——這是一種很奇怪的習慣，至今在美國還保持著，即使在這報紙多得很的時代，連城市裡也都是這樣。一種傳統的習慣每每是越沒有存在的理由，反而越不容易去掉它。

後來牧師就做禱告了。這是一篇很好且內容豐富的祈禱，說得很周到：牧師替教會向主求福；替教堂裡的孩子們求福；替本村別的教堂求福；替全村求福；替全縣求福；替全州求福；替州里的官員們求福；替美國求福；替美國各教會求福；替國會求福；替總統求福；替政府的官員們求福；替漂泊在狂風暴雨海洋上的可憐的水手們求福；替呻吟在歐洲的君主制度和東方的專制制度鐵蹄下的無數百萬被壓迫者求福；替那些獲得了救主的光和福音而視若無睹、充耳不聞的教徒們求福；替遠在海外島上的那些異教徒求福；最後牧師祈求天主讓他所要說的話能夠獲得主的恩寵，成爲播種在肥沃的地裡的種子一樣，到時候開花結果，造福無窮。阿門❶。

全場的衣服沙沙地響了一陣，站著的聽衆都坐下了。這本書裡所敘述的那個男孩子並不欣賞這篇祈禱，他只是忍受著——也許連戀愛都還說不上。他在祈禱的時間內，一直都在淘氣；他計算著禱詞內容的項目，但只是無意識地這麼做——因爲他並沒有聽，只不過是熟悉牧師先生講道的範圍和用慣的說教方法罷了——每逢禱詞裡夾進了一點點新東西，他的耳朵就能察覺得出來，而且他就全副身心恨透了它；他認爲增加新材料實在是太不公平，太不光明正大，簡直是要無賴。在禱告做到一半的時候，有一隻蒼蠅落在他前面的座椅靠背上；它從從容容地搓著雙手，伸出胳臂來抱著頭，拚命用力地磨擦，以至於它的頭幾乎好像是要和身子分家，像一根細線似的脖子顯露出來，可以看得清清楚楚；它又用後腿撥弄翅膀，使翅膀平妥地貼在身上，好像那是禮服的後襬，它逍遙自在地老在那兒做著這全套梳妝打扮的工夫，似乎是明知自己絕對安全無事一般：湯姆眼看著這一切，精神上就像是受罪似的。那東西也實在是安全的；因爲湯姆雖然手癢得要命，一直想去抓它，卻又不敢——他相信如果正在禱告的時候做這種事情，他的靈魂立刻就會遭到毀滅。可是禱告到最後一句的時候，他的手也就開始偷偷地伸過去；「阿門」剛說出口，蒼蠅就當了俘虜。他阿姨發覺了這個舉動，便叫他把它放掉了。

牧師宣布了他的佈道詞所根據的《聖經》章節，隨即就用單調而低沈的聲音說了一番非常枯燥無味的道理，因此有許多人漸漸低下頭去打瞌睡——他的佈道詞裡講了地獄裡無窮無盡的刑

---

❶「阿門」是基督教禱詞的結尾，意思是「心願如此」。

罰，並且說得使人感覺到，夠資格讓上帝選去升天的只剩下極少的幾個人，簡直不值得去拯救。湯姆數清了佈道詞的頁數；做完禮拜之後，他總是知道牧師講的經文有多少頁，可是牧師講的話，他卻很少知道是什麼內容。不過這一次，他可有一會兒工夫真正感到興趣了。牧師把千年至福時期❷全世界各族人民團聚在一起的情景作了一番偉大而動人的描繪，說是那時候獅子和羔羊會在一起躺下，由一個小孩子領著它們。可是這個偉大場面的感動力以及它的教訓和意義對湯姆並沒有起什麼作用；他所想到的只是那裡面的主要角色在旁觀的各族人民面前所顯出的惹人注目的神氣；他心裡有了這個念頭，臉上就露出喜色，他暗自想著，如果那個獅子是馴服的，他就很願意自己就是那個孩子。

牧師再把他那篇枯燥的道理往下講的時候，湯姆又陷入痛苦的情緒中了。隨即他就想起了他有一個寶貝，趕快把它拿出來。那是一隻下巴骨長得很可怕的大黑甲蟲——他把它叫做「老虎鉗甲蟲」。這隻甲蟲在一隻裝雷管的盒子裡放著。他把它一放出來，它的第一個動作就是咬住他的手指。湯姆很自然地彈了一下手指，那甲蟲就滾到走道裡，仰著落在

❷《聖經》裡說耶穌將再來人間作一千年的王，十章第一至五節。

地上，湯姆那隻咬痛了的手指也就伸到他嘴裡去了。甲蟲躺在那兒，無可奈何地動彈著它那幾條腿，翻不了身。湯姆眼巴巴地望著它，很想把它抓回來；可是它卻在他搆不著的地方，安然無事。其他對牧師講道不感興趣的人也拿這隻甲蟲來解悶，他們也仔細望著它。隨即有一隻遊蕩的獅子狗懶洋洋地走過來，它心裡很悶，被夏天那平靜安閒的環境弄得怕動，在屋裡待膩了，渴望著換換空氣。它一眼發現了這隻甲蟲；它那垂著的尾巴就舉起來搖擺著。它把這個俘獲物打量了一番，圍著它走了一圈，離得老遠地聞了聞，又圍著它走了一圈，然後它就大膽起來，靠近去聞了一下；它張開嘴，很小心地想把它咬住，可是剛好沒有咬著；於是再試一回，又試一回；它漸漸覺得很開心，隨後它把肚子貼著地，用兩隻前腳把那甲蟲擋在當中，它就這樣繼續著它的試驗；後來終於厭煩起來，也就覺得無所謂，心不在焉了。它低下了頭，下巴漸漸垂下去，碰到了它的對手，一下子讓它夾住了。獅子狗尖叫了一聲，猛然搖了一下頭，於是甲蟲被它摔出了兩碼以外，又仰臥在地上了。鄰近的觀眾心裡感到一種輕鬆的愉快，笑得前仰後翻，有些人拿扇子和手巾遮住了臉笑，湯姆簡直快活極了。那隻狗顯出一副可笑的神氣，也許它也覺得可笑吧，可是它心裡也有些懷恨，很想報復。於是它又跑到甲蟲那兒，小心翼翼地開始再向它進攻；它從每個角度向它跳過去，著地的時候把前爪落在離甲蟲一吋以內的地方，再用牙齒更靠近這東西去咬它，並且連忙擺動著頭，把耳朵垂下來了。可是過了一會兒，它又覺得玩膩了；於是又打算和一隻蒼蠅尋開心，可是並不能解悶；然後它就跟著一隻螞蟻到處走，鼻子離地很近，不久又厭煩了；它打個哈欠，嘆口氣，根本把那隻甲蟲忘記了，結果就一屁股坐在它上面。於是這獅子狗痛得尖叫起來，在走道上一直飛快地跑；它叫聲不止，也跑個不停；它從聖壇前面橫過講堂；又順著另外那邊的走道飛跑；它由大門那兒跑過；跑上最後的一段跑道；它越往前跑，越加痛得難受，後來它簡直就形成了一個毛茸茸的慧星似的，發著閃光，以光速在它的軌道上前進。最後這個痛得發瘋的倒楣蛋越出了它的跑道，跳到它主人的懷裡；他卻把它使勁往窗戶外面扔出去，那陣痛苦的叫聲很快就微弱下來，終於在遠處消失了。

到了這時候，教堂裡的人個個都憋住笑聲，漲得滿臉通紅、透不過氣來，佈道詞也停頓了。牧師隨即又繼續往下講，可是講得很不順利，有些吞吞吐吐，無論如何也不能再引人注意了；即使他說出最莊嚴的意思，聽眾也要一次又一次地躲在離得遠的座位背後，發出一陣憋住的笑聲來，發洩他們那種有欠恭敬的愉快，好像這位可憐的牧師先生說了什麼非常滑稽的話一般。後來大家的受難結束了，牧師給他們祝福的時候，全場都感到滿心歡喜的解脫。

湯姆·索亞很愉快地回家去了，他心裡想著，要是作禮拜的時候加上了一點別的花樣，倒是有幾分樂趣的。只有一個念頭叫他不大滿意，他雖然很願意讓那隻狗和甲蟲玩耍，可是他覺得它居然帶著甲蟲跑掉，未免太不老實了。

6 湯姆和貝琪相識

星期一早晨，湯姆．索亞心裡很不痛快。他一到星期一早晨總是這樣——因爲那又是一個星期在學校裡慢慢受罪的開始。那天清早，他心裡照例想著，反而不如沒有前一天放假的日子夾在當中還好一些，因爲有了那一天，就使他感覺到再到學校裡去坐牢的滋味更加討厭得多。

湯姆躺在床上漫想。他忽然起了一個念頭，希望自己有病；那樣他就可以待在家裡不去上學了。這個主意倒是隱隱約約有點可能性。他把周身檢查了一遍，並沒有發現什麼毛病，於是又檢查了一遍。他以爲這次可以找出肚子痛的症候，而且懷著不小的希望想要鼓勵這種症候發作。可是這種症候不久就洩了氣，而且隨即就根本消失了，於是他又繼續想。忽然他發現了一點毛病，他的上排前牙有一顆鬆了。這總算走運；他正想開始呻吟，照他的說法，這是作爲「引子」，可是他又想到，假如他在出庭受審的時候❶，提出這個理由來應付，他阿姨就會要給他拔掉這顆牙，那可是很痛的，所以他就覺得還不如暫時把這顆牙齒留著作準備，再另打主意的好。過了一會兒，他還是沒有想到別的，就想起醫生曾經說過有一種什麼毛病叫病人躺了兩、三個星期，而且幾乎爛掉他一隻手指，所以這孩子就很熱切地把他那隻腫了的腳趾從被窩裡伸出來，舉起來仔細察

❶ 這裡是指湯姆準備接受阿姨的盤問。

看，可是他並不知道那種毛病應該有些什麼症候，不過他似乎不妨試它一下，所以他就提起精神呻吟起來。

可是席德始終睡得很死。

湯姆呻吟的聲音越來越大，他幻想著他那隻腳趾當眞痛起來了。

席德還是沒有反應。

這時候湯姆因爲呻吟得太用力，竟累得喘起氣來了。他歇了一會兒，然後又打起精神，發出一連串絕妙的呻吟聲。

席德還是繼續打鼾。

湯姆很冒火。他叫道：「席德，席德！」還推了他幾下。這一招終於生效了，於是湯姆又呻吟起來。席德打了個哈欠，伸了伸懶腰，然後噴了一下鼻息，用胳臂肘支起身子，瞪著眼睛望著湯姆。湯姆繼續呻吟。席德說：

「湯姆！嘿，湯姆！」（沒有應聲。）「怎麼的，湯姆！湯姆！什麼毛病呀，湯姆！」於是他推了湯姆兩下，很著急地望著湯姆的臉。

湯姆哼著聲說：

「啊，別這樣，席德，別推我。」

「怎麼的，到底是什麼毛病，湯姆。我得去叫阿姨來才行。」

「不用——不要緊的。我也許一會兒就好了，用不著叫誰來。」

「可是我非叫不可！別這麼哼哼吧，湯姆，眞嚇死人，你這麼難受了多久？」

「好幾個鐘頭了。哎唷！你別這麼動吧，席德，眞要我的命呀！」

「湯姆，你怎麼不早點把我叫醒呢？啊，湯姆，別哼哼！我聽見你這麼哼哼，渾身都嚇得起雞皮疙瘩。湯姆，到底是什麼毛病呀？」

「席德，我什麼事都原諒你——（呻吟……）你對我所有一切的事情，我都不怪你。我死了以後……」

「啊，湯姆，你不會死，怎麼會呀？別這麼說，湯姆——啊，別這麼說吧！也許……」

「不管是誰我都原諒他，席德——（呻吟……）請你告訴他們吧，席德。還有呢，席德，你把我那個窗戶框子和那隻獨眼貓都拿給那個新來的女孩吧！你跟她說……」

這時席德已經拿起衣服跑出去了。這時候湯姆當眞感覺到痛苦了，因爲他的想像起了很大的作用，所以他的呻吟聲就顯得活像眞有那麼回事一般。

席德飛跑到樓下去，說道：

「啊，波莉阿姨，快來吧！湯姆快死了！」

「快死了！」

「是呀，阿姨。別耽擱——快來！」

「胡說！我不信！」

可是，她還是連忙跑上樓去，席德和瑪麗跟在她後面。她臉色發白，嘴唇直抖。她走到床邊的時候，喘著氣說：

「你怎麼了，湯姆！湯姆，你害什麼毛病呀？」

「啊，阿姨，我……」

「你害什麼毛病——到底是怎麼回事呀，孩子？」

「啊，阿姨，我那隻腫了的腳趾爛成瘡了！」

老太太往椅子上坐下去，笑了一會兒，又哭了一會兒，後來又連哭帶笑。這總算使她恢復了常態，於是她說：

「湯姆，你可眞把我嚇壞了，不許再那麼胡說八道，快起床吧！」

呻吟的聲音停止了，腳趾也不再痛了。這孩子覺得有點難爲情，他說：

「波莉阿姨，我那腳趾好像是灌了膿，簡直痛得我把牙齒的事全忘了。」

「你的牙齒，咦！怪事！牙齒又出了什麼毛病？」

「有一顆牙鬆了，簡直痛得要命！」

「哎呀，哎呀，你可別再哼哼了。張開嘴來。不錯——你的牙齒的確是鬆了，可是這絕不會把你痛死。瑪麗，拿根絲線給我，到廚房裡弄一塊燒紅的火炭來。」

湯姆說：

「啊，阿姨，請您別給我拔牙吧！現在已經不痛了。要是再痛，我也絕不鬧，請您別拔呀，阿姨。我不待在家裡逃學了。」

「啊，你不逃學了，是嗎？原來你這麼大叫大鬧，爲的就是你想那麼一來，就可以待在家裡不上學，還可以出去釣魚呀？湯姆，湯姆，我非常愛你，可你好像老是在設法給我搗蛋，偏要叫我傷心，把我這條老命送掉。」這時候拔牙的工具已經拿來了。老太太把絲線的一頭打了個活結，拴在湯姆那顆牙齒上，另外那一頭拴在床柱上。然後她拿起那塊燒紅的火炭，突然向湯姆面前伸過去，幾乎快碰到他的臉上。這下子那一顆牙齒就搖來晃去地吊在床柱上了。

可是，這一切災難都是有些好處作爲代價的，湯姆吃完早餐上學去的時候，他在路上遇見的孩子們個個都羨慕他，因爲他上面那排牙齒的缺口使他能夠用一種妙透了的新法子啐唾沫。一大群的孩子跟在他後面，對他這種表演很感興趣；另外有個割破了手指頭的孩子，本來一直是大家喜歡和尊敬的中心，現在卻忽然沒有人追隨他，因此失去了光彩。他心情很沈重，帶著鄙視的神氣說，像湯姆那樣啐唾沫，算不了什麼稀奇，可是他心裡並不是這麼想；另外有個孩子就說：「酸葡萄！」於是他就成了一位落魄英雄，只好掃興地避開了。

不久湯姆就碰見這村子裡的野孩子哈克貝利．費恩，他是一個酒鬼的兒子。哈克貝利是全鎮的母親們所痛恨和畏懼的角色，因爲他遊手好閒、無法無天、又下流、又沒有教養——還因爲所有的孩子們都非常羨慕他，大人不許他們和他接近，他們卻偏愛和他來往，而且還希望自己也敢於學他的樣。湯姆也和其他的體面孩子一樣，很羨慕哈克貝利那種逍遙自在的流浪兒生活，並且也受過大人的嚴厲囑咐，不許和他玩耍。所以他每逢有機會就偏要和他玩。哈克貝利經常穿著大人丟掉不要的破衣服，滿身都是一年四季在開花，破布條老是在空中飄動。他的破帽子很大，邊上有一塊很寬的新月形的帽邊子掛著；他要是穿著上裝的時候，那上裝差不多就拖到了腳跟，背後兩顆並排的鈕釦一直到背部的底下；褲子只有一邊吊著背帶；褲襠像個口袋似地垂得很低，裡面什麼也沒有；褲腿沒有捲起的時候，毛了邊的下半截就在灰塵裡拖著。

哈克貝利自由自在地來來去去。天晴的時候，他就在人家台階上睡覺；下起雨來，他就到大空桶裡去睡。他不必上學，也不用到教堂去，他不用叫誰做老師，也不要聽誰的話；不管什麼時候，隨便愛上哪兒去釣魚或是游泳，都可以去，並且愛待多久就待多久；誰也管不著他和別人打架；到了晚上，他愛坐到什麼時候就坐到什麼時候；春天他照例是第一個光著腳的，秋天穿鞋他也穿得最晚；他永遠不用洗臉，也不用穿乾淨衣服；他罵起人來，簡直妙不可言。總而言之，凡是足以使生活痛快的事情，這孩子都享受到了。聖彼得堡鎮的那些受折磨、受拘束的體面孩子們個個都是這麼想。

湯姆招呼那個浪漫的流浪兒：

「喂，哈克貝利，你好呀！」

「你也好呀，你瞧這玩意兒怎麼樣？」

「你那是什麼？」

「死貓。」

「讓我瞧瞧，哈克❷。咦，這傢伙倒是硬梆梆的。你從哪兒弄來的？」

「從一個孩子那兒買過來的。」

「你給他什麼呢？」

「我給他一張藍條兒，還有我從屠宰房那兒弄來的一個可充氣的囊袋。」

「你那張藍條兒是哪兒弄來的？」

「前兩個星期拿一根推鐵環的棍子給貝恩．羅杰換來的。」

「嘿——死貓有什麼用呀，哈克？」

「有什麼用？可以治贅疣。」

「不行！你說能治嗎？我知道有個更好的治法。」

「我敢說你不知道，那是個什麼法子？」

「噢，就是仙水。」

「仙水！我看仙水一個屁錢也不值。」

「你說它一錢不值，是不是？你試過沒有？」

「沒試過，可是波布．丹納試過。」

「誰跟你說的？」

「嘔，他告訴杰夫．柴契爾，杰夫告訴強尼．貝克，強尼告訴吉姆．荷利斯，吉姆告訴貝恩．

❷ 哈克是哈克貝利的簡稱。

羅杰，貝恩告訴一個黑人，那黑人告訴了我。瞧，你這還有什麼話好說的！」

「哼，那又怎樣？他們都會撒謊。那個黑人我不認識。至少是除他以外誰都會撒謊，可我也從來沒見過一個不愛撒謊的黑人。呸！現在你給我說說，波布・丹納是怎麼辦的吧，哈克。」

「嘔，他就是把手伸到一個老樹樁的坑裡蘸點那裡面的雨水。」

「在白天嗎？」

「當然嘍。」

「臉對著樹樁嗎？」

「是呀！至少我猜是朝著的。」

「他唸什麼咒沒有？」

「我猜他沒唸！我不知道。」

「哎呀！原來是想要用這種糊塗蛋的辦法去拿仙水治贅疣呀！噢，那可是一點用處也沒有。你非得一個人去，一直走到樹林當中，到了有仙水的樹樁那兒，還得正在半夜的時候，轉過背去對著樹樁，再把手塞進去，一面嘴裡唸著：

大麥大麥，還有玉米麩，
仙水仙水，給我治贅疣。

唸完就閉上眼睛趕快走十一步，離開那裡，然後轉三圈，就回家去，和誰也別說話。因為你一說話，那符咒就不靈了。」
「歐，這個辦法倒像是不錯；可是波布・丹納不是這樣試的。」
「哼，夥計，管保他沒這麼試，因爲他是這個鎮上贅疣長得最多的孩子；他要是懂得怎麼用仙水來治的話，那他身上就一個贅疣也不會有了。我用這個辦法治掉了手上不知多少個贅疣了，哈克。我愛玩青蛙，所以我老是長許多贅疣，有時候我就拿蠶豆治它。」
「是呀，蠶豆倒不錯，我試過。」
「你試過嗎？你是怎麼試的？」
「你把蠶豆拿來切開，再把贅疣也割破，讓它出點血，然後你把血弄在半邊蠶豆上，趁半夜在月亮底下陰暗的地方找個岔路口，挖個坑把這半邊蠶豆埋到地下，再把另外那半邊蠶豆燒掉。你瞧那半邊帶血的蠶豆就會老在那兒吸個不停，老想著把另外那半邊吸過去，所以這樣就幫著那上面的血去吸贅疣，過不多久，贅疣就掉了。」
「是呀，就是這麼辦，哈克——就是這麼辦；不過你要是把它埋下去的時候，嘴裡唸一聲『蠶豆入土，贅疣掉下去；可別再來和我搗蛋！』那就更好了。喬伊・哈波就是這麼辦的，他可是差點兒到過康維爾那麼遠的地方，差不多什麼地方都去過哩。可是，嘿——你拿死貓又怎麼治贅疣呢？」
「唉，就是把你的貓拿著，快到半夜的時候溜到墳地裡去，找個埋了壞人的地方；一到半夜，就會有個鬼過來，也許有兩、三個也說不定，可是你看不見它們，只能聽見像風一樣的聲音，也許還聽得見它們說話；等到鬼把那個壞人搬走的時候，你就把那隻貓往它們後面扔過去，嘴裡一面就說：『鬼跟著屍，貓跟著鬼，贅疣跟著貓，我和你一刀兩斷！』這就不管什麼贅疣都能治好。」

「這倒像是有道理，你試過嗎，哈克？」

「沒有，這是霍普金斯老太婆告訴我的。」

「歐，那麼我猜這不會錯，因爲人家說她是個巫婆。」

「可不是嗎！嘿，湯姆，我就知道她的確是。她對我爸爸施過法術的，爸爸自己說的。有一天他一路走過來，他看見她正要迷他，他就拾起一塊大石頭，要不是她躲得快，他就打中她了。哎，就在那天晚上，他喝醉了酒躺在一個木棚子頂上，一下子就滾下來，摔斷了胳臂。」

「歐，那可眞嚇死人。他怎麼會知道她要迷他呢？」

「哎呀，爸可看得出，容易得很。爸說她們要是瞪著眼睛直啾著你，那就是要迷住你呢。要是她們嘴裡還唸咒，那就更不用說。因爲她們嘴裡唸起來，就是把主禱文倒過來唸。」

「嘿，哈奇❸，你打算什麼時候去試試這隻貓？」

「今天晚上。我猜那些鬼今晚會去找霍斯．威廉士這老家伙。」

「可是人家是星期六就把他埋了的，他們星期六晚上沒有去把他弄走嗎？」

「噢，你怎麼說這種話！他們的符咒不到半夜怎麼能起作用呢？星期六晚上一到半夜，就是星期天了。鬼到了星期天就不大敢到處亂跑。」

---

❸ 哈奇是哈克的變音，表示親密的意思。

「我可從來沒想到這些，這話不假，讓我跟你一道去吧？」

「當然嘍——只要你不害怕。」

「害怕！那大概不至於。你叫喵喵好嗎？」

「好吧——你只要有機會能叫，也就回答一聲瞄瞄。上回你讓我一直在那兒瞄瞄瞄瞄地叫，後來海斯老頭兒就對著我扔石頭，還說：『這個可惡的瘟貓！』我就往他窗戶裡扔了一塊磚頭——可是你千萬別說出去呀！」

「我不會的，那天晚上我不能喵喵，因爲阿姨盯住我哩，可是這回我一定瞄瞄。嘿——那是什麼？」

「沒什麼，是個扁虱。」

「你從哪兒弄來的？」

「樹林子裡。」

「你要什麼才肯換？」

「我不知道，我還不打算賣哩！」

「好吧！我看這隻扁虱小得很。」

「啊，不是自己的扁虱，誰也可以說它不好。我可是覺得它怪不錯哩！我只要這樣的扁虱，就夠好了。」

「呸，扁虱多得很。我要找的話，一千個也找得到。」

「哼，那你爲什麼不去找呀？因爲你明知找不著嘛！我看這個扁虱出來得特別早。今年我看見的還是頭一個哩！」

「嘿，哈克——我拿我的牙齒給你換吧！」

「拿來瞧瞧。」

湯姆拿出一個小紙包來，很小心地把它打開。哈克貝利渴望地看了一會兒。那牙齒的誘惑是很大的。後來他說：「這是眞的嗎？」

湯姆翻起嘴唇，把缺口給他看。

「好吧！」哈克貝利說，「買賣講成了。」

湯姆把扁虱裝進前幾天裝過那隻甲蟲的雷管盒子裡，這兩個孩子就分手了，各人都覺得自己比原先闊氣一些。

湯姆走到那座小小又孤立的木頭造的校舍時，很輕快地走進去，看他那樣子就好像他是老老實實邁著快步來上學似的。他把帽子掛在木釘上，一本正經地馬上坐到他的座位。老師高高地坐在他那把軟條底的大扶手椅上，聽著催眠的讀書聲，正在打瞌睡，這麼一打攪，就驚醒了。

「湯瑪斯．索亞！」

湯姆知道老師一叫他的全名，事情就不妙了。

「老師！」

「到這兒來！唉，先生，你怎麼又遲到了，總是這樣？」

湯姆正想要撒個謊來度過難關，偏巧在這時候，他看見兩條黃頭髮長辮子垂在一個女孩的背上，他一看這個背影，就有一股電流似的愛情感覺使他認出了那人是誰；課堂上，女孩子坐的那一邊，正好只有她身邊空著一個座位。於是他立刻就說：

「我碰見哈克貝利．費恩，站住跟他說了幾句話！」老師的脈搏都停了，他無可奈何地瞪著眼睛望著，讀書的聲音也停止了。那些小學生們都覺得很奇怪，不知這個慈頭慈腦的孩子是否發了神經病。老師說：

「你——你幹什麼啦？」

「站住跟哈克貝利．費恩說話。」

話是沒有聽錯。

「湯瑪斯．索亞，我從來沒聽到過誰坦白出這樣的事情。你犯了這麼大的過錯，光只挨打手心是不夠的。把上衣脫掉吧！」

老師拚命用力地打，一直打到胳臂都累酸了，他那許多樹枝條子也一根根地打斷了，眼看著越來越少。然後跟著又是一道命令：

「好吧，先生，你去跟女生坐在一起❹！這算是給你一次警告。」

傳遍整個教室的竊笑聲似乎叫湯姆臉紅了，但是實際上使他臉紅的更大原因卻是他對他那位不相識的意中人所懷的崇拜心理和他的幸運所引起的絕大愉快。他在那張松木板凳的一端坐下，那女孩揚了一下頭，把身子移得離他遠一點。教室裡大家用胳臂肘互相推一推，眨眨眼睛，咬咬

---

❹由於重男輕女的風氣，叫男生和女生坐在一起也是一種處罰。但是湯姆正是有意要和他所愛慕的女孩子坐在一起。

耳朵，可是湯姆安安靜靜地坐著，胳臂放在面前那條矮矮的長書桌上，裝出看書的樣子。

後來大家的注意力漸漸離開了湯姆，學校裡一向有的低沈聲音又在那沈悶的空氣中升起了。湯姆隨即就偷偷地用眼睛瞟著那女孩。她看出了這個，便對他「做了個鬼臉」，掉轉過頭背著他，過了一分鐘的工夫，她小心地再把臉轉回去的時候，面前就有了一個桃子，她馬上把它推開。湯姆輕輕地把它放了回去。她又把它推開，可是推的時候，反感卻減少了。湯姆又耐心地把它放回原處，於是她就讓它放在那兒。湯姆在他的石板上寫了幾個字：「**請妳拿去吃吧——我還有哩！**」那女孩望了一下這些字，可是沒有什麼表示。後來湯姆開始在石板上畫圖畫，一面拿左手遮住他畫的東西。過了一陣子，那女孩故意不理會，可是她那人之常情的好奇心終於出現了，她不由得有些幾乎叫人看不出的表示。湯姆偏裝出不知道的神氣，繼續作畫。那女孩很想要看一看，也裝做像是有意又像是無意的樣子，可是湯姆還是不動聲色，好像他始終沒發覺似的。最後她終於屈服了，遲疑地低聲說：

「讓我看看吧！」

湯姆把一所房子的一幅暗淡的漫畫露出一部分來，房子兩頭有人字頭的牆頂，煙囪裡冒出一股彎彎曲曲的煙。於是這女孩的興趣開始專注在這幅圖畫上面，她也就把其他一切的事情通通忘記了。湯姆畫完以後，她仔細看了一會兒，然後低聲說：

「很好——再畫個人吧！」

這位畫家在前院裡畫了一個人，那樣子有點像一架起重機。這個人一腳就可以跨過那所房子；可是這女孩並不苛求，她對這個怪物很滿意，又低聲說：

「這個人畫得很漂亮——再把我畫上去，畫成走過來的樣子吧！」

湯姆畫了一個砂漏❺，頂上加了一輪圓月，再添上草紮似的四肢，又給伸開的手指配上一把大得可怕的扇子。女孩說：「眞是太好了——我希望我也會畫才好。」

「那並不難，」湯姆小聲說，「我可以教妳。」

「啊，眞的嗎？什麼時候？」

「中午。妳回家吃飯嗎？」

「你要是在這兒，我就不回去。」

「好——那好極了。妳叫什麼名字？」

「貝琪．柴契爾。你呢？啊，我知道。你叫湯瑪斯．索亞。」

「他們揍我的時候才叫我這個名字。我守規矩時候叫做湯姆。妳就叫我湯姆，好嗎？」

「好。」

這時候湯姆又在石板上寫了幾個字，可是他拿手擋住不讓那女孩看。這一次她可不那麼害躁了，她要求湯姆讓她看。湯姆說：

「啊，沒什麼好看。」

「不，我要看。」

「眞的沒什麼，妳也不愛看這個。」

---

❺從前的一種計時的東西，是一個立著呈葫蘆形的玻璃器皿。

「啊，我愛看，我眞的愛看，請你讓我看吧！」

「妳會告我。」

「不，我絕不告你——一定，一定，雙倍一定不會告你。」

「妳不管跟誰都不說嗎？一輩子永遠不說嗎？」

「不管跟誰，我永遠不說，那該讓我瞧瞧吧！」

「啊，妳不愛看這個！」

「你對我這樣，我就非看不行。」於是她把小手兒按在他手上，兩人搶了一會兒；湯姆假裝著認眞不給她看，可是他慢慢地把自己的手移開，最後終於露出了這麼三個字：「**我愛妳**。」

「啊，你這壞蛋！」她在他手上用力打了一下，可是她臉紅了，卻也顯得很高興。

正在這時候，湯姆覺得有人正慢慢地揪住他的耳朵，心裡知道事情不妙，隨後他就被人揪住耳朵一直提著站起來。他就是這樣被揪著牽到課堂的另外那一邊去，被安頓在他自己的座位上，同時全班同學發出一陣繼續不斷的竊笑，向他開火。然後，老師很威嚴地在他那兒站了幾分鐘，才一聲不響地回到他的寶座上去了。可是，湯姆的耳朵雖然有點痛，心裡卻是喜孜孜的。

課堂裡平靜下來的時候，湯姆打算認眞看書，可是他心裡卻亂得一團糟。後來輪到他去朗誦，結果他唸得一塌糊塗；上地理課的時候，他又把湖弄成山，山弄成河，河弄成洲，一直弄得世界又恢復了太初創世前的混沌狀態；然後到了拼音課，他也拼不出，連一些最簡單的娃娃學的字都使他「碰釘子」，結果他的成績最壞，只好把戴了好幾個月頗出風頭的錫蠟獎章還給老師。

7 訂婚的傷心事

湯姆越是想要專心看書，腦子裡越是胡思亂想。所以後來他還是嘆了口氣，打了個哈欠，乾脆把看書的念頭打消了，他好像覺得中午下課的時候永遠不會來到似的。空氣十分沈悶，一點動蕩的氣息都沒有。那是睏人的天氣當中最睏人的日子。那二十五個唸書小學生的催眠低吟聲就像蜜蜂嗡嗡叫的聲音似的，有一股迷人的力量，使人心靈陶醉。外面遠處炎熱的陽光中，加第夫山透過一層微微閃動的熱氣薄幕，聳起它那平靜的青翠山腰，表面抹上了一層遠景的紫色；幾隻鳥兒在高空展開懶洋洋的翅膀飛翔；除了幾條牛以外，再也看不見別的動物，而這些牛也在睡覺。湯姆心裡渴望著自由，否則也要有點什麼有趣的事情給他消磨那枯燥的時間。他的手東摸西摸地摸到口袋裡去了，於是他臉上忽然露出歡喜的光彩，好像謝天謝地的神氣，雖然他自己還不覺得。然後他悄悄地把那隻雷管盒子拿出來，他把扁虱（扁蝨）放出來，放在那個長條的書桌上。這個小東西這時候大概也有謝天謝地的快感，可是未免歡喜得太早了：因爲它正在懷著感謝的心情想要走開，湯姆卻拿別針把它撥了一下，叫它改變一個方向。

湯姆的知心朋友就在他旁邊坐著，他也和湯姆一樣覺得很苦悶，這下子他對這個玩意兒馬上就感到很濃厚的興趣，而且也很感謝他。這位知心朋友就是喬伊．哈波。這兩個朋友平日是莫逆之交，一到星期六就是對陣的敵人。喬伊從衣領上取下一根別針，幫忙撥動這個小俘虜。這個遊戲的趣味時時刻刻都在增長。不久湯姆就說，他們兩人有些互相妨礙，各人都不能把這隻扁虱玩得盡興。所以他就把喬伊的石板放在書桌上，又在石板正當中由上而下畫了一條直線。

他說：「好了，它在你那半邊的時候，你就可以撥弄它，我不動手；可是你要是讓它跑掉了，跑到我這邊來，那你就得讓我玩，只要我能保住它，不叫它爬過去，你就不許動手。」

「好吧，再玩下去；叫它開步走吧！」

扁虱馬上就逃出了湯姆那一邊，越過了分界線。喬伊把它作弄了一會兒，它又逃掉了，再爬回湯姆這邊。這樣爬來爬去，不久就要換一次邊。一個孩子聚精會神地折磨那隻扁虱的時候，另外那一個在旁邊看著，也感到同樣濃厚的興趣；兩個腦袋靠在一起，埋在石板上，兩個人心裡把其他一切事情都忘記了。後來喬伊似乎是特別走運。扁虱往這邊走一走，又往那邊走一走，再往另外一邊走一走，它也和那兩個孩子似的，又興奮，又著急，可是一次又一次，正當它好像是有把握可以獲得勝利，湯姆的手指也正在急著要去撥它時候，喬伊的別針卻把它靈巧地撥一下，又叫它轉回頭，還是留在他這邊。後來湯姆終於忍無可忍了，誘惑實在太大，於是他伸出手去，把它的別針撥了一下，喬伊馬上就生氣了。他說：

「湯姆，你別動他。」

「我只要稍微撥動它一點兒，喬伊。」

「不行，夥計，那是不公平的；你還是別動吧！」

「哼，我又不會老動它。」

「別動它，告訴你。」

「那不行！」

「不行也得行——它在我這半邊地！」

「嘿，喬伊．哈波，這到底是誰的扁虱呀？」

「我可不管是誰的扁虱——它在我這邊，你就不許動它。」

「哼，我就非動不可。它是我的扁虱，我愛拿它怎麼辦就怎麼辦，要我的命也得動！」

湯姆肩膀上挨了狠狠的一頓打，喬伊也同樣挨了一頓；兩人的上衣都冒出了灰塵，冒了兩分鐘的工夫，全體同學看著都很開心。這兩個孩子玩得太專心了，所以在這以前一會兒，老師踮著腳尖走過來，站在他們那兒望著，大家就停止了唸書，課堂裡已經鴉雀無聲，他們卻始終沒有察覺。老師看他們的表演有好一會兒，才給他們添了他那一點新花樣。

中午散學的時候，湯姆飛跑到貝琪．柴契爾那兒，挨近她的耳朵悄悄地說：

「戴上帽子，假裝著回家去；妳到拐彎的地方，就躲開別人，走小胡同裡繞個彎兒再回來。我另外走一條路，也是一樣把他們撇開。」

於是一個跟著一群同學走了，另一個跟著另一群走。過了一會兒，這兩個孩子就在胡同的盡頭相會，他們回到學校裡，那兒就只有他們兩個了。然後他們並排坐下，面前擺了一塊石板；湯姆把石筆拿給貝琪，牽著她的手，引著她畫，結果又畫成了一座了不起的房子。後來他們倆對於藝術的興趣漸漸消退的時候，就開始談話。

湯姆心中充滿了幸福。他說：
「妳喜歡老鼠嗎？」
「不喜歡！我討厭老鼠！」
「是呀，我也討厭——活老鼠。可是我說的是死的，可以拿根小繩子把它拴上，在頭上甩著玩。」
「不行，不管怎麼樣，老鼠我反正是不大喜歡，我喜歡的是口香糖。」
「啊，我看那倒是不錯，可惜我現在沒有。」
「是嗎？我有一點。我讓你嚼一會兒，可是你得還我才行。」
這個辦法倒是很好玩，於是他們倆就輪流著把那塊口香糖嚼來嚼去，他們靠著椅子垂著腿坐著，高興極了。
「你看過馬戲嗎？」湯姆說。
「看過；我爸說我要是乖巧，他還要帶我再去看哩！」
「我看過三、四次馬戲——看的次數很多。教堂裡比起馬戲班來，眞是差勁。演馬戲的時候，時時有許多玩意兒。我長大了就到馬戲班去當小丑。」
「啊，是嗎！那可怪有趣。小丑滿身都是花點，眞是好玩極了。」
「是呀，一點也不錯。他們賺的錢可多呢——差不多每天能賺一塊錢，貝恩．羅杰說的。嘿，貝琪，妳訂過婚了嗎？」
「什麼叫訂婚？」

「哦，訂了婚就是將來要結婚的。」

「還沒有哩！」

「妳願意訂婚嗎？」

「我想是願意的。我不知道，訂婚究竟是怎麼回事？」

「怎麼回事？唉，說不上是怎麼回事。妳只要給一個男孩子說一聲，妳只跟他要好，永遠不要別人，永遠，永遠，永遠，然後妳就跟他親親嘴，就這樣了。誰都可以辦得到。」

「親嘴？幹嘛要親嘴呀？」

「歐，那就是，妳要知道，那就是爲了……唉，人家都是那麼做的。」

「人人都是一樣嗎？」

「歐，是呀，戀愛的人個個都是這樣。妳還記得我在石板上寫的那幾個字嗎？」

「記——記得。」

「幾個什麼字？」

「我不跟你說。」

「我跟妳說好嗎？」

「好——好吧——可是等下回再說。」

「不行，現在就要說。」

「不，現在別說——明天再說吧！」

「啊，不行，現在就說。我求妳，貝琪——我悄悄地說吧！我輕輕地、輕輕地對著妳耳朵裡說。」

貝琪還在遲疑，湯姆卻認爲她既不做聲，就算是默認了，於是他伸過手去摟住她的腰，把嘴靠近她的耳朵，小聲地說了那句話。然後他又補上一句：

「現在妳悄悄地給我說吧——就照那一樣說法。」

她拒絕了一會兒，然後說：

「你把臉轉過去，別瞧著我，我就說。可是你千萬別跟別人說呀——行不行，湯姆？你眞的不說呀，好吧？」

「不說，我一定一定不說。好了，貝琪。」

他把臉轉到一邊。她膽怯地彎過身來，一直到她的呼吸吹動了湯姆的捲髮，才悄悄地說了一聲：「我——愛——你！」

她說完就一下子跑開了，圍著桌子和長板凳轉圈，湯姆便在後面追；她最後躲在一個角落裡，拿她的小圍裙遮住臉。湯姆緊緊抱住她的脖子求她：

「歐，貝琪，現在什麼都做到了——就只差親嘴。妳可別害怕——那根本就不算什麼。來吧，貝琪。」他使勁拉她的圍裙和手。

後來她還是讓步了，把雙手往下放；她因爲掙扎了一陣，滿臉都紅了，這時候她抬起頭來，順從了湯姆。湯姆親了親她那通紅的嘴唇，說道：

「現在通通做完了，貝琪。從今以後，妳知道吧！妳可就除了我永遠不能再愛別人，除了我永遠不能再嫁給別人了，永遠，永遠，永遠也不能。好不好？」

「好，除了你，我永遠也不會愛別人，湯姆，除了你，我永遠也不會嫁給別人——你可也就除了我不許娶別人哪。」

「一定不會。當然嘍，那是一定的。還有我們上學或是回家去的時候，要是沒人看著，妳就得和我一道走——開舞會的時候，妳就跟我跳，我就跟妳跳，因爲訂了婚的人都是這樣的。」

「眞是太好玩了！我從來沒聽說過這種事。」

「啊，這才眞叫有趣呢！嘿，我跟艾美．勞倫斯……」

兩隻大眼睛望著湯姆，使他知道自己說錯了話，於是他停住了嘴，有些慌張。

「啊，湯姆！那麼，我還不是頭一個和你訂婚的呀！」

這孩子哭起來了。湯姆說：

「啊，別哭吧，貝琪，我現在已經不愛她了。」

「哼，你愛她，湯姆——你自己心裡明白。」

湯姆伸過手去想要抱住她的頸子，可是她把他推開了，轉過臉去朝著牆，繼續哭下去。湯姆又試了一試，嘴裡還說了些安慰的話，可是他又被拒絕了。於是他的自尊心占了上風，他跨步走開，往外面走。他在近處站了一會兒，心裡很亂，很著急，過一會兒又往門口瞟一眼，希望她會懊悔，出來找他。可是她沒有出來，於是他就漸漸覺得不對勁，並且擔心是他自己不對。這時候他想再去告饒，是經過一番劇烈的心理鬥爭的，他想來想去，拿不定主意；可是後來還是鼓足了勇氣，又進去了。她還是站在後面那個角落裡抽抽噎噎地哭，臉朝著牆。湯姆受著良心的譴責。他走到她身邊，站了一會兒，不大知道怎麼開口。然後他遲疑地說：

「貝琪，我——我除了妳誰也不愛。」

沒有回答——只有低泣的聲音。

「貝琪，」——哀求的聲調，「貝琪，妳說句話好不好？」

還是哭。

湯姆把他最重要的一個寶貝拿出來，那是壁爐架頂上的一個銅把手，他把它伸到她面前，讓她看看，一面說：

「我求妳，貝琪，妳拿著好嗎？」

她把它打落到地上。於是湯姆就邁著大步走出去，翻過山，走到很遠的地方，那一天就不打算再回學校來了，隨後貝琪就開始有了疑慮。她跑到門口，可是沒有看見他；她又飛跑到操場上，還是沒有找著他。於是她喊道：

「湯姆！回來吧，湯姆！」

她仔細聽，可是沒有回答。她沒有伴，只覺得寂靜和孤獨。因此她就坐下再哭起來，而且罵她自己；這時候同學們又漸漸上學來了，她只好隱藏她的悲傷，叫她那顆傷透了的心平靜下去，受難似地熬過那一個漫長淒涼而又痛心的下午；在她周圍那些像是陌生人當中，沒有一個可以和她互相談一談心中的苦痛。

8 當個大膽的海盜

湯姆東躲西藏地穿過一些小巷，走了一陣子才完全離開了同學們回學校去所走的老路，然後他就心煩意亂地緩步前進。他在一條小支流上跨過兩、三次，因爲當時年輕人有一種流行的迷信觀念，認爲跨過流水就可以使追趕的人追不著。半小時之後，他就在加第夫山頂上道格拉斯那所大房子後面消失了，把學校甩在背後，老遠地在那山谷裡幾乎看不清楚了。他走進一個茂密的樹林，撥開荊棘亂草走到樹林的中心，在一棵樹葉伸展的橡樹底下一處長了青苔的地方坐下。這時候連一絲微風都沒有吹動；中午的悶熱甚至使鳥兒都不叫了；自然界在昏睡狀態中，除了偶爾從遠處傳來啄木鳥「得得得」的啄木聲以外，再也沒有任何聲音打破這種昏睡狀態，這就似乎使得那普遍寂靜和孤獨的感覺更加顯得深沈了。湯姆的心沈浸在淒涼的情緒之中，他的心情和他的環境正好是很和諧的。他把兩肘支在膝上，雙手托著下巴，坐了很久，心裡沈思著。他似乎覺得人生至多不過是一場苦惱罷了，因此有些羨慕最近才死去的吉米·荷杰士；他想著一個人躺著長眠不醒，永遠永遠地作著夢，還有風在樹林中吹過，發出低聲，並且愛撫著墳上的花草，永遠也不會再有什麼事來糾纏，叫人煩心，那一定是很安靜的。假如他在主日學校裡品行很好，他就會情願死去，從此一了百了。他又想起那個女孩。他犯了什麼錯呢？根本沒有。他的用意本來是非常好的，可是她卻把他當成了一隻狗似地對待——簡直就像一隻狗。她總有一天會後悔的——也許在悔之晚矣的時候。哎，他要是能暫時死一下多好！

但是青年人的心是生氣勃勃的，要想把它勉強壓縮在一種不自然的狀態中，每一次是維持不久的。湯姆隨即又不知不覺地開始回過來想起人間的事情了。他現在是不是可以掉頭不管，神秘地失蹤呢？是不是可以走開——到老遠老遠的地方，到海外那些沒有人知道的地方去——並且從此永遠不再回來！那麼一來，她又會作何感想！當小丑的念頭這時又在他腦子裡出現了，不過這徒然使他非常厭惡。因爲他的心靈現在已經升騰到含有浪漫情調的那種隱隱約約、威風凜凜的境界，胡鬧和開玩笑的舉動和滿身花點的緊身衣這類東西闖進這種心境裡，當然就叫人生氣了。不行，他要去從軍，多年之後，身經百戰，聲名顯赫，再榮歸故鄉。

不——還有更好的辦法，他要去和印第安人搞在一起，和他們去打野牛，在遙遠的西部那些高山峻嶺中和沒有人跡的大平原上到處去打仗，將來自己成了一個大酋長再回來，滿頭插著羽毛，滿身塗著可怕的花紋，在一個令人睏倦的夏天早上，神氣十足地闖進主日學校來，發出叫人心驚膽戰的吶喊聲，使他所有的同學們都讓那抑制不住的羡慕心理像火似地把眼珠都燒焦。

可是，這還是不行，另外還有比這個更神氣的哩。他要當海盜去！這才對！這下子他的前途分明擺在他面前，發出不可想像的光輝。他的名字將要怎樣地傳遍全世界，使大家聽了發抖！他將要駕著他那又長又低、船身漆黑的快艇「風暴之神」在那波濤洶湧的海洋上乘風破浪，船頭飄著那面可怕的旗子，那該多麼威風！到了聲名齊天的時候，他就要突如其來地到這故鄉的村鎮上來，昂首闊步地走進教堂裡，臉色棕黃，一副飽經風霜的神氣，身上穿著他那黑絨緊身上衣和寬大短褲，腳上穿著大長統靴，還背著那大紅的肩帶，腰帶上掛滿了馬槍，身邊還有那把生了血誘

的短劍，他那頂垂邊帽上飄著翎毛，黑旗迎風飄揚，上面有那骷髏頭和交叉白骨的標誌，他一進來就興高采烈地聽到人家悄悄地說：「這就是海盜湯姆．索亞！西班牙大海上的黑衣俠盜！」那該多麼神氣啊！

是呀，就是這麼決定了，他的終身事業已經確定了。他要從家裡逃出去，開始這種生活。第二天早上就打算幹起來，所以他現在就必須開始準備，他要把他的財寶收集到一起，於是他到近處一根腐爛的樹幹那兒，用他那把巴羅牌摺刀在那塊木頭底下挖起來。不久他就碰到了發出空洞響聲的木頭。他把手按在那兒，一本正經地唸出這麼一句符咒：

「沒有來的快來！在這裡的不要走開！」

然後他把泥土刮掉，底下露出一塊松材木瓦。他把它拿開，揭出一個樣子很不錯的小寶箱來，這個寶箱的四周和底下一面都是木瓦拼成的，那裡面放著一顆石彈。湯姆簡直驚訝得無法形容！他顯出納悶的神情在頭上亂抓，一面說：

「嘿，哪有這種怪事！」

於是，他很不高興地拋開那顆石彈，站著沈思。事實是，他有一種迷信；他和所有的玩伴一向都認為萬無一失，可是這次卻偏不靈驗。你要是唸幾句要緊的咒語，埋下一顆石彈子，讓它在那兒待兩個星期不去動它，然後唸著剛才他所唸的那句符咒，打開埋藏的地方，你就會發現你從前遺失的石彈通通都聚到這一處來了，無論原來分散在多遠的地方。可是現在這件事情確實地、毫無疑問地失敗了。湯姆的全部信心直到根底都動搖了。他曾經多次聽說過這個辦法很靈驗，從來還沒有聽說它失敗過。他就沒有想到自己從前曾經試過好幾次，可是後來根本就找不著埋藏的地點。他為這件事情傷了一陣腦筋，最後斷定是有一個女巫來搗蛋，破了他的符咒。他想這一點非要查清楚不可，於是他在附近找了一陣，終於找到了一個小沙堆，當中有一個漏斗形的凹處。他撲到地上，把嘴緊靠著那個凹處喊道：

「小甲蟲，小甲蟲，我想知道這究竟是怎麼回事，請你告訴我吧！小甲蟲，小甲蟲，請你告訴我吧！」

沙子果然動起來了，馬上有一隻小黑甲蟲鑽出來，可是只出來一秒鐘，又嚇得縮回洞裡去了。

「它不敢說，足見那確實是一個女巫搗的鬼。我準知道。」

他很知道和女巫鬥法寶是沒有益處的，所以他就很喪氣地不作這個打算了。可是他又忽然想起，他剛才丟掉的那顆石彈何必不去拾起來，因此他就走過去，耐心地找了一陣。可是他找不著。於是他又走回他那寶箱那兒，仔細地恰好站在他起先丟出那顆石彈的時候所站的位置；然後他從口袋裡另外掏出一顆石彈來，照樣把它丟出去，一面說：

「兄弟，去找你的兄弟吧！」

他仔細注視石彈停住的地方，然後走過去看。可是石彈大概是丟得太近或是太遠，所以他又試了兩次。最後一次總算丟得不錯，兩顆石彈相隔不到一呎。

正在這時候，樹林裡的蔭道上隱隱約約地傳來一陣洋鐵玩具喇叭的吹叫聲。湯姆連忙脫掉他的上衣和褲子，把背帶改成腰帶，撥開那塊朽木後面的一些矮樹，找出一副簡單的弓箭、一把木片的劍和一隻洋鐵喇叭，片刻之間他就拿著這些東西，光著腿跳出去，襯衫在身上飄動著。他隨即在一棵大榆樹底下停住，把喇叭吹了一下，作為應聲，然後踮起腳尖來，同時還警戒地左右張望。他小心地說：

「別動，弟兄們！藏起來，且等我吹號再動。」——這是對假想的夥伴們說的。

這時候喬伊．哈波出現了，他也和湯姆一樣打扮得很神氣，煞費苦心地配備了武裝。

湯姆喊道：

「站住！來者何人，未經許可，竟敢擅入雪伍德森林❶？」

---

❶ 雪伍德森林在英格蘭中部，相傳是中古俠盜羅賓漢盤據的地方。

「吾乃羽林軍吉斯朋耶❷，走遍天下，向無阻擋。你是何人，竟敢……竟敢……」

「出言竟敢如此無禮！」湯姆說——他是在給哈波提書，因爲他們是憑著記憶，從書裡背出這些話的。

「你是何人，出言竟敢如此無禮？」

「我呀，哼！吾乃羅賓漢是也，你這王八蛋馬上就會知道咱家的厲害。」

「你眞是那有名的綠林好漢嗎？我正想與你較量較量，倒看這片樂土是誰家天下。看劍！」

他們拿起木片的劍，把所帶的其他東西都扔到地上，兩人腳對腳站好鬥劍的姿勢，一本正經地按照「二上二下」的劍法開始交手。隨即湯姆就說：

「好，你要是懂得劍法，就痛痛快快地鬥一場吧！」

於是，他們就「痛痛快快地鬥起來了」，兩人都鬥得直喘氣、直淌汗。

後來湯姆嚷道：「倒下去！倒下去！你怎麼不倒下去呀？」

「我不幹！你爲什麼自己不倒下去？你明明是招架不住了呀！」

「嘿，那可沒關係。絕不能叫我倒下呀！書上說的不是這樣。書上說，『然後反手一劍，他就把可憐的吉斯朋耶殺死了。』你應該轉過身去，讓我在你背上刺中一劍才行。」

喬伊拗不過書上的說法，所以他就轉過身去，接受了那厲害的一劍倒在地上了。

---

❷吉斯朋耶是與羅賓漢同時的一個皇家衛士，他曾發誓要鏟除羅賓漢。但他與羅賓漢在林中相遇，兩人比賽射箭，結果他輸了，被羅賓漢所殺。

喬伊站起來說：「好吧，現在你得讓我把你殺死呀！那才公道。」
「哦，那可不行，書上沒有那麼說。」
「哼，你太小氣了——就是這麼回事。」
「嘿，你瞧，喬伊，你可以扮達克修士或是磨坊主的兒子馬奇，拿一根兩頭包鐵的棍子揍我一頓；要不然我來扮諾廷安的知縣，你扮一會兒羅賓漢，把我殺死也行。」
這個辦法倒不錯，於是他們就這麼辦了。然後湯姆又當了羅賓漢，他讓那個居心不良的尼姑把他害了，因爲傷口沒有照顧得好，流血太多，以至於把精力完全消耗掉了。後來喬伊扮演著一整幫哭臉的綠林好漢，悲傷地拖著他走，把他的弓交到他那雙軟弱無力的手裡，於是湯姆就說：「這支箭落在哪兒，就把可憐的羅賓漢在哪兒埋葬，埋在綠林的樹下。」然後他把箭射出去，身子往後面倒下，本該是就這麼死了，可是他偏巧倒在有刺的草上，一下子就跳起來，那快活的樣子簡直不像是個屍體。
兩個孩子穿起衣服，把他們的行頭藏起來就走開了；他們很惋惜現在已經沒有綠林豪俠了，心裡有些納悶，不知近代文明究竟有些什麼好處，足以彌補這個缺陷。他們說寧可在雪伍德森林當一年綠林好漢，也不願意當一輩子美國的總統。

9 墳場上的慘劇

那天晚上九點半鐘，湯姆和席德又照常被大人吩咐著上床睡覺去了。他們做了禱告，席德很快就睡著了。湯姆睜開眼睛躺在床上等著，等得心裡直著急。他好像覺得一定是將近天亮的時候，卻聽見時鐘才敲了十響！這可眞叫人失望。他很想順從他神經的要求，翻一翻身，動彈動彈，可是他唯恐驚醒席德。因此他就規規矩矩躺著，在黑暗中直瞪著眼睛。一切都毫無動靜，更顯得陰森可怕。

後來從那一片寂靜之中，漸漸有一些小小的、幾乎聽不見的聲音越來越清楚了。鐘擺滴答滴答的響聲漸漸引人注意起來。那些老屋樑神秘地發出裂開似的響聲。樓梯也隱隱約約、嘰嘰嘎嘎地響，分明是鬼怪在活動了。波莉阿姨房裡傳來一陣勻稱的、悶住的鼾聲。一隻蟋蟀開始發出令人心煩的唧唧叫聲，這種聲音，無論什麼人也不能憑他的機智聽出是在什麼地方。其次床頭的牆裡又有一隻報死蟲發出可怕的卡嘈卡咯聲，把湯姆嚇得直發抖——這是表示有人的壽命快要完結了。然後遠處有一隻狗嚎叫起來，這叫聲在夜間的空中震蕩著，更遠的地方另有一陣更模糊的狗叫聲在響應，湯姆簡直難受到了極點。後來他終於認定時間已經終止，永恆已經開始了，他便不由自主地打起瞌睡來；時鐘敲了十一響，可是他沒有聽見，然後在他那似夢非夢的睡眠狀態中，夾雜著一陣非常淒慘的貓兒叫春的聲音，鄰舍打開一個窗戶的聲音把他驚動了，接著一聲「噓！

你這鬼東西！」的罵聲和一隻空瓶子打到他阿姨的木棚背後的破碎聲使他完全清醒過來了。

只過了一分鐘的工夫，他就穿好了衣服，爬出了窗戶，在廂房頂上連手帶腳地往外爬。他一面爬過去，一面小心地「喵喵」了一、兩次；然後他跳到木棚頂上，再由那兒跳到地上。哈克貝利．費恩拿著他那隻死貓，在那兒等他。兩個孩子就一同走開，在黑暗中消失了。過了半個鐘頭之後，他們就在墳場中穿過深草往裡面走去。

那是一個西部的老式墳場，在一座小山上，離村莊大約有一哩半。墳場周圍有一道歪歪倒倒的木板圍牆，有些地方往裡面斜，其餘的地方往外面斜，沒有一處是筆直的。整個墓地到處都長滿了雜草，所有的舊墳都塌下去了，連一塊墓碑也沒有；圓頂的、蟲蛀了的木牌子歪歪斜斜地揷在那些墳墓上，想要有所依靠，可是一點依靠也沒有。「**某某之墓**」這些字原來是用油漆寫在這些木牌子上面的，可是現在即使有光亮，大多數已經再也認不出來了。

一陣微風在樹木當中發出哀怨的聲音，湯姆恐怕那是死人的陰魂抱怨他們不該來打攪。這兩個孩子很少說話，要說也只敢悄悄地說，因爲當時的時間和地點以及那一片陰森和寂靜都壓住了他們的心靈。他們找到了他們所要找的那一個隆起的新墳堆，在離那座墳幾呎以內長在一起的三棵大榆樹的蔭護之下，找了個地方隱藏起來了。

然後他們不聲不響地等著，好像是等了很大的工夫。遠處一隻貓頭鷹唬唬的叫聲是唯一打攪那死一般沈寂的聲音。湯姆的心思漸漸緊張起來，他不得不勉強說說話，所以他就悄悄地說：

「哈奇，你想死人會不會高興我們上這兒來？」

哈克貝利低聲說：

「我要是知道才好哩。這兒陰沈沈的，眞是可怕，是不是？」
「可不是嗎？」
他們停了好一陣沒有出聲，每人都在心裡盤算著這件事情。然後湯姆又悄悄地說：
「嘿，哈奇——你說霍斯．威廉士會不會聽見我們說話？」
「當然聽得見，至少他的陰魂是聽得見的。」
湯姆停了一會兒說：
「我剛才該說威廉士先生才好，可是我並沒有什麼惡意。大家都是叫他霍斯的。」
「談到這些死人，特別多加點小心總沒錯，湯姆。」
這句話是叫人掃興的，於是他們的談話又中斷了。
過了一會兒，湯姆揪住哈克的胳臂說：
「噓！」
「怎麼啦，湯姆？」他們倆緊緊靠攏，心裡直跳。
「噓！又來了！你沒聽見嗎？」
「我……」
「聽！現在你聽見了吧！」
「老天爺，他們來了，湯姆！他們來了，準是！我們該怎麼辦？」
「我不知道，你說他們會看見我們嗎？」
「啊，湯姆，他們能在漆黑的地方看得見，跟貓一樣，我眞後悔不該來。」

「啊，別害怕。我可不信他們會給我們找麻煩，我們又沒惹他們。我們只要不做聲，也許他們根本就不會注意我們。」

「你聽！」

「我儘量不聲不響吧！湯姆，可是老天，我簡直渾身都在發抖。」

兩個孩子低下頭來靠在一起，幾乎停止了呼吸。墳場老遠的那邊傳來了一陣壓低了的聲音。

「瞧！你瞧那兒！」湯姆悄悄地說，「那是什麼？」

「那是鬼火。啊，湯姆，這眞是可怕。」

有幾個模糊的影子從黑暗中走過來了，手裡擺動一只老式的洋鐵燈籠，燈光在地上照出無數的斑斑點點。隨後哈克貝利打了個冷顫，悄悄地說：

「那就是鬼，準沒錯。一共三個，老天爺呀！我們完蛋了，湯姆！你還能禱告嗎？」

「我來試試看吧，可是你千萬別害怕，他們是不會傷害我們的。『現在我躺下來睡覺，我……』❶」

「噓！」

「怎麼啦，哈克？」

「他們是人呀！反正至少有一個是人。有一個是老莫夫．波特的聲音。」

「不——不對吧，是眞的嗎？」

---

❶ 這是小孩子臨睡時求上帝保佑的禱告詞第一句。

「我擔保沒聽錯。你可千萬別動彈，他沒有那麼機靈，不會看見我們的。大概又是跟平常一樣，喝得爛醉——這個該死的老廢物！」

「好吧，我一定不做聲。現在他們又站住了。他們找不著。這兒又來了。這會兒他們又接近目標了。又洩氣了。又有希望了！這回他們可找對了方向。嘿，哈克，我又聽出他們一個的聲音來了；那是印弟安·喬❷。」

「不錯——這個殺人不眨眼的壞蛋！我情願他們都是鬼還好得多。他們來這裡幹什麼呢？」

後來耳語聲完全終止了，因爲那三個人已經走到新墳那兒，在這兩個孩子隱藏的地方幾呎以內站住了。

「就在這兒。」這三個人的聲音說，說這話的人把燈籠舉起來，照出了他的面孔，原來他就是年輕的魯賓遜醫生。

波特和印弟安·喬推著一個手推車，上面放著一根繩子和兩把鐵鍬。他們把車上的東西卸下來，開始挖那座墳墓。醫生把燈籠放在墳墓的當頭，過來把背靠著一棵榆樹坐下。他坐得很近，

❷ 原文是用印江——爲印第安的變音。

這兩個孩子簡直可以摸著他。

「趕快吧，夥計們！」他低聲說，「月亮說不定什麼時候就會出來哩。」

他們粗聲粗氣地答應了一聲，繼續挖掘著。有一段時間，除了鉗子拋開一鏟一鏟的泥土和石子所發出噤嗓的響聲以外，什麼聲音也沒有，那是非常單調的。後來有一把鏟子碰著了棺材，發出了低沈的木頭聲音，又過了一、兩分鐘，那兩個人已經把棺材抬出來放在地上了。他們拿鏟子把棺蓋撬掉，把屍體抬出來，很粗暴地把它摔到地上。月亮從雲後面鑽出來，照出了屍體的那副蒼白面孔。手車準備好了，屍體被放在車上，蓋上了毯子，並且還拿繩子綑住了。波特掏出一把大摺刀來，割掉車上垂著的一節繩子，然後說：

「現在這該死的東西弄好了，醫生，你得再拿出五塊錢來才行，要不然就讓它在這兒待著。」

「對了！對了！」印弟安．喬說。

「你瞧，這是怎麼說的？」醫生說，「你們叫我先給錢，我已經給過了。」

「是呀，你還不單只給過錢呢！」這時候醫生已經站起來了，印弟安．喬走到他面前說，「五年前，有天晚上我到你父親的廚房裡去要點吃的東西，你把我從裡面攆出來，說我上那兒沒安好心眼；那時候我發誓非跟你算賬不可，哪怕要花一百年的工夫也不管，你父親就把我當作遊民關起來。你以爲我會忘記嗎？印第安人的血不是白流在我身上的。現在你總算落到我手裡了，非跟你算賬不可，你要知道！」

這時候，他把拳頭伸到醫生面前，威脅著他。醫生卻突然伸手打他，把這個壞蛋打倒在地上。波特把他的刀扔下，大聲喊道：

「嘿，你可別打我的夥伴呀！」他馬上就和醫生扭打起來，兩人拚命地鬥打，腳跟踩著地上的草，並揚起泥塵來。印弟安．喬飛快地站起來，眼睛裡燃燒著怒火，他拾起波特那把摺刀，悄悄地像隻貓兒似的，彎著腰圍著這兩個打架的人轉來轉去，想找個機會下手。後來醫生猛然摔開了對方，並抓住威廉士墳上那塊很重的木牌，一下子把波特打倒在地上——正在這時候，那混血種找到了好機會，於是就把刀子揮進了那年輕人的胸膛，一直插到刀把。醫生搖晃了兩下就倒下去了，身子一半倒在波特身上，他的血流得波特滿身都是；烏雲馬上遮住了這個慘象，那兩個嚇壞了的孩子就在黑暗中連忙跑開了。

隨後月亮又出來的時候，印弟安．喬彎著腰在那兩個人身邊站著，仔細打量他們。醫生模模糊糊地小聲說著什麼話，長喘了一、兩聲，然後就安靜下去了。那混血種咕噥著說：

「那筆賬總算結清了——你這該死的東西。」

於是，他搜去屍體身上的東西，然後把那行凶的刀子放在波特那隻攤開的右手裡，坐在那個撬開了的棺材上。三、四、五分鐘過去了，後來波特就開始動彈，並且哼叫起來。他的手抓住那把刀，舉起來瞟了它一眼，就嚇得打了一個冷顫，撒手讓它掉在地上。過了一會兒，他坐起來，把屍體從他身上推開，然後瞪著眼睛望著它，又往周圍望了望，心裡直發麻。他的眼光碰到了喬的眼光。

「老天爺，這是怎麼回事呀，喬？」他說。

「這事兒眞糟糕，」喬動也不動地說，「你幹嘛要來這一手？」

「我！這可不是我幹的！」

「你瞧！這麼說是賴不掉的。」
波特嚇得直發抖，臉色變得很慘白。
「我還以爲我的酒會醒呢。今晚我本不該喝酒，可是這會兒腦子裡還有酒勁哩——比咱們上這兒來的時候還厲害。我簡直是昏昏沉沉；這事兒一點也想不起，簡直是。告訴我吧，喬——說正經話，老夥計——是我幹的嗎？喬，我絕沒打算來這一手——憑天理良心，我絕沒打算來這一手，喬。你告訴我是怎麼回事吧！喬。啊，眞可怕——他還這麼年輕，很有作爲呢！」
「噢，你們倆扭在一起打，他拿木牌揍了你一下，你就倒在地上；後來你又爬起來，搖搖晃晃地站不穩，就這樣，你就拿起那把刀，一下子插到他身上，這時候他又拚命揍了你一下——你就在這兒躺著，像塊木頭似地不省人事，一直躺到現在。」
「啊，我根本不知道自己幹了些什麼。我要是知道，我情願馬上死掉。反正是因爲喝多了酒，又趕在氣頭上，我看是。我一輩子還沒用過凶器哪，

喬。我也打過架，可是從來沒動過刀，這是大家知道的。喬，你可別跟人家說呀！你說你不告訴別人吧，喬——這才是好朋友哩。我向來喜歡你，喬，我還老是幫你說話哪。你不記得嗎？你不會跟別人說吧，是不是，喬？」這可憐的傢伙在這狠心的兇手面前跪下來，合著手央求他。

「我不會說，你向來對我公公道道，莫夫．波特，我絕不會對不起你。怎麼樣，我的話只能說得這麼乾脆了。」

「啊，喬，你眞個好人。我得了你這份恩情，一輩子永遠要替你祝福。」波特哭起來了。

「算了，別再說這些話吧，這不是哭臉的時候。你往那邊走，我往這邊走。快走吧，可別留下腳印呀！」

波特起初還慢慢地跑，很快就變爲快步跑了。

那混血種站在那兒，望著他的背影。他悄悄地嘟噥著：

「看他那樣子，他挨了那一下，把頭打暈了，酒氣還沒醒，他一下子不會想起這把刀，等到走得太遠再想起來，他一個人又不會有膽子回到這種地方來——這膽小鬼！」

兩三分鐘之後，那個被謀殺的人、那個毯子蓋著的屍體、那個沒有蓋子的棺材，還有那座挖開了的墳墓，除了月亮照著以外，再也沒有誰看著他們。一切又完全恢復沈寂了。

10 不祥之兆

那兩個孩子一直朝著村莊上飛跑，嚇得說不出話來。他們提心弔膽地隨時回過頭去往後望，好像是害怕有人追似的。他們在路上碰到的樹樁，一個個都像是敵人，把他們嚇得連氣都不敢出；他們跑過村莊附近的幾處農舍的時候，被驚動的看家狗汪汪地叫起來，就好像使他們腳上添了翅膀一般。

「只要撐得住，能夠跑到那個老硝皮廠那兒，不先累垮，那就好了！」湯姆喘著氣斷斷續續地說，「我簡直撐不了多久了。」

哈克貝利也喘得要命，他的喘聲是唯一的回答；這兩個孩子就把眼睛盯住他們希望中的目的地，一心一意拚命往那兒跑。他們一步一步跑近了，後來兩人胸靠胸，一下子就鑽進那敞開的門，在可以掩蔽的陰影裡倒在地上，心裡挺安心，一身卻疲乏透了。他們的脈搏漸漸緩下來。

於是，湯姆低聲說：

「哈克貝利，你猜這件事情會怎麼了結？」

「要是魯賓遜大夫死了，我看兇手要處絞刑。」

「你準知道嗎？」

「噢，我知道，湯姆。」

湯姆想了一會兒，然後說道：

「誰去告發呢？我們嗎？」

「你說的什麼話？要是出了什麼意外的事，印弟安．喬不處絞刑呢？哼，那他就遲早會要我們的命，那是準逃不掉的。」

「我也正在這麼想哩，哈克。」

「誰要告，就叫莫夫．波特去告吧！只要他有這股傻勁。他老是喝得醉醺醺的，也許做得出。」

湯姆不聲不響——只是繼續在想。隨後他低聲說：

「哈克，莫夫．波特不知道呀！他哪能告發？」

「為什麼他會不知道？」

「因為印弟安．喬下手的時候，他剛剛挨了那一下重打。你想他還能看得見什麼嗎？你想他會知道什麼嗎？」

「哎呀，的確是這樣，湯姆！」

「還有哩，你瞧——說不定那一下把他也揍死了！」

「不，大概不會有這種事，湯姆。他喝醉了，我看得出；他常常是喝醉的。哼，我爸要是把酒灌飽了，你哪怕是搬一座教堂扔到他頭上，也驚動不了他。他就那麼說，是他自個兒說的。莫夫．波特當然也是這樣，可是一個人要是一點兒沒喝酒，我想那一下說不定就能把他幹掉，我不知道怎麼樣。」

湯姆又停止說話，想了一會兒，然後說：

「哈奇，你能擔保不說出去嗎？」

「湯姆，我們非守秘密不行呀！你也知道。要是我們走漏了消息，結果那印第安鬼子倒沒處絞刑，那他要把我們淹死，簡直就像淹一對貓兒似地，一點也不費力。喂，湯姆，咱倆互相發誓吧──非這麼不行！發誓保守秘密。」

「我贊成，這個辦法好極了。你舉起手來好嗎？發誓說我們……」

「啊，不行，這件事情可不能如此簡單。平常雞毛蒜皮的事情，倒是可以這麼辦──特別是和女孩們發誓，因為她們一下子冒火了，就不管三七二十一地不跟你講信用，便把事情說出去──可是像這種大事情，就應該寫出來才行，並且還得用血寫才行。」

湯姆對這個主意佩服之至，簡直是五體投地。這個辦法又深沈、又神秘、又嚴肅；那個時候、那個情景、那個環境，都適合這個辦法。他在月亮地下拾起一塊乾淨的松木瓦片，從口袋裡掏出一小塊紅赭石，就著月光寫起來；他很吃力地劃上了下面這一行字，凡是直的筆劃都寫得又慢又重，還把舌頭夾在牙齒當中一咬一咬地幫著用力，寫橫的筆劃的時候就鬆一鬆勁──

哈克．費恩和湯姆．索亞發誓對此事嚴守秘密，如有違背，願當場跌死。

哈克貝利覺得湯姆寫得很流利，詞句也編得很有氣魄，心裡非常羨慕。他馬上從衣領上取下一根別針來，正要戳他的肉，但湯姆說：

「別動，那可不行。別針是銅的，說不定那上面有銅銹。」

「什麼叫銅銹？」

「那是有毒的。就是這麼回事，你只要吞下去一點兒試試——那你就明白了。」

於是，湯姆把他的別針取下一根來，解掉那上面的線，兩個孩子各自在大拇指頭上戳了一下，擠出一滴血來。後來一連擠了好幾次，湯姆把他的大拇指頭當作筆，總算勉強把他名字的簡稱字母簽上了。然後他又教哈克貝利怎麼寫哈和費這兩個字，結果誓詞就完成了。他們把那塊木瓦埋在緊靠牆腳的地方，一面還舉行了一番陰沈的儀式，唸了一些符咒，他們因此就認爲封住他們唇舌的鎖鏈已經上了鎖，鑰匙也扔掉了。

這時有個人影悄悄地從這所破房子另外那頭的一個缺口裡溜進來了，可是他們沒有看到。

「湯姆，」哈克貝利低聲說，「這就能叫我們保住永遠不說了嗎——永遠永遠不說？」

「當然能夠。不管往後的情形怎麼樣，我們反正非保守秘密不可。要不然我們就會跌在地上死掉——難道你不知道嗎？」

「是呀，我想是這麼的。」

他們又悄悄地說了一會兒話。忽然外面有一隻狗　叫起來，聲音又長又淒慘——就在離他們不過十呎遠的地方。兩個孩子嚇得要命，突然摟在一起了。

「它這是給我倆哪一個報死呢？」哈克貝利喘著氣說。

「我不知道！縫裡往外瞧瞧吧！快點！」

「不行，你去瞧，湯姆！」

「我可不行——我不能去瞧，哈克！」

「請你去瞧礁嘛，湯姆。又叫起來了！」

「啊，老天，謝天謝地！」湯姆悄悄說，「我聽得出它的聲音。原來是布爾·哈賓生❶。」

「啊，那可好了，說老實話，湯姆，我差點兒嚇死了，我還以為那準是一隻野狗哩。」

那隻狗又嚎叫了，兩個孩子又嚇破了膽。

「哎，糟糕！那並不是布爾·哈賓生！」哈克貝利悄悄說，「請你去瞧瞧嘛，湯姆！」

湯姆嚇得直哆嗦，可是他還是順從了哈克的話，把眼睛從裂縫裡往外望。後來他悄悄說話的時候，那聲音幾乎聽不見：

「啊，哈克，那果然是隻野狗！」

「快，湯姆，快！它到底是給誰報死呢？」

「哈克，它準是給我倆報死——我倆是連在一起呀！」

「啊，湯姆，我看我們完蛋了。我準知道我死了得上哪兒去，我的罪太重了。」

「糟糕透了！這是因爲逃學和不讓我做的事情我偏要做，才有這個報應。我要是聽話，本來可以做個好孩子，就像席德那樣——可是不行，我當然不幹。這回我要是過了這一關，我發誓往後再上主日學校，準會覺得挺對勁！」湯姆哼著鼻子有點兒想哭了。

---

❶假如哈賓生先生有一個叫做布爾的奴隸，湯姆就會把他說成「哈賓生的布爾」，可是哈賓生的兒子或是一條狗叫做布爾，那就是「布爾·哈賓生」。——原註。

「你還算壞嗎？」哈克貝利也哼著鼻子要哭，「見鬼，湯姆．索亞，跟我比起來，你簡直是呱呱叫。啊，天哪，天哪，天哪，我只要有你一半的運氣就好了。」

湯姆壓住了哭聲，悄悄說：

「你瞧，哈克，你瞧！它把背衝著我們哩！」

哈克看了一下，心裡很快活。

「咦，眞的，一點不錯！原來就是這樣嗎？」

「是呀，原來就是。可是我傻頭傻腦，根本就沒想一想。啊，這可好極了，你要知道。現在它到底是在給誰報死呢？」

狗叫停止了。湯姆歪著耳朵注意聽。

「噓！那是什麼聲音？」他悄悄說。

「好像是——好像是豬兒哼叫的聲音。不對，這是有人睡覺了，在打呼嚕哩，湯姆。」

「的確是！在什麼地方呢，哈克？」

「我想是在這個屋子的那一頭。反正聽去很像是。我爸從前有時候睡在那兒，和豬兒在一起，可是哎呀哈，他一打起呼嚕來，簡直就鬧得天翻地覆。還有呢，我猜他再也不會回到這個小鎮上來了。」

兩個孩子心裡重新有了冒險的精神。

「哈奇，我在前面領頭，你敢過去嗎？」

「我不大想去。湯姆，假如是印弟安．喬怎麼辦？」

湯姆也有點畏縮了。可是誘惑的作用馬上又大起來，於是兩個孩子同意去試一試，他們預先約定，鼾聲一停，馬上就逃跑。他們倆踮著腳尖偷偷地走過去，一個在前，一個在後。他們走到離那個打鼾的人五步以內的時候，湯姆踩到一根樹枝子，把它踩斷了，便發出清脆的響聲。那個人呻吟了一聲，又翻了個身，他的面孔就轉向月光。原來是莫夫·波特。這個人動彈的時候，兩個孩子嚇得愣住了，滿以爲沒有逃命的希望，可是現在他們的恐懼又過去了。他們踮著腳尖從破了的擋風雨的木板牆那兒溜出去，走出一小段路才站住，互相說了句告別的話。那隻狗的淒慘長聲嚎叫又在夜空中傳過來了！他們轉過身去，看見那隻陌生的狗在離波特躺著的地方幾呎以內站著，臉向著波特，鼻子朝天。

「啊，原來是給他報死呀！」兩個孩子齊聲驚喊。

「嘿，湯姆——他們說兩個星期以前，半夜裡有隻野狗圍著江尼．密拉家裡嚎叫；就在那天晚上，還有一隻夜鷹飛過來，落在欄杆上叫；可是直到現在還沒死人哩！」

「唔，我知道。就算還沒死人又怎麼樣？格雷西．密拉不是就在那下一個星期六倒在廚房的火裡燒傷了嗎？」

「是呀，可是她還沒死哪！不但沒死，她還快好了哩！」

「好吧，你等著瞧。她算完蛋了，就跟莫夫．波特一樣沒救了。黑鬼子都是這麼說，這些事情他們是知道得很清楚的，哈克。」

隨後他們就分手了，心裡還在仔細想。湯姆從他的臥室窗戶裡爬進去的時候，這一夜差不多已經過完了。他非常小心地脫了衣服，心裡因爲這次偷跑出去沒有人知道，就很慶幸地睡著了。他沒有發覺那低聲打鼾的席德是醒著的，並且已經醒了一個鐘頭了。

湯姆醒來的時候，席德已經穿好衣服走了。從臥室裡的光線看來時間好像已經不早，湯姆周圍的氣氛也有這種意味。他大吃一驚。爲什麼沒有人把他叫醒——照平常那麼折磨他，非到他起床才算完呢？這個疑團使他心裡充滿了不祥的預感。不到五分鐘，他就穿起衣服，下樓去了，渾身覺得酸痛和睏倦。家裡的人還在餐桌那兒坐著，可是他們已經吃完早餐了，並沒有人說什麼責備的話，可是大家都別過眼睛不去看他，那沈默和嚴肅的氣氛給這犯人心裡潑了一瓢冷水。他坐下來，故意要裝出快活的樣子，可是卻很吃力；他的企圖沒有引起笑容，也沒有引起什麼反應，於是他只好轉入沈默，讓他的心情沈重到極點。

吃完飯，他阿姨把他領到一邊，湯姆想著無非又是要挨一頓鞭子，心裡幾乎因這種希望而高興起來；可是結果並不是這樣。阿姨對他哭起來，問他怎麼會這麼胡鬧，偏要傷透她這老人的心；後來她又叫他繼續胡鬧，自暴自棄，給她的晚年添些苦惱，送掉她這條老命，因爲她再想挽救他反正是枉費心機。這比挨一千頓鞭子還要難受，這時候湯姆心裡比他身上更加酸痛了。他哭了一場，央求著饒恕，並且一遍又一遍地答應改過，然後他阿姨才放了他，他覺得只獲得了部分的饒恕，只建立了一種不牢靠的信任。

他從阿姨那兒走開的時候，覺得非常難受，連報復席德的心思都沒有了；所以席德馬上從後門逃出去，實在是大可不必。湯姆垂頭喪氣地上學校去，心裡又悶又惱；他爲了頭一天逃學，和喬伊·哈波一起挨了一頓鞭子，但是他心裡只顧想著更大的傷心事，對於小事完全不在意，所以挨打的時候就顯出滿不在乎的神氣。然後他到座位上去坐下，把兩肘撐在書桌上；雙手托著下巴，眼睛盯著牆上，他那痴呆的眼神表現出到了極點的、無以復加的痛苦。他有一隻胳臂肘按在一件什麼硬東西上面。過了很久，他才慢慢地、痛心地換了換姿勢，嘆息一聲，拿起這件東西。那是用紙包著的，他馬上把它打開了，隨即他又深深地嘆了一口大氣，拖得很長，這下子他的心都碎了。那原來是他那隻壁爐架上的銅把手！

這根最後的羽毛終於把駱駝背壓壞了❷。

❷ 這是一句西方的諺語，在這裡的意思是說湯姆的心情本來已經很痛苦，現在再加上這個刺激，他簡直就支撐不下去了。

11 良心的譴責

將近中午的時候，全鎮忽然傳遍了那個可怕的消息，大爲驚駭。用不著當時還沒有夢想到的電報，這個新聞一傳十、十傳百，這家傳到那家，簡直比電報慢不了多少。校長當然在那天下午放了假；他要是不這麼做，鎮上的人還不免要認爲他莫名其妙哩！

被暗殺的人身邊發現了一把帶血的刀，有人認出了這把刀是莫夫．波特的——這是傳聞的消息。另外還有人說深夜兩、三點鐘的時候，有一位晚歸的市民碰到波特在小河裡洗澡，波特馬上就溜掉了——這都是可疑的罪證，尤其是他在小河裡洗澡這件事可疑，因爲波特向來沒有這種習慣。還有人說，爲了緝拿這個「兇手」，鎮上已經各處都搜遍了（對於考查罪證和判定罪行這些事情，大家是並不遲緩的），可是找不著他。鎮上還派了一些騎手四面八方順著所有的路上去追尋，執法官「深信」天黑以前一定可以把他捉回來。

全鎮的人都像流水似地朝著那墳場湧過去。湯姆的傷心事也無影無蹤了，他跟著人群一起走，這並不是因爲他不情願到別的地方去，而是因爲有一種可怕的、莫名其妙的魔力吸引著他跟大家走。他到了那可怕的地方，就把他那小小的身子從人群中往裡面鑽，後來就看見那淒慘的情景了。他好像是覺得他頭一天晚上到這裡來過之後，已經過了多少年似的。有人在他胳臂上捏了一下。他轉身一看，和哈克貝利彼此使了個眼色。於是兩人都連忙望著別的地方，唯恐有人由他們彼此看那一眼看出了其中的秘密。可是大家都在交談，一心注意著眼前那個淒慘的場面。

「可憐的人呀！」「可憐的青年人呀！」「這總該可以給那些盜墓的人一個教訓！」「要是抓到莫夫．波特，就要給他處絞刑！」大家的意見大致就是這樣；牧師說：「這是天意；是上帝的安排。」

湯姆從頭頂到腳跟都發抖了，因爲他的眼睛瞟見了印弟安．喬那副冷冰冰的面孔。正在這時候，人群開始動搖和擁擠，有些聲音嚷道：「就是他！就是他！他自動跑來了！」

「誰呀？誰呀？」二十個人的聲音問道。

「莫夫．波特！」

「喂，他怎麼站住——當心哪，他往回轉了！可別讓他溜掉呀！」

爬在湯姆頭上的樹枝上那些人說他並不打算逃跑——他只是顯得有些遲疑和慌張。

「好大的狗膽！」有一個旁觀者說；「想要來悄悄地瞧瞧他幹的好事，我猜是——想不到會有許多人在這兒。」

這時候人群往兩邊讓路，執法官得意洋洋地揪著波特的胳臂，從當中走過來。這可憐的角色面容很憔悴，眼睛裡流露出恐懼的神色。他在被害人前面站著的時候，好像中了風似地直發抖，他雙手蒙著臉，突然哭起來了。

「不是我幹的，朋友們，」他哭著說：「我賭咒，實在沒幹這件事情。」

「誰怪你來了？」有人大聲吼道。

這一槍似乎是打中了要害。波特抬起頭來，向周圍張望，眼睛裡含著可憐又無可奈何的神情。他看見了印弟安．喬，於是大聲喊道：

「啊，印弟安．喬，你答應了，絕不……」

「這是你的刀嗎？」執法官把那把刀伸到他面前。

要不是有人趕緊扶著波特，叫他慢慢往地下坐，他簡直要暈倒了。隨後他說：

「我本來就想到了，要是不回來拿走的話啊……」他哆嗦著，然後擺動他那毫無氣力的手，做出一個喪氣透頂的姿勢說道：「跟他們說吧，喬，跟他們說吧——反正再也瞞不住了。」

於是，哈克貝利和湯姆目瞪口呆地站在那

兒，聽著這個鐵石心腸的騙子滔滔不絕地說了一大篇從從容容的謊話，他們時時刻刻都盼望著會有一陣晴天霹靂，把上帝的懲罰加到他頭上，簡直不明白這陣雷爲什麼總不打下來。這兩個孩子本來有一種搖擺不定的願望，想要違背誓言去救那個被陷害的可憐的犯人一命，可是印弟安．喬說完了話，還是活著，安然無恙，於是他們那一時衝動就洩了氣，煙消雲散了，因爲這個壞蛋顯然是投靠了撒旦。❶，他有了這麼大的本領，想管他的閒事是要闖出大禍來的。

「你爲什麼不跑掉呢？你上這兒來幹嘛？」有人問。

「我不來不行呀——我不來不行呀，」波特悲嘆地說，「我本想跑掉，可是我好像除了這兒就什麼地方也去不成。」他又抽抽噎噎地哭起來了。

幾分鐘之後，在驗屍的時候，印弟安．喬又發過誓把他剛才說的話重述了一遍，還是那麼從容容的；這兩個孩子一看雷還是沒有打下來，就更加堅信喬是投靠了魔鬼。這下子這個角色在他們心目中就成了從來沒有見過的最害人而又引人注意的一個怪物，他們那入了迷的眼睛老盯住他的臉，簡直就捨不得往別處望一望。

他們暗自打定主意，等有機會的時候，要在夜裡去仔細看他一下，希望能看到他那可怕的主子一眼。

印弟安．喬幫忙把被害者的屍體抬起來，放在一輛大車上準備運走；在嚇得直打哆嗦的人群中，大家悄悄地傳說，傷口又出了一點血！這兩個孩子覺得幸好有這種情形，也許可以使大家的

---

❶ 撒旦是基督教所說的魔鬼。

懷疑轉移到正確的方向；可是他們失望了，因爲有好幾個本村的人說：

「傷口流血的時候，離莫夫．波特還不到三呎遠哩！」

從此以後，湯姆那可怕的秘密和良心的苦痛攪擾著他的睡眠，經過了一個星期之久；有一天吃早餐的時候，席德說：

「湯姆，你夜裡翻來滾去，老說夢話，簡直弄得我有一半的時候都睡不成覺。」

湯姆臉色發白，眼睛也直往下望。

「這可不是個好兆，」波莉阿姨嚴肅地說，「你有什麼心事呢，湯姆？」

「沒什麼，我不知道有什麼事。」可是這孩子的手直發抖，結果把咖啡都灑出來了。

「可是你的確是一直說那些怪話，」席德說，「昨天晚上你說：『那是血，那是血，一點也沒錯！』你一連說了好幾遍。你還說：『別這麼折磨我呀——我說出來好了！』說出什麼呢？你有什麼話要說出來呢？」

湯姆覺得眼花亂迸。這下子可眞說不定會要出什麼事，可是幸好波莉阿姨臉上擔心的神氣消除了，她給湯姆解了圍，自己還不知道哩。她說：

「嗨！準是那個嚇人的殺人案子。我自己就差不多天天晚上都夢見這件事，有時候我還夢見那是我自己幹的哩！」

瑪麗說她也受了這件事情的影響，情形大致相似。席德聽了這些話，好像是滿意了。湯姆只待有辭可託，就趕快跑開了；從此以後，他有一個星期假裝牙痛，每天晚上都把下巴捆上。他根本不知道席德每天夜裡老在監視著他，並且常常給他捆的繃帶解開，然後用手托著頭，一連聽很久，聽完之後再把繃帶照樣捆上。湯姆的痛苦心事漸漸淡下去了，牙痛也就顯得麻煩，所以他就不再裝痛了。席德聽了湯姆那些東一句西一句的夢話，如果眞能拼湊出什麼道理來，他也只是藏在自己心裡。

湯姆覺得同學們好像老愛玩給死貓驗屍的把戲，簡直玩不厭，因此他的心事老去不掉。席德注意到湯姆從前的習慣雖然是向來對於一切新花樣都愛領頭，現在他卻在驗屍的時候從來不當驗屍官；他還注意到湯姆從來不當見證人——這也是很奇怪的；還有一點席德也沒有忽略，那就是湯姆對這些驗屍的遊戲甚至很明顯地表示厭惡，只要能避開就避開。席德覺得很奇怪，可是沒有做聲。後來連驗屍的遊戲終於不再流行，也就不再折磨湯姆的良心了。

在這些不幸的日子裡，每一、兩天內湯姆總要找個機會，到那裝著鐵柵的小窗戶那兒去，把他所能弄到手的一些小小慰勞品偷偷地遞進去送給那個「兇手」。這個監獄是個小得不成樣子的磚砌地牢，在村子邊上一片低窪之處，地方上並沒有派人看守；事實上這兒是很少關著犯人的。湯姆給「犯人」送來這些東西，大大地使他自己良心上得到了一些安慰。

村裡的人都有一種強烈的願望，很想給印弟安．喬塗上柏油、貼上羽毛，拿一根棍子抬著遊街示衆，懲罰他盜墓的罪行，可是他的性格太可怕了，因此大家找不出一個願意領頭做這件事的人，結果就只好作罷了。印弟安．喬在驗屍的時候兩次作證都很小心地從打架說起，並沒有供出打架以前盜墓的事；所以大家就認爲暫時不在法庭上審這個案子是最聰明的辦法。

12 貓和除煩解痛藥

湯姆心中已經擺脫了它的隱痛，原因之一就是他發現了一件叫他關心的新鮮且重大的事件。貝琪．柴契爾近來都沒有上學。湯姆和他的自尊心鬥爭了幾天，老想「把她忘到九霄雲外」，可是辦不到。他漸漸在夜裡到她父親的住宅附近轉來轉去，心裡覺得很難受。她病了，萬一她死了可怎麼好！這個念頭眞令人心亂如麻。他對打仗的遊戲再也不感興趣了，連當海盜都不想幹。生活的魔力消失了；剩下的除了淒涼苦悶以外，什麼也沒有。他收起了他的鐵環，球棒也放到一邊；這些東西再也不能叫人快活了。他阿姨很擔心，她試用各種藥來醫治他，她是個對成藥信得入迷的人，一切增進健康和恢復健康的新奇方法，她也最愛採用。這些玩意兒，她是老愛試驗試驗的。每逢這方面出現了什麼新花樣，她馬上就像瘋了似地要試一試；並不是拿她自己來試，因爲她是從來不害病的，可是她碰到誰方便，就拿誰來試驗。所有的《醫藥衛生》雜誌和那些騙人的骨相學刊物，她都訂閱了；那裡面的一本正經的妄論正是她的命根子。書籍裡所說的關於空氣流通、怎樣睡覺、怎樣起床，和應該吃什麼、喝什麼，以及應該有多少運動，應該保持怎樣的心情，穿些什麼衣服這種種「鬼話」，在她心目中通通是至理名言，她從來沒有發現她那些本月份的《醫藥衛生》雜誌照例是把本身在前一期裡所提倡的一切完全推翻了。她是個道地的心地單純、老老實實的人，所以最容易上當。她把她那些騙人的刊物和那些狗皮膏藥式的藥品搜集起來，帶

著死亡的配備，騎著她那匹灰白色的馬東衝西闖（用比喻的說法），「地獄就跟在她背後。」可是她從來沒有想到過自己對於那些害病的鄰居們並不是治病的天使，也不是萬應靈藥的化身。

當時冷浴療法還很新鮮，湯姆那種精神不振的病情正好給她一個喜出望外的試驗機會。每天清早天一亮，她就叫他起來，讓他站在木棚裡，給他猛澆一陣冷水；然後她好像用毛巾當銼在他身上用力地擦，使他恢復精神，然後她拿一張濕的被單把他裹起來，給他蓋上幾層毯子，直到使他渾身出大汗，把他的心靈洗得乾乾淨淨，「讓那上面卑鄙的污點都從毛孔裡鑽出來」為止——這是湯姆的說法。

可是費了這麼老大的勁，這孩子卻反而越來越憂鬱，越來越蒼白，越來越無精打采。她又給他添了熱水浴、坐浴、淋浴和全身水浴這些辦法。這孩子還是像靈柩車似的死氣沈沈。於是她除了沐浴療法以外，又用一種稀薄的麥片粥和起泡膏來幫忙。她把他當成藥罐子，估算著他的容量，每天拿各種百寶丹之類的江湖假藥給他灌個飽。

這時候湯姆對於阿姨的折磨已經滿不在乎了，這種情形使老太太心裡充滿了驚恐，深感這種冷淡的表現必須不顧一切地鏟除才行。碰巧她第一次聽說有一種除煩解痛藥，她馬上就買了一大批來。她嘗了一下，高興得謝天謝地，那簡直就是液體的火。於是她放棄了沐浴療法和其他的一切，把全部信心寄託在這種除煩解痛藥上。她讓湯姆喝了一茶匙，非常關切地仔細看著效果怎麼樣。她的焦慮立刻消失了，她心裡又平靜下來；因爲湯姆那種「冷淡」的表情讓她撵跑了，即使她在這孩子屁股底下燒了一把火，他亂跳亂蹦起來也不能比這一下子的勁頭更大了。

湯姆覺得他已經到了應該醒一醒的時候了；他在這不如意的情況之下，這種生活本是很有浪漫情調的，可是現在卻漸漸顯得這裡面感情作用太少，而叫人心煩意亂的花樣卻太多了。所以他就考慮過各種不同的解脫方法，最後終於靈機一動，想到了假裝喜歡除煩解痛藥這一妙計。他常常向他阿姨要這種東西吃，弄得她到了討厭他的程度，後來她就乾脆叫他自己去拿來吃，不必再麻煩她了。假使那是席德，她盡可以高高興興，不必擔心；可是因爲是湯姆，她就秘密地察看藥瓶究竟怎樣。她發現瓶裡的藥確實是漸漸減少，可是她怎麼也想不到這孩子是把藥拿去給起居室的地板上一條裂縫治病去了。

有一天，湯姆正在給那條裂縫灌藥，恰巧他阿姨的黃貓過來了；它打著呼嚕低聲叫著，貪婪地望著茶匙，央求著「讓它嘗一嘗。湯姆說：

「你要是用不著吃，就別吃吧！彼得（貓的名字）。」

可是，彼得卻表示它的確要吃。

「你是自己要吃的，那我就給你吃吧！因爲我是一點也不小氣的；可是你要是吃了覺得不好，那可千萬別埋怨別人，只好怪你自己。」

彼得並無異議。於是湯姆就撬開它的嘴，把除煩解痛藥灌了下去。彼得一下子往空中跳上幾呎高，然後發出一陣狂叫，在屋子裡亂闖起來，砰砰地猛撞家具，碰翻花盆，鬧得天翻地覆。然後它用後腳站起，歡天喜地地飛躍，高高地抬著頭，發出抑制不住快樂的聲音。隨即它又在屋子裡亂蹦亂撞，凡是它經過的地方都弄得一塌糊塗，毀了許多東西。波莉阿姨進來的時候，恰好看見它翻了兩個筋斗，發出最後一陣高聲的歡呼，再從敞開的窗戶裡跳出去，又把其餘的花盆撞到外面去了。老太太大吃一驚站在那裡發呆，由眼鏡上面探視著；湯姆躺在地板上笑得要命。

「湯姆，貓兒到底是怎麼了？」

「我不知道，阿姨。」這孩子喘著氣說。

「咦，我從來沒見過這種事情。到底是什麼事弄得它這麼胡鬧呀？」

「我眞的不知道，波莉阿姨；貓兒高興起來的時候，總有這種舉動。」

「總有這種舉動，是嗎？」阿姨的語氣不大對勁，這使湯姆有點擔心。

「是呀，阿姨。我是說，我認爲是這樣。」

「你當眞覺得是這樣的嗎？」

「是呀，阿姨。」

老太太把腰往下彎，湯姆仔細看著，非常著急地關心著她的動作。他看出她的「意向」的時候，已經來不及了。那隻露出馬腳的茶匙柄，可以看得見就在床帷底下。波莉阿姨把它拾起來，高高地拿在手裡。湯姆畏縮了一下，就把眼睛低下去了。波莉阿姨揪住她一向揪慣了的那個把手——他的耳朵——把他提起來，用她的頂針在他頭上敲得嘎啦嘎啦地響。

「請問你，小祖宗，你爲什麼要這麼對付那個可憐的小畜生呢？」

「我是爲了可憐它才這麼做的——因爲它沒有阿姨呀！」

「沒有阿姨——你這傻東西。那和吃藥有什麼關係呢？」

「關係多得很。因爲它要是有個阿姨，她就會親自來灌藥給它吃，哄哄它的心肝寶貝，把它當成個人似的，一點也不可憐它呀！」

波莉阿姨忽然感覺到一陣懊悔的痛苦。這樣一來她對這件事情有了一種新的體會；對一隻貓殘忍的事情，對一個孩子也可能是殘忍的。她的心軟下來了，覺得很不安。她眼睛裡噙著淚，一面伸手按在湯姆頭上，柔和地說：

「我原是一番好意，湯姆。並且，湯姆呀，其實這對你還是的確有好處哩！」

湯姆抬頭望著她的臉，他擺出一副嚴肅的神態，只望著她稍微眨了眨眼睛。

「我知道您是一番好心，阿姨，可是我對彼得也是一樣呀……」

「啊，湯姆，可別再逗我生氣了。你這回能不能做個乖孩子，以後也不用再吃什麼藥了。」

湯姆在上課之前就到學校了。人家看出了近來天天都發生這件稀奇事情。現在他又照近來的習慣，在學校的大門口晃來晃去，而不和同學們玩耍。他說他病了，看樣子也確實不大好。他故意假裝著東張西望，其實眞正望的只有一個方向——學校前面那條路上。一會兒，杰夫・柴契爾在遠處出現了，湯姆臉上就露出了喜色；他凝神看了一會兒，隨即就掃興地轉過身來。杰夫來到的時候，湯姆就和他搭話，煞費苦心地想引杰夫談起貝琪，可是這個輕浮的小伙子一點也聽不出他那別有用意的話頭。湯姆望了又望，每逢看見一件輕輕飄動的女孩子衣服過來的時候，他就懷著希望，可是一發現穿著那件衣服的不是他所盼望的人，他就痛恨她。後來再也沒有女孩子衣服過來了，他就絕望地轉入倒楣的心境；於是他走進空著的教室裡，坐下來受罪。然後又有一件女孩子衣服從大門口進來了，湯姆的心便歡喜得大跳起來。他馬上就跑出去，像個印第安人似地「登場」；一面叫，一面笑，還追別的孩子，跳過圍牆，不顧性命的危險，不怕摔斷手腳，還翻筋斗、豎蜻蜓——凡是他能想得出的英勇舉動，他都做出來了，同時老是把眼睛偷偷地看著貝琪・柴契爾是否在注意看他，可是她好像是完全沒有發覺這一切，根本就不看他一眼。難道她會不知道他在那兒嗎？他一直到離她很近的地方去表演他的精彩節目，發出臨陣的吶喊跑過來，搶到一個孩子的帽子，把它丟到校舍的房頂上去，又從一群孩子當中衝出去，把他們撞得往四面八方倒，他自己也一下子在貝琪的眼前趴在地上，差一點把她都撞倒了——可是她卻把鼻子往上一翹，轉過身去；他聽見她說：「哼！有些人自己覺得了不起——老愛賣弄！」

湯姆的臉上在發燙。他勉強鼓起勇氣連忙爬起來，心灰意冷、垂頭喪氣悄悄地溜開了。

13 海盜幫乘船出發

湯姆現在下定決心了。他心裡很鬱卒而絕望。他說他自己是個被人拋棄的、沒有朋友的孩子，誰也不愛他；那些人發覺自己把他逼到了什麼地步的時候，他們也許會懊悔；他本想好好地做人，努力向上，可是人家偏不容他；他們既然非擺脫他不可，那就隨它去吧；就讓他們爲了一切後果去埋怨他吧——他們要這麼亂怪人，誰管得著呢？沒有朋友的人哪有什麼權利抱怨呢？是呀，他們終於逼著他走這條路了：他打算過犯罪的生活。再沒有別的出路了。

這時候他已經快把草場巷走完了，學校裡上課的鐘聲在他身邊隱隱約約地響著。他想起以後永遠永遠也不能再聽見這個聽慣了的聲音，就抽抽噎噎地哭起來——這是很叫人難受的可是人家偏要逼著他離開；他既然被人趕到那冷酷的世界上去，他也只好聽天由命——可是他饒恕了他們，然後他又哭得更傷心了。

正在這時候，他遇到他的知心朋友喬伊．哈波——他的眼神呆板，顯然心裡是有了一個了不起的可怕主意。不用說，他們倆正是一對「志同道合」的朋友。湯姆用袖子擦了擦眼睛，哭聲哭氣地訴說他決計要到天南地北去到處遊蕩，逃脫家裡和學校這種死板板的生活和沒有同情的環境，永遠不回來；最後他說希望喬伊不要忘記他。

可是喬伊原來也正是要向湯姆提出這麼一個要求，才特爲來找他告別的。他母親怪他偷喝了一碗乳酪，把他揍了一頓，其實他連嘗都沒有嘗過，也根本還不知道有那麼一碗乳酪；她分明是討厭他，希望他走開；既然她有這種意思，他除了順從以外，也沒有別的辦法；但願她能快活，永不懊悔她把這可憐的兒子趕出去，到那冷酷無情的世界上去受罪而死。

這兩個孩子一面怪傷心地往前走，一面訂出一個新盟約，保證互相幫助，結拜爲弟兄，直到死神解脫他們苦惱的時候，永不分離。然後他們就開始擬定計畫。喬伊主張去當隱士，到一個老遠的岩洞裡去住下，吃些麵包皮活命，將來就凍死、窮死、想死，可是他聽湯姆說了一番之後，也承認過爲非作歹的生活有些顯然的好處，所以他就同意去當海盜。

在聖彼得堡鎮下游三哩的地方，密西西比河有一處稍微比一哩寬一點，那兒有一個狹長的、長著樹林的島，前面有一個很淺的沙洲，這可以算是一個很好的秘密聚會之所。島上沒有人住；它離對面的河岸更近，那邊的河岸上和它並排的地方還有一座茂密的森林，森林裡幾乎完全沒有人住，於是他們就選定這個傑克遜島。至於他們的海盜行爲究竟以誰爲對象，那是他們根本沒有想到的。然後他們又找到了哈克貝利・費恩，他馬上就加入他們這一幫，因爲無論什麼生活對他都是一樣，他是不在乎的。他們隨即就分手了，約定在他們所喜歡的時刻——半夜——到這個市鎮上游兩哩的河邊一個僻靜的地方聚會。那兒有一個小木筏，他們打算偷來用。各人都要帶釣魚的鉤子和釣線，還有各人用最秘密的方法——照強盜的作風所能偷來的東西。下午還沒有過完的時候，他們就散佈了一個消息，說這鎮上不久就會「有個新聞」；他們幹了這一件，覺得心滿意足，非常地痛快。凡是得到這個模糊暗示的人，都被他們囑咐過要「別作聲，等著瞧。」

大約在半夜，湯姆帶著一隻熟火腿和幾件小東西，站在一個小懸崖上的矮樹密林裡，懸崖下就可以望見他們約定會面的地方。那是星光燦爛的夜裡，大河平平靜靜地躺在底下像一片海洋。湯姆聽了一會兒，沒有聽見什麼聲音打攪這深夜的沈寂。隨後他吹了一聲低微而清楚的口哨，崖下就有人回應。湯姆又吹了兩次；他的信號得到了同樣的應聲。然後有一個警戒的聲音說：

「來者何人？」

「西班牙海黑衣俠盜，湯姆．索亞。爾等姓甚名誰？」

「血手大盜哈克貝利．費恩，海上霸王喬伊．哈波。」這兩個頭銜是湯姆從他愛看的小說裡找來封給他們的。

「好，且把口令說出來。」

兩個嗓音沙啞的低微喊聲同時在那一片寂靜的夜空中喊出一個可怕的字：

「血！」

於是，湯姆把他那隻火腿從懸崖上拋下去，然後自己也跟著往下爬，這下子把皮膚和衣服都刮破了不少。崖下的岸邊本有一條好走又舒服的小路，可是走那條路卻缺少一個海盜所最喜歡的那股艱難和危險的味道了。

海上霸王帶來了一大塊鹹肉，他把它拿到那兒來，幾乎累得精疲力盡了。血手大盜費恩偷來了一只長柄矮腳的小鍋和一些燻得半乾的菸葉，另外還帶來了幾個玉米穗軸，預備拿來做菸斗。

可是除了他自己以外，這幾個海盜誰也不抽菸，也不嚼菸葉。西班牙海的黑衣俠盜說，要是沒有火，那可搞不起來。這是個聰明的想法；可是當時在那帶地方，火柴幾乎還沒有人知道。他們看見一百碼的上游一個大木筏上有一堆冒煙的火，就偷偷地跑過去，取了一塊火種。他們裝出那驚險的神氣，不時喊一聲：「噓！」忽然又把手指按在嘴唇上；他們把手扶著想像中的刀把前進；用可怕的低沉聲發出命令，說是敵人如果敢再動一動，就給他來個「白刀子進，紅刀子出」，因為鬥死人才不會洩漏秘密。他們明知駕木筏的人都到鎮上去採辦糧食或是喝酒胡鬧去了，可是絕不能以此為由，就不照海盜的派頭去行事！

他們隨即就撐著木筏離開了岸，由湯姆擔任指揮，哈克划後槳，喬伊划前槳。湯姆站在船中間，皺著眉頭，兩臂交叉在胸前，用低沈而嚴厲的小聲發著口令：

「轉過船頭，順風開！」

「是——是，船長！」

「對直開，對直——開！」

「是對直開哪，船長！」

「向外轉一點！」

「轉過了，船長！」

這幾個孩子平平穩穩、始終如一地把木筏划到中流去的時候，這些口令不過是爲了顯出「氣派」，並不是打算表示什麼特別的意思，這當然是大家心裡都有數的。

「現在扯的是什麼帆？」

「大橫帆、中桅帆、三角帆，船長。」

「把上桅帆扯起！扯到桅杆頂，嘿，動手吧——扯起前中桅的副帆！拿出精神呀，嘿！」

「是——是，船長！」

「扯開主二接桅帆！拉帆腳索和轉帆索！嘿，夥計們！」

「是——是，船長！」

「快起大風了——往左！風來了就順風開！往左轉！嘿，夥計們！幹吧！對直——開！」

「是對直開哪，船長！」

木筏駛過了大河的中流；孩子們把它的前頭撥正了，然後用力划槳。河裡的水不大，所以流速也不過二、三哩。以後的三刻鐘裡，幾乎誰也沒有說一句話。現在木筏從那離得很遠的市鎮那兒經過了。兩、三處一閃一閃的燈光表示了它的所在，它躺在那閃著星光的一片茫茫的水面那一邊，安安靜靜地睡著，對於當時正在發生的那件驚人的大事還沒有發覺。黑衣俠盜交叉著雙臂站在那裡不動，望著他從前歡樂和後來苦惱的場所「永別」，還希望「她」現在能看見他在波濤洶湧的大海上，毫無畏懼地面向著危險和死亡，嘴角上掛著冷冰冰的笑容，走向毀滅。他只稍微運用了一點點想像力，就把傑克遜島搬到那個村莊的視線以外去了，所以他和那村莊「永別」的時候，雖然有些傷心，同時也覺得痛快。另外那兩個海盜也在永別他們的家鄉；他們都望了很久，以至於幾乎讓急流把他們沖到那個島的範圍以外去了。不過他們及時地發現了這個危險，連忙設法挽救過來。大約在深夜兩點鐘，木筏在離那個島前面兩百碼的沙灘上擱淺了，他們就在水裡來回跑了幾趟，才把他們所載的東西運到岸上。小木筏上原有的東西當中有一個舊帆，他們把它拿到矮樹叢裡找個隱蔽的地方張開來當作帳棚，保護他們的食物；可是他們自己在晴天還是睡在露天地方，為的是要合乎海盜的派頭。

他們在進樹林去二、三十步的陰暗深處，緊靠著一根倒在地上的大樹幹生了一堆火，然後在油煎鍋裡弄熟了一點鹹肉當晚餐，把他們帶來的玉米麵包吃掉了一半。這樣自由自在地遠離人們的蹤跡，在一個未曾開發的、沒有住人的荒島上的原始森林裡吃飯，好像是非常好玩的事，他們說永遠也不打算回到文明世界去了。飛騰的火焰照亮了他們的面孔，並且把它那通紅的閃光照到他們的林中神殿裡那些充作棟樑的樹幹上，還照到那些上過漆似的樹葉上和那些結著花綵似的青藤上。最後一塊鬆脆的鹹肉和最後的一些玉米麵包吃光了的時候，這幾個孩子就在草地上心滿意足地伸直身子躺下。他們本可以找個比較清涼的地方，可是像這麼一個熱烘烘的營火這樣的浪漫情調，他們又捨不得放棄。

「這不是很快活嗎？」喬伊說。

「眞是妙透了！」湯姆說，「那些小子們要是能看見我們，他們會怎麼說呀？」

「怎麼說？哈，他們簡直就會想得要命，直想上這兒來——嘿，哈奇！」

「我猜也是這樣，」哈克貝利說：「反正我覺得很合適，我也不想過更好的日子。平常我簡直連肚子都吃不飽——可是在這兒，人家就不能來欺負誰，不把人當人。」

「我正是喜歡這種生活，」湯姆說，「你也不用清早就起來，也不用上學，也不用洗臉，那些討厭的事都不用做。你要知道，喬伊，當海盜的上了岸，就什麼事也不用做，可是當隱士的，他就得常常禱告，並且開心的事他還一點也沒有，老是那麼一個人孤孤單單的。」

「啊，是呀，這話不假，」喬伊說，「可是你要知道，我原先是沒有仔細想想。現在我已經試過，當然是寧肯當海盜嘍！」

「你知道吧，」湯姆說，「現在大家不大看得起隱士了，不像古時候那樣，可是海盜一直是受人重視的。並且隱士還得找個最硬的地方睡覺，頭上還得披上粗麻布，抹上灰，站在雨裡去淋，還得……」

「他幹嘛要在頭上披粗麻布和抹灰呢？」哈克問。

「我不知道，可是他非那樣不可，隱士都是這樣的，你自己要是個隱士，也得那樣才行。」

「我才不做哩！」哈克說。

「哼，那你怎麼辦呢？」

「我不知道。反正那一套我是不會幹的。」

「哼，哈克，你非那麼辦不行呀！你怎麼能擺脫掉呢？」

「噢，我就是不受那個罪嘛！我會溜之大吉。」

「溜之大吉！哼，那你才是個呱呱叫的道地懶骨頭隱士哩！太丟臉了。」

血手大盜忙著做別的事，沒有回答。他已經挖空了一根玉米穗軸，在那上面配了一根蘆杆作菸斗筒子，再裝上菸葉，拿一塊火炭按在上面把它點著，然後噴出一股很香的煙來——他眞是心滿意足，得意極了。另外那兩個海盜羨慕他這種神氣十足的壞習慣，暗自下了決心要趕快把它學會。哈克隨即說：「海盜應該做什麼呢？」

湯姆說：「啊，他們的日子過得可眞痛快——把人家的船搶過來燒掉，搶了人家的錢就在他們的島上那些嚇死人的地方埋起來，讓鬼怪之類的東西去看守，把船上的人通通弄死——給他們蒙上眼睛，叫他們踩跳板掉到海裡去餵魚。」

「他們還把女人帶到島上去，」喬伊說：「他們是不殺女人的。」

「不殺，」湯姆表示同意，「他們不殺女人——太了不起了。那些女人也總是很漂亮的。」

「他們穿的衣服也頂講究的啊，還怕不止！全是嵌著金銀珠寶的。」喬伊興頭十足地說。

「誰？」哈克問。

「歐，海盜呀！」

哈克喪氣地把他自己的衣服看了一眼。

「我看我穿成這個樣子，不配當海盜，」他的聲音含著懊惱悲傷的情調說，「可是我除了這個就沒有別的衣服了。」

可另外那兩個孩子告訴他說，只要開始冒險行動，好衣服很快就會到手的。他們讓他明白，闊氣的海盜雖然照例是一起頭就有些講究的衣服，可是他穿著那身可憐的破衣服也是可以的。

他們的談話漸漸終止了，這幾個小流浪兒的眼皮不知不覺地感到睏倦。血手大盜的菸斗從他手裡掉到地上，他無憂無慮、精疲力竭地睡著了。海上霸王和西班牙海的黑衣俠盜比較難以入睡。他們只在心裡默禱，而且是躺著的，因爲那兒沒有什麼有權威的人叫他們跪著大聲禱告；其實他們還打算根本就不做禱告，可是又不敢那麼放肆，怕的是惹得老天爺生氣，猛然打下特別的響雷來，然後他們馬上就到了朦朧入睡的境界，在那兒徘徊——可是這時候偏偏來了一個搗蛋鬼，不肯「甘休」，那就是他們的良心作用。他們開始感覺到一種隱隱約約的恐懼，怕的是他們逃跑出來是做錯了；隨後他們又想起偷來的肉，這下子可眞是受到良心上的折磨了。他們想提醒他們的良心，說是他們從前偷糖果和蘋果偷過許多次，要拿這個和它說理，叫它不要再糾纏；可是良心偏不聽他們這種不充分的理由，還是不依；說到最後，他們似乎覺得實在強不過這個鐵一般的事實，那就是他們偷糖果不過是「隨便偷偷」，而偷鹹肉、火腿和那些貴重東西卻是不折不扣的偷竊行爲——《聖經》裡面的十誡就有一條是禁止這個的。所以他們暗自下定了決心，只要他們一日幹這一行，就一日不能讓偷竊的罪行玷污他們的海盜生涯。隨後良心就允許跟他們講和，這兩個稀奇且自相矛盾的海盜，也就安心地睡著了。

14 快活的海盜露營地

湯姆清早一覺睡醒來，覺得很奇怪，不知道自己在什麼地方。他坐起來，揉一揉眼睛，向四周張望。然後他就恍然大悟了。那是涼爽而灰暗的黎明時分，樹林裡遍地深沈的平靜之中，有一種甜蜜的安息與和平的意味。葉子一片也不動；沒有任何聲音打攪大自然的沈思。露珠還留在樹葉和草葉上。一層白色的灰蓋在那堆火上，一縷淡藍的煙一直升向天空。喬伊和哈克還在睡著。

後來在樹林的遠處有一隻鳥兒叫起來了；另一隻也發出應聲；隨即又聽見了一隻啄木鳥扣扣的聲音。清早涼爽的暗淡晨光漸漸發白，各種聲音也隨著多起來，一切都顯得活躍了。大自然甩脫了睡眠，開始活動，一片奇景便展示在這驚奇的孩子面前了。一條小青蟲在一片沾有露水的葉子上爬了過來，它時時把身子的三分之二抬到空中，向四周「聞一聞」，然後繼續前進——湯姆說，它是在量尺寸哩；這條蟲子自動地爬近他身邊的時候，他像一塊石頭似地坐著不動，心裡懷著希望；那蟲子一時繼續向他爬過來，一時又像是打算往別處去，他的希望也就隨著一時高漲，一時降落；後來那蟲子把它那彎曲的身體伸在空中，煞費苦心地考慮了一會兒之後，終於決定爬到湯姆腿上來，在他身上到處旅行，於是他滿心高興——因為這就是表示他將要得到一套新衣服——毫無疑問地是一套光彩奪目的海盜式制服。後來又有一大隊螞蟻出現了，不知是從什麼地方爬來的；它們開始幹它們的工作；其中有一隻螞蟻雙手抓著一隻比它自己大五倍的死蜘蛛，英

勇地拚命前進，一直拖著它硬往樹幹上爬。一隻有棕色斑點的紅娘子爬上一片草葉的絕頂，湯姆低下頭去，靠近它說：「紅娘子，紅娘子，快飛回家去吧，妳家裡失火了，妳的孩子們沒有人管。」於是它就拍著翅膀飛起來，回家去看看到底怎樣——這並不使這孩子驚奇，因爲他早就知道這種蟲子對於火災好犯疑心，他拿它的頭腦簡單已經開過多次玩笑。隨後又來了一隻金龜子，不屈不撓地用力搬動它那糞球；湯姆碰了一下這個小東西，看看它把腿都縮攏來裝死的樣子。許多鳥兒這時候便喧鬧得相當厲害了。有一隻貓鵲——這是北方的一種學舌鳥——在湯姆頭上的一棵樹上落下來，模仿著它近處別的鳥兒歡天喜地地發出各種叫聲；然後又有一隻尖聲的藍鳥迅速地飛下來，簡直就像一團藍色火焰似地一閃，飛到一根小樹枝上落下，湯姆幾乎可以伸手夠得著它；它把頭歪到一邊，好奇得要命似地望著這幾位陌生人；還有一隻灰色松鼠和一隻狐類的大動物急匆匆地跑過來，過一會兒又坐起來察看這幾個孩子，並且向他們叫一叫，因爲這些野生動物從前也許向來都沒有見過人，根本就不知道是不是應該害怕。現在整個自然界都已經甦醒，開始活動起來了；遠近各處都有標槍似的一道道陽光從茂密的樹葉子當中投射下來，還有幾隻蝴蝶拍著翅膀登場了。

湯姆把另外那兩個海盜弄醒，他們就大吼一聲，大家有說有笑地跑開了；過了一、兩分鐘，他們就脫光了衣服，在那白色的沙灘上透明的淺水裡互相

追逐，抱在一起打滾。他們對於寬闊的河面對岸遠遠地沈睡著的那個小村鎮並不想念。有一股亂闖的急流或是河裡稍微上漲的潮水已經把他們的木筏沖走了，可是，這徒然使他們覺得很慶幸，因爲沒有了它就好像是破釜沈舟似的，使他們和那文明世界一刀兩斷了。

他們玩得興致淋漓地回到露營的地方，滿心歡喜，肚子也餓得很想吃東西了；不久他們就把營火又弄得旺盛起來。哈克在附近發現了一處清涼的泉水，孩子們就拿寬大的橡樹葉或是胡桃樹葉做成杯子，他們覺得這兒的泉水有一股森林的甘美，足以代替咖啡。喬伊正在切鹹肉作早餐的時候，湯姆和哈克叫他稍等一會兒；他們跑到河邊一個大有希望的灣子裡，垂下了釣，幾乎立刻就有了收穫。還沒有到喬伊等得不耐煩的時候，他們就帶著幾條漂亮的石首魚、一對鱸魚和一條小鯰魚回來了——這些魚是足夠一大家人享用的。他們把魚和鹹肉在一起煎來吃，結果喜出望外，因爲從來沒有吃過這麼鮮美的魚。他們不知道淡水魚捉上來之後，越是快些拿到火上燒來吃，味道就越好；同時他們也沒有想到露天的睡眠、露天的運動、加上洗澡和飢餓就可以配成多麼好的作料。

他們吃完早飯，就在樹蔭底下隨便躺下，同時哈克抽了一袋菸；然後大家往樹林裡走，去作探險的旅行。他們快活地信步往前走，一路跨過一些腐爛的木頭，穿過一些亂七八糟的矮樹叢，在一些森林中之王者一般的大樹下走過，這些大樹上有一串串的葡萄藤從它們頂上一直垂到地下，好像王冠上垂下來的飄帶一般。他們隨時碰到一些清幽的地方，地上鋪著地毯似的青草，還開著像是鑲著珠寶一般的鮮花。

他們看到了許許多多可喜的東西，可是並沒有什麼令人驚奇的。他們發現這個島大約有三哩長，四分之一哩寬，離河岸最近的地方只隔著一條狹窄的水道，也許還不到兩百碼寬。他們差不多每個鐘頭游一回水，所以他們到下午快過完一半的時候才回到他們露營的地方。他們餓得很厲害，顧不到停下來捉魚，可是他們吃冷火腿也吃得很痛快，吃完了就在陰涼的地方躺下來談話。可是他們談著談著就洩了氣，後來索性停止了。周圍的寂靜、森林中籠罩著的嚴肅氣氛和他們的寂寞感，都對這幾個孩子的情緒漸漸起了作用。他們開始懷想起來。有一種說不出名目的渴望使他們心裡發癢。隨即這種感覺就漸漸明確起來了——原來是正在萌芽的想家毛病。連血手大盜費恩都在夢想著他從前睡覺的那些門口台階和那些空木桶，可是他們都覺得自己的軟弱很可恥，因此就沒有一個人有膽量把心事說出來。

這時候這幾個孩子模模糊糊地感覺到遠處有一種奇怪的聲音，響了一些時候，就像一個人有時候對於他所不大注意的鐘擺滴答的聲音發生的感覺一樣。可是後來這個神秘的聲音越來越大了，使他們不能不弄清楚。孩子們怔了一下，互相瞟了一眼，然後都裝出靜聽的樣子。過了很久沒有聲音，始終保持著深長又不斷的沈寂；然後一陣深沈且生氣似的轟隆響聲從遠處飄蕩過來。

「那是什麼聲音？」喬伊小聲地驚喊。

「我哪兒知道。」湯姆悄悄地說。

「那不是打雷。」哈克貝利說，他的聲調裡帶點恐懼的意味，「因為雷……」

「聽！」湯姆說，「聽著──別說話。」

他們等了一會兒，好像是等了許多年似地，然後又是那麼一陣悶聲悶氣的轟隆聲，打破了那嚴肅的寂靜。

「我們去瞧瞧吧！」

他們一下子跳起來，趕快往朝著鎮上那方的岸邊跑。他們撩開河邊的矮樹，偷偷地往水面上望過去。作渡船的小汽艇大約在村鎮下游一哩的地方，隨著河水往下漂。它那寬大的甲板上似乎是站滿了人；另外有許多小船在渡船附近划動著，或是隨著流水漂浮著，可是這幾個孩子弄不清楚那些船上的人究竟在幹什麼。隨後有一大片白煙從那渡船的一邊冒了出來，這陣煙一面像一團悠閒的雲似地展開又上升的時候，那種震動的低沈聲音又傳到這幾個聽著的人耳朵裡來了。

「現在我明白了！」湯姆喊道：「有人淹死

了！」

「不錯！」哈克說：「去年夏天畢爾．特納淹死了，他們就是這麼做；他們往水面上放炮，這就可以叫他浮到上面來。是呀，他們還拿一根長條的麵包，裡面灌上水銀，丟到水裡去浮著，要是碰到淹死了人的地方，麵包就會一直往那兒浮過去，停在那兒不動。」

「是呀，我聽說過這件事情，」喬伊說，「不知道是什麼玩意兒叫那麵包這麼靈。」

「啊，大概不是麵包有這種本事吧！」湯姆說，「我猜多半是他們先對麵包唸過符咒，再把它丟到水裡去，才有那麼靈。」

「可是他們什麼也不唸，」哈克說，「我看見過的，他們並不唸什麼符咒。」

「噢，那才怪哩，」湯姆說，「可是也許他們只在心裡唸。當然是要唸，誰也想得到的。」另外那兩個孩子同意湯姆說的話有道理，因爲一塊無知無識的麵包，要是不唸個咒教它一下，就派它去做這麼重大的差事，絕不可能做得那麼靈巧。

「哎呀，現在我要是在那兒就好哩。」喬伊說。

「我也那麼想，」哈克說，「誰要是讓我知道那是什麼人，我情願把天大的家當都給他。」這幾個孩子還在那聽著看著。忽然湯姆心裡恍然大悟，他大聲說：

「夥計們，我知道是誰淹死了——就是我們呀！」

他們立刻就感覺到自己好像成了英雄。這可是了不起的勝利。足見是有人想念他們；有人哀悼他們；有人爲了他們傷心得要命；有人在流眼淚；那些人想起從前對這幾個可憐的失蹤了的孩子怎麼不好，良心上就受到責備，拚命轉些悔恨的念頭，也是枉然：最妙的是這幾個死者一定是全鎮上都在談論的對象，別的孩子們一想到他們這種了不起的名聲，一定會羨慕他們。這可是不錯，歸根究底，當個海盜還是值得的。

天色漸晚的時候，渡船就回去擔任它經常的工作，那些小船也不見了。這幾個海盜也回到露營的地方。他們對於自己那種新的光榮和他們給人家找的那種了不起的麻煩，簡直歡喜欲狂。他們捉了些魚，做了晚飯吃了，然後就來猜想村裡的人對他們作何感想，說些什麼話；他們揣想著大家為了他們傷心著急的情形，心裡覺得很滿意——照他們這方面的想法。可是到了蒼茫夜色籠罩著他們的時候，他們就漸漸停止談話，坐著那裡瞪著火瞧，心裡顯然是在別的方面胡思亂想。現在興奮的情緒消失，湯姆和喬伊禁不住要想起家裡的某些人，知道他們對這個絕妙的玩笑絕不會像自己這麼覺得有趣。於是，他們難受起來了；他們漸漸覺得煩惱和不幸，而不知不覺地嘆了一兩口氣。後來喬伊膽怯地拐彎抹角試探另外那兩個孩子的意思，看他們對於回到文明世界去這件事抱著什麼態度——不是說馬上就回去，而是……

湯姆嘲笑了他一番，給他當頭一棒！哈克還沒有供出實話，就附和著湯姆，於是那個動搖份子很快就替自己「解釋」了；他極力使自己身上少讓那膽小的想家毛病沾上一些污點，就樂得擺脫了窘境。這個海盜幫裡的「叛變」總算暫時鎮壓下去了。

夜裡時間漸晚，哈克就打起瞌睡來，隨即就打鼾了。喬伊也跟著入了睡鄉。湯姆用胳臂肘支著頭，過了一些時候沒有動，只定睛望著他們倆。後來他終於爬起來，跪在地上，在草地裡和營火射出的閃光中搜尋。他拾起一棵洋梧桐的幾塊半圓形的白色薄皮，仔細看了一下子，最後選定了合意的兩塊。然後他在火堆旁邊跪下，吃力地用他那塊紅赭石在這兩塊樹皮上都寫上了一些字；他把一塊捲起來，放在上衣口袋裡，另外那一塊，他就放在喬伊的帽子裡，還把帽子拿得離它的主人稍遠一點；另外他還在這頂帽子裡放下了一些小學生幾乎當作無價之寶的珍貴東西——其中有一支粉筆、一顆橡皮球、三個釣魚鉤和一顆叫做「道地水晶球」的那種石彈子。然後他就踮著腳尖很小心地從那些樹叢當中悄悄走出去，直到後來他覺得人家已經聽不見他，就馬上飛快地往沙洲那邊跑過去了。

15 湯姆偷偷地回家探望

幾分鐘以後，湯姆就到了沙洲的淺水灘上，在水裡向伊利諾州那邊河岸走過去。河水還沒有齊腰，他就游走到了河中間；這時候河裡的急流不容許他再涉水了，所以他就很有自信地游起來，決定游過其餘那一百碼。他向著上游游去，可是河水還是把他沖著往下走，比他預料的速度要快一些。不過他終於到了岸，被水沖著立不穩，後來他發現了一處較低的地方，就爬上來了。他伸手摸了摸上衣的口袋，發覺那塊樹皮還好好地在那兒，然後就鑽進樹林裡，順著河邊走，衣服還是濕淋淋的。快到十點鐘的時候，他到了村鎮對岸的一塊開闊地方，看見渡船停在樹影下面和高高的河岸邊上。在閃耀的星光底下，一切都很平靜。他睜開眼睛注意看著，爬下河岸去，溜到水裡，划了三、四下，就爬到船尾那隻當「跟班」的小艇上。他在坐板下面躺下，氣喘吁吁地等著。

隨後船上的破鐘敲響了，有一個人的聲音發出了開船的命令。一、兩分鐘之後，小艇的船頭被渡船鼓起的浪沖得豎立起來，航行就開始了。湯姆達到了目的，心裡很高興，因為他知道那是這天晚上

的最後一次過渡。好容易熬過了幾十分鐘，機輪停止了，湯姆就從小艇上溜下去，在黑暗中向岸邊游泳，避開被過路人看見的危險，在下游五十碼的地方上了岸。

他飛快地穿過一些冷落的小巷，不久就到了他阿姨家的後圍牆下。他翻過圍牆，走近側房，從起居室的窗戶裡往裡面望，因爲那兒還點著亮光。屋裡坐著波莉阿姨、席德、瑪麗和喬伊·哈波的母親，大家聚在一起談話。他們靠近床邊坐著，床鋪擺在他們和門口之間。湯姆走到門口，悄悄地撥起門閂；然後他輕輕地推了一下，把門推開了一條縫；他再小心地繼續推，每次門叫一聲，他都嚇得發抖，後來他覺得可以爬著擠進去了，就把頭先伸進去，提心弔膽地往裡面爬。

「蠟燭怎麼會吹得搖擺不定呢？」波莉阿姨說。於是湯姆趕緊往前爬。「咦，那扇門是開著的，我想。哦，的確是開著嘛！現在眞是怪事多得很。快去把它關上，席德。」

湯姆幸好來得及到床底下藏起身來了。他在那兒待著，把呼吸緩和過來，歇了一會兒，再爬過去，爬到他幾乎可以摸到他阿姨的腳的地方。

「可是我剛才說過，」波莉阿姨說，「他並不算壞，可以這麼說吧——就是太淘氣。不過有點輕浮，有點冒失，妳知道吧！他還不過是個小毛頭，不能怪他。他可從來沒有安什麼壞心眼，從來還沒見過這麼好心腸的一個孩子哩。」她哭起來了。

「我的喬伊也正是這樣——老是淘氣得要命，什麼頑皮的事都做得出，可是他一點也不自私，脾氣也不錯，簡直不能再好了——我的天哪，想起來多麼難受啊，我冤枉他偷吃了乳酪，還揍了他一頓，簡直不記得原來是因爲乳酪酸了，我自己把它倒掉的，現在我可是一輩子也不能在人間看到他了，永遠、永遠、永遠看不到了，可憐活受冤枉的孩子！」於是哈波太太抽抽噎噎地哭起來了，好像整顆心都要碎了似地。

「我希望湯姆在現在待的那個世界會更舒服些，」席德說，「不過他從前有些地方要是不那麼頑皮……」

「席德！」湯姆雖然看不見老太太的眼睛，卻感覺到她向席德瞪眼的神情，「現在我的湯姆死了，不許說他的壞話！上帝會照顧他——用不著你來操心，先生！啊，哈波太太，我把他丟了真不知如何是好！我把他丟了真不知如何是好呀！他從前雖然常折磨我，差不多把我的心都挖去，可他究竟還是給我不少的安慰。」

「上帝把孩子送給我們，又收回去了——感謝上帝！可這實在太叫人難受了——唉，實在太難受了！就在上星期六，我的喬伊正對著我面前放了一個爆竹，我就把他打得躺在地上爬。誰知道這麼快他就……唉，要是再來一次，我簡直就要摟著他，說他放得好哩！」

「是呀，是呀，是呀，我很知道妳心裡的滋味，哈波太太，我完全體會妳心裡的滋味。還不過是昨天中午，我的湯姆抓住貓兒給它灌了許多解痛藥，我知道這傢伙會要鬧得滿屋天翻地覆。上帝饒了我吧，我拿頂針

在湯姆頭上用力敲了幾下，可憐的孩子，可憐的短命孩子，可是現在他的委屈也完了，我最後聽見他說的話就是責備我……」

可這個回憶卻使老太太更難受，她簡直傷心得完全說不下去了。這時候湯姆自己也吸起鼻子直想哭——他與其說是同情別人，不如說是可憐自己。他聽見瑪麗也在哭，並且隨時插上幾句對他表同情的話。於是他開始感覺到自己的高貴，不像從前所想的那樣不值錢了，不過他還是被他阿姨的傷心大大地感動了，以至於他很想從床底下衝出去，使她歡喜得發狂——這個舉動的絕妙戲劇性也非常投合他的性格，但是他終於抑制住了，沒有動彈。

他繼續聽下去，從那些東一句西一句的話裡聽出人家起初猜想他們那幾個孩子是在游泳的時候淹死了；然後又發現那個小木筏不見了；再往後又有些孩子們說，那幾個失蹤的孩子曾經預先給他們說過，村莊上不久就會「有新聞了」；那些自以爲聰明的人們把各種消息拼湊起來推測，曾經斷定那幾個孩子一定是划著那個木筏跑掉了，不久就會在下游的一個市鎮上出現；可是將近中午的時候，那個木筏被發現在聖彼得堡鎮下游五、六哩的地方靠著密蘇里那邊河岸停著——於是大家就絕了望；孩子們一定是淹死了，否則最遲到天黑的時候，他們熬不住飢餓，就會回家。大家相信打撈屍體之所以沒有結果，只是因爲孩子們一定是在河當中淹死的，要不然，像他們那麼長於游泳，早就游到岸上來了。這是星期三晚上。要是直到星期天始終找不到屍體，大家就不會再存任何希望，那天上午就要在教堂裡舉行喪禮，湯姆聽得直發抖。

哈波太太帶著哭聲道了晚安告別，轉身要走。然後這兩個遭了喪子之痛的女人同時起了一陣感情的激動，互相擁抱著，痛痛快快地大哭了一場，藉此獲得安慰，隨後就分手了。波莉阿姨對席德和瑪麗道晚安的時候，比平日溫柔得多。席德吸著鼻子發出了一點低泣似的聲音，瑪麗卻傷心透頂地大哭著走開了。

波莉阿姨跪下來替湯姆祈禱，她祈禱得非常動人、非常懇切，她的禱詞和她那老年的顫動聲音表示出無限的慈愛，以至於她還沒有禱告完畢，湯姆早就淚流滿面了。

他不得不在她上床睡覺之後的很長一段時間裡始終不聲不響，因爲她老是隨時發出傷心的叫喊，心神不安地在床上翻來覆去地打滾。可是後來她終於安靜下來了，只在夢中還有點呻吟。這時候湯姆就偷偷地鑽出來，在床邊慢慢站起，把手遮住蠟燭的光，站在阿姨身邊望著她，他心裡對她充滿了憐憫。他把那寫著字的一卷洋梧桐樹皮拿出來，放在蠟燭旁邊。可是他心裡忽然起了一個念頭，於是他就遲疑考慮起來。他終於作了一個快意的決定，臉上因此露出喜色；他又把那塊樹皮連忙放回衣袋裡。然後他彎下腰去，吻了吻那憔悴的嘴唇，馬上就偷偷地溜出去，還轉身把門閂上了。

他穿過街頭巷尾，回到了渡船碼頭，一看那兒沒有人走動，就大膽地邁上了大船，因爲他知道船上沒有人住著，只除了一個船夫，而他是每夜照例要睡覺的，一睡著就像是個雕像一樣。他解掉了小艇的船尾纜索，悄悄溜上去，不久就小心地往上水划起來了。他划到了離小鎭的上游一哩的地方，就開始斜轉船身橫渡過去，一心一意地拼命划著。他很靈巧地划攏了對面上岸的地方，因爲這是他很熟悉的一點拿手戲。他動了念頭，想要把這小艇據爲己有，他的理由是這隻小艇不妨當作大船，因此正是海盜天經地義的擄獲物，可是他知道人家一定會仔細搜尋，結果就難免使事情的眞相敗露。所以他就走上岸，鑽進樹林裡去了。

他坐下來休息了很久，同時拼命地熬住，不叫自己睡著，然後小心翼翼地往下游走。那時候黑夜已經快完了。他看到自己走到了島上的沙洲的對面時，天色早已大亮。他又休息了一陣，直到太陽上升到相當高度，光芒萬丈地在大河水面上泛著一片金光，然後他就往河裡一跳。

過了一會兒，他就渾身濕淋淋的，在緊靠他們露營的地方站住了。他聽見喬伊說：

「不會的，哈克，湯姆這個人最講信用，他準會回來，他絕不會騙人。他知道這種行為對海盜而言是很可恥的，像湯姆那麼有骨氣的人，絕不肯做這種事，他一定是有了什麼好主意，可是他究竟是幹嘛去了呢？」

「嘔，不管三七二十一，這幾樣東西總是歸我們的了，是不是？」

「大概差不多吧！可是還說不定，哈克。他寫下的話說的是，他要是沒趕回來吃早餐，這些東西就給我們。」

「他可就偏偏趕回來了！」湯姆神氣十足地邁著大步走進他們露營的地方，一面大聲喊著，收到了絕妙的戲劇性效果。

不久就擺開了鹹肉和鮮魚配成的豐盛早餐，孩子們一面起勁地大吃特吃，湯姆一面敘述了他回家的經歷，多少還有些渲染。他把事情的原委說完之後，他們幾個人就成了一夥洋洋得意、自命不凡的英雄。然後湯姆躲在一個陰涼的僻靜地方，一直睡到中午，其他的海盜準備釣魚和探險去了。

16 初學抽菸——「我的小刀不見了」

午飯後，他們全部都到沙洲上去找烏龜蛋。他們到處搜尋，把樹枝伸進沙子裡去戳，一碰到軟地方，就跪下去用手挖掘。有時他們可以從一個窟窿裡掏出五、六十顆蛋來。這些蛋都是白白圓溜溜的，比英國胡桃稍小一點點。當天晚上，他們就吃了一頓美味的煎蛋，星期五早上，又吃了一頓。

他們吃過早餐，就大喊大叫興高采烈地一跳一蹦往沙洲上去了，他們互相追逐著一圈一圈地轉著跑，一面跑，一面脫掉衣服，直到後來個個都脫得精光，然後繼續嬉鬧，一直跑到沙洲上的淺水灘上，對著急流站著，他們的腿隨時被急流沖倒，這大大地增加他們的趣味。有時候他們彎著腰站在一起，用手掌拍著水互相打在臉上，大家扭過臉來避免那潑得叫人透不過氣來的水，彼此漸漸走近，最後互相揪住，扭成一團，直到最有本事的一個把別人按到水裡，於是大家一齊鑽進水去，好幾雙雪白的胳臂和腿在水裡糾纏得不可開交，然後再站起來，同時噴著鼻子，吐著嘴裡的水，哈哈大笑，並急促地喘氣。

他們玩得精疲力竭的時候，就從水裡跑出去，在那又乾又熱的沙地上趴下，在那裡躺著，拿沙子把自己蓋起來，過一會兒又衝到水裡去，把原來的遊戲再做一番。後來他們忽然想起自己身上精光的皮膚差不多可以代替肉色的緊身衣；所以他們就在沙地上站成一個圓圈，扮演馬戲！這個馬戲班裡有三個小丑，因爲誰也不肯把這個最神氣的職位讓給別人。

再其次他們就拿出彈子石來，玩「換窩兒」、「扔洞坑」和「擊準」，一直玩到索然無味爲止。然後喬伊和哈克又游泳了一回，可是湯姆卻不敢去參加，因爲他發現他在脫掉褲子的時候，連帶著把踝骨上拴著的那一串響尾蛇的響尾輪也踢掉了，現在他想起剛才游泳那麼久，沒有這個神秘的護身符，也居然沒有抽筋，簡直猜不透那是爲什麼。他直到把那個寶貝找到，才敢再去游泳，可是那時候別的兩個孩子已經玩得很累，準備休息了。他們漸漸分道揚鑣，個個都消沈起來不由得用渴望眼光向寬闊的大河對岸望過去，那小鎮正在陽光中打盹呢！湯姆發覺自己用大腳趾在沙地上寫著「**貝琪**」；他把它抹掉，並且生自己的氣，怪自己太沒出息，可是他又寫了這個名字；他實在禁不住要寫。後來他又把它抹掉，然後把其他兩個孩子趕到一起，自己陪著他們，藉此抵制那種誘惑。

可喬伊的精神幾乎沮喪到了無可挽救的地步。他非常的想家，簡直有些受不了這一種苦惱，眼淚差點兒要流出來了。哈克也很憂鬱。湯姆雖然也無精打采，卻竭力不露出來，他有一個秘密，暫時還不打算說出來，可是這種含有叛變危機的沮喪情緒如果不能趕快打破，他就不得不把秘密公開出來。他表現出興致勃勃的神氣說：

「我敢說這個島上從前有過海盜，夥計們。我們要再到裡面去探險，他們一定在什麼地方藏下了財寶。要是找到一口爛箱子，裡面裝滿了金銀，你們會覺得怎樣呢——咦？」

可這一問也不過引起了一陣輕微的熱情，隨即也就消失了，並沒有誰答話。湯姆又試了一兩種誘惑的方法，結果也無效，這眞是令人喪氣。喬伊坐著拿樹枝撥動沙子，顯出一副鬱鬱不樂的神氣。最後他說：

「啊，夥計們，我們算了吧！我要回家去，這實在太寂寞了。」

「啊，別這麼想，喬伊，你慢慢就會覺得痛快了，」湯姆說，「你只要想想在這兒釣魚有多好玩！」

「我不愛釣魚，我要回家。」

「可是，喬伊，別處可沒有這麼好的游泳的地方。」

「游泳也沒意思。不知怎麼的，這兒沒人說不許我下水，我就好像覺得游泳不稀罕，我還是要回家去。」

「呸，小娃娃！你想回去找媽媽呀！我猜是。」

「是呀，我是想找媽媽——你要是有媽媽，也會想找她的。你說我是小娃娃，其實我和你差不多大。」於是喬伊吸著鼻子，發出好像要哭的聲音。

「好吧，我們就讓這哭臉娃娃回家去找他媽媽，好不好，哈克？可憐蟲——他要去找媽媽？就讓他去吧！你準是喜歡在這兒，是不是，哈克？咱倆待下去，好嗎？」

哈克說了聲，「好——好吧！」——說得一點也不帶勁。

「我一輩子再也不跟你說話了，」喬伊一面站起來，一面說，「看你怎麼樣！」於是，他就很不高興地走開，並且開始穿起衣服來。

「誰稀罕！」湯姆說，「誰也不想跟你說話。你回去吧，好叫人家笑話。啊，你倒眞是個了不起的海盜。哈克和我可不是哭臉娃娃。我們就待下去，對不對，哈克？他要走就讓他走吧！沒有他，我們也許還是照樣過日子。」

可湯姆心裡其實是很不安的，他看見喬伊繃著臉繼續穿衣服，不免感到驚慌。同時哈克沈思地望著喬伊準備回家的動作，始終保持著一種不好兆頭的沈默，這也叫湯姆看了很不安。隨後喬伊連一句告別的話都不說，就涉水向伊利諾斯州那邊的河岸走過去。湯姆心裡開始洩氣了，他向哈克瞟了一眼，哈克受不了他這一望，就把眼睛低下去。然後他說：

「我也要走，反正這兒是夠悶得慌，現在就更糟糕了。我們都回去算了吧！湯姆。」

「我可不回去！你們要走，儘管走吧！我可要待在這兒。」

「湯姆，我最好還是回去。」

「好，你走吧——誰攔著你呢？」

哈克開始拾起他那些亂丟在地上的衣服。他說：

「湯姆，我希望你也跟著來。你好好的想想吧！我們上了岸就等著你。」

「哼，那你可不知道要等多久，別的話沒什麼可說的。」

哈克很難受地走開了，湯姆站在那兒望著他的背影，他有一種強烈願望牽動著他的心，很想丟開面子觀念，也跟著他們走。他希望那兩個孩子會站住，可是他們仍是慢慢地涉水前進。湯姆忽然感覺到周圍的一切顯得冷清清的，他和他的自尊心作了一番最後的掙扎，然後飛跑過去追他那兩個夥伴，一面叫喊著：

「等著！等著！我有話跟你們說！」

他們馬上站住，回轉身來。他走到他們站住的地方，就開始宣布他的秘密，他們起初聽著很不高興，後來才聽出他打算的是個什麼妙主意，於是他們就大叫大嚷，極力稱讚，說這個主意「妙透了！」他們說他要是起初就跟他們說，他們根本就不會走開。他編了一個好像很有道理的託詞，可是他之所以沒有早說，眞正的原因還是擔心連這個秘密也不能留住他們和他在島上待很久，所以他就故意把它保留下來，準備作爲最後的誘惑。

孩子們興高采烈地回來了，大家痛痛快快地再做遊戲，同時一直把湯姆那個了不起的計畫談個沒完，並且還讚賞他的天才。吃了一頓美味的烏龜蛋和鮮魚的午餐之後，湯姆說他要學抽菸。喬伊覺得這個主意很不錯，他說他也想試一試，於是哈克就做了兩隻菸斗，裝上菸葉。這兩個外行人除了葡萄藤做的雪茄菸以外，從來沒有抽過什麼菸，那種雪茄菸是麻舌頭的，而且還叫人看著沒有什麼派頭。

現在他們趴在地上，用胳臂肘支著上身，開始抽菸，他們抽得很小心，不免有點提心弔膽。菸有一般刺鼻的味道，他們抽了有點作嘔，可是湯姆說：

「嘿，這原來是很容易的嘛！我要是早知道不過是這樣，那我早就學會了。」

「我也是一樣，」喬伊說，「這根本不算什麼。」

「噢，我有許多回看見人家抽菸，就想著自己也希望會抽才好：可是我從來沒想到我也能抽哩！」湯姆說。

「我也正是這樣，對不對，哈克？」喬伊說，「你聽見過我就是像這麼說過——對不對，哈克？我是不是說過這句話，讓哈克作證吧！」

「是說過——說過無數回哩！」哈克說。

「噢，我也說過呀，」湯姆說，「啊，說過好幾百次了。有一回是在屠宰場那兒。你還記得嗎，哈克？我說這話的時候，有波布·丹納在場，還有江尼·密拉，還有杰夫·柴契爾。你還記得我說過這話嗎，哈克？」

「記得，是這麼說的，」哈克說，「那是我丟了一顆白彈子石的第二天。不對，是在那前一天。」

「你瞧——我沒瞎說吧，」湯姆說，「哈克還記得這件事情。」

「我相信我能一天到晚抽這種菸，」喬伊說，「我可不覺得頭暈。」

「我也不，」湯姆說，「我也能整天地抽，可是我敢說杰夫·柴契爾可不行。」

「杰夫·柴契爾！嘔，他只要抽兩口就會摔倒。光叫他試一次嘛，那他可就夠嗆了！」

「我敢說那會夠他受的。還有江尼·密拉——我倒很想瞧瞧江尼·密拉試一次呢。」

「啊，我還不是一樣！」喬伊說，「噢，我敢說江尼·密拉幹這一手是最不行的。他呀，只要稍微聞一下就會夠他受的。」

「的確是這樣，喬伊。嘿——我希望小夥計們這會兒能看見我們才好哩！」

「我也是這麼想。」

「嘿——夥計們，現在先別提這件事情，過幾天趁他們都在場的時候，我就來找你，對你說：『喬伊，帶著菸斗嗎？我要抽一口。』你就裝出滿不在乎的樣子，好像根本不算一回事，你就說：『帶著的，還是我那根老菸斗，另外還有一根，可是我的菸葉子可不大好。』我就說：『啊，那沒關係，只要勁頭兒大就行。』然後你就一下子把菸斗拿出來，我們就點起火來抽，不慌不忙地，那時候就讓他們瞧著吧！」

「好傢伙，那可是挺好玩，湯姆！我恨不得那就在眼前！」

「我也是那麼想！過幾天我們告訴他們說是在出來當海盜的時候學的，他們可不就會想著當初應該跟我們同來嗎？」

「啊，可不是嘛！我敢打賭，他們一定會那麼想！」

談話就像這樣繼續下去。可是隨後就有點洩氣，說著說著就上句不接下句了。沈默的時間越拖越長；吐痰越吐越厲害。這兩個孩子的腮幫子裡面每個毛孔就成了一個噴泉似的；他們的舌頭底下好像是個淹了水的地窖，他們連忙把水往外噗，也難免掉那兒泛濫成災；不管他們怎麼盡力把口水吐出，還是免不了一小股一小股的往嗓子底下流，每次都引起突然一陣德心。這時候兩個孩子都顯出蒼白和倒楣的樣子。喬伊的菸斗從他那無力的手指當中掉下去了。湯姆的也跟著掉下。兩口噴泉的水都猛漲起來，兩個抽水機都拼命地噗水。喬伊有氣無力地說：

「我的小刀不見了，我看我最好是去找一找。」

湯姆的嘴唇直發抖，他用吞吞吐吐的聲音說：

「我來幫你吧，你往那邊，我到泉水旁去找找看。哈克，你不用來——我們找得著的。」

於是，哈克又坐下來，等了一個鐘頭。然後他覺得悶得很，就去找他那兩個夥伴。他們在樹林裡相離很遠，兩個都臉色慘白，兩個都睡得很酣。可是哈克看得出，他們如果出了什麼毛病，現在也過去了。

那天晚上，他們吃飯的時候不大多嘴。他們顯出一副沒臉見人的樣子，飯後哈克預備菸斗，並也打算給他們預備，他們都說用不著，因爲他們不大舒服——吃飯的時候吃了什麼東西，不合胃口。

大約在夜半，喬伊醒過來，便叫醒那兩個孩子。空中有一股低沈的悶熱，似乎是預示著天氣會有變化。雖然連一絲絲的風都沒有的空氣散發著悶人且死氣沈沈的熱氣，令人窒息，這幾個孩子可還是依偎在一起，極力和那堆火親近。他們沈默地坐在一起，聚精會神地等著。四處還是肅

靜無聲，火光的範圍之外，一切都捲入了無邊的黑暗中。隨後來了一道閃光，隱隱約約地照亮了樹上的枝葉，片刻之間又消失了。過了一會兒又來一道，比剛才的更強烈一點。然後又一道，跟著就是一陣低沈哼哼的聲音，像嘆息似地從林中的樹枝當中傳過來。孩子們覺得有一股飛快的氣息吹到他們臉上，他們就幻想著黑夜的精靈從他們身邊走過了，因此都嚇得發抖。隨後平靜了一會兒。跟著又是一道叫人毛骨悚然的閃光，把黑夜照成了白天，他們腳下長著的草，每一根都照得清清楚楚，同時還把三個慘白又驚駭的面孔也照出來了。

一陣沈沈的雷聲轟隆轟隆地在天上一路響過去，漸漸在遠處成了鬱悶的響聲，終於聽不見了。一陣冷風吹過來，吹得樹葉沙沙地響，火堆裡的灰也像雪片似地紛紛飛散起來。又有一道強烈的閃光把樹林照得透亮，跟著就是霹靂一聲，好像正在這幾個孩子的頭頂上把樹梢都劈開了一般。他們在那道閃光之後的一片漆黑當中，嚇得要命地互相抱成一團，幾顆大雨點啪嗟啪唾地落在樹葉上了。

「快，夥計們！快到帳棚裡去！」湯姆大聲喊道。

他們飛步跑開，在黑暗中絆著樹根和藤條，老是摔倒，沒有兩個人奔向一處。一陣狂吹的急風從樹林中呼嘯著過去，一路吹過，把一切東西都吹得叫起來。耀眼的閃電一道跟著一道，震耳的響雷一陣又是一陣。後來一陣傾盆大雨潑下來了，越來越大的狂風把它順著地面刮成了一片一片的雨幕。

孩子們互相叫喊，可是吼聲震天的大風和隆隆的響雷把他們的喊聲完全壓倒了。不過他們終於一個個溜回了露營的地方，在帳棚底下藏起來，又冷，又嚇得要命，個個都成了落湯雞；可是在這倒楣的時候有了同伴，總算是謝天謝地的事情。他們不能談話，即使別的聲音能讓他們談，那塊舊帆棚劈劈啪啪地也響得太凶了。狂風越刮越大，隨後那塊舊帆棚終於擺脫了繫它的繩索，跟著大風飛走了。孩子們互相揪住了手，一同逃到河邊的一棵大橡樹底下去避難，路上跌了許多跤，碰傷了不少地方。這時候正是空中的激戰到了最緊張的階段。閃電把天空都照亮了，在它那不息的火光之下，地上的一切都顯得異常分明，連影子都沒有：彎著腰的樹，波濤洶湧的、一片飛沫的大河，大片大片的隨風飛馳的水泡，河對岸那些高聳的懸崖絕壁隱約的輪廓，一樣樣都從那急駛的飛雲和斜飄的雨幕中一隱一現。

每隔一會兒工夫，就有一棵龐大的樹吃了敗仗，嘩啦一聲從較小的樹叢當中倒下來；再接再厲的響雷發出一陣陣震耳欲聾的、猛烈而急劇的爆炸聲，簡直是無法形容地令人驚心動魄。最後這一陣狂風暴雨顯出了無比的威風，卯足了全副力量，好像是要在同一時刻內，把這個島劈成碎塊，把它燒成灰，把它淹到樹頂，把它刮跑，把島上一切的生物都震聾。那些無家可歸的小伙子們跑到外面，遇到這樣瘋狂的夜晚，眞是夠受的哩！

可是這一場戰鬥終於結束了，出陣的人馬鳴金收兵，叱咤和威嚇的聲音越來越微弱了，和平又恢復了優勢。孩子們滿懷畏懼地回到露營的地方，可是他們發覺那兒居然還有一件値得慶幸的事情，因爲掩護他們臥鋪的那棵大洋梧桐已經被雷劈倒，而這個災禍發生的時候，他們碰巧沒有在樹下。

他們的露營地被大雨淋得透濕，營火也是一樣；因爲這幾個孩子就像他們同一代的年輕人那樣，都是粗心大意的，事先沒有作防雨的準備。這眞是晦氣的事，因爲他們都濕透了，而且渾身發冷。他們的狼狽是一目瞭然的；可是隨即他們就發現原先那堆營火已經把他們靠著生火的那根倒在地上的大樹幹（在它彎起離開地面的地方）燒得凹進了很深，因此有一塊像巴掌那麼大的地方沒有被雨淋濕。

於是，他們耐心地想盡方法從那些有遮掩的木頭底下弄了一些碎片和樹皮來引火，終於哄著那堆營火再燃起來。然後他們又堆起許多大塊的枯樹枝，直到燒成了一堆呼呼的大火，才又感到興高采烈。他們把煮熟了的火腿烤乾，飽吃一頓，吃完之後就坐在火旁把夜半的歷險經過誇張和渲染地大談一番，一直談到早晨，因爲前後左右已經沒有一處可以睡覺的乾地方。

太陽漸漸升起，照到孩子們身上的時候，睏倦的感覺就侵襲著他們，於是他們就走出樹林，到沙洲上去躺下來睡覺。不久他們就曬得很熱了，大家怪無聊地弄早飯吃。吃完之後他們都覺得不痛快，骨節也發僵，而且又有點想起家來了。湯姆看出了這種跡象，就極力說些開心的事，想提起那兩個海盜的興致。可是他們對彈子石或是馬戲、游泳和任何事情都毫無興趣。他使他們想起那個了不起的秘密，總算引起了一點點高興的反應。趁著這種情緒還保持著的時候，他又使他們對一個新想出來的妙計發生了興趣。這就是暫時放棄作海盜，改扮印第安人，換換胃口。

他們被這個主意吸引住了；所以沒有過多大工夫，大家就脫光了衣服，用黑泥從頭到腳塗了滿身的條紋，簡直像幾隻斑馬一樣——當然個個都是酋長——然後他們飛跑著闖進樹林裡，去襲擊一個英國人聚居的村落。

後來他們分成了三個敵對的部落，從埋伏中發出可怕的吼叫，衝出來互相襲擊，成千地互相廝殺和剝掉頭皮。這眞是個血淋淋的日子，因此也就是個非常痛快的日子。

快到吃晚飯的時候，他們才回到露營的地方集合，大家肚子很餓，可是都很快活；不過現在發生了一個困難——互相仇殺的印第安人沒有先行講和，不能在一起友好地用餐，而這又非抽一口講和的菸不可。除此以外，他們從來沒有聽說過還有什麼別的辦法。這三個野人之中有兩個甚至說他們還不如一直做海盜。不過大家想不出別的辦法，所以他們就拚命裝出高興的樣子，把菸斗要過來，按照習慣的儀式輪流抽了一口。

說也奇怪，他們居然又高興自己變成了野人，因爲他們有所收穫了，他們發現自己已經能夠抽一抽菸，而不一定要走開去尋找遺失的小刀了，他們並沒有發暈到難受的地步。這是一件大有希望的喜事，他們絕不會不下一番工夫，輕易放過這個機會。不會的，他們在晚飯後小心地練習了一陣，結果頗爲成功；因此這天晚上他們過得歡天喜地，這個新的成就使他們非常得意，非常快活，即使他們能把印第安人的六個部落通通剝掉頭皮，或是把全身的皮都剝掉，也不會有這麼痛快。我們就讓他們在那兒抽菸、閒談和誇口吧！因爲目前我們暫時沒有什麼別的事情用得著他們了。

17 海盜們參加自己的喪禮

可是在這同一個安靜的星期六下午，小鎮上卻沒有什麼歡樂。哈波一家人和波莉阿姨全家都穿上了喪服，大家都在傷心痛哭。一種異乎尋常的安靜籠罩著這個村莊，雖然平日這兒也實在是夠安靜的了。村裡的人們處理自己的事情，都有一種心不在焉的神情，而且都不大說話，可是他們老是嘆氣。星期六的休假對孩子們也好像成了一個負擔，他們玩耍得沒有勁頭，漸漸地乾脆不玩了。

這天下午，貝琪．柴契爾在學校裡那無人的院子裡呆頭呆腦地走來走去，心裡覺得很淒涼。可是她在那兒找不到什麼可以給她安慰的東西。她自言自語地說：

「啊，我要是能夠再得到一隻火爐架上的銅把手就好了！可是我現在連可以用來紀念他的東西也沒有了。」於是，她拚命憋住了抽噎的哭泣。

過了一會兒，她停住腳步，暗自想道：

「就是在這兒。啊，要是再來一次的話，我絕不會那麼說——無論如何也不會那麼說。可是現在他已經不在了；我永遠、永遠、永遠也見不著他了。」

這個念頭簡直使她受不了，她就茫然走開，眼淚順著臉蛋兒直往下滾。隨後有一大群男孩和女孩——湯姆和喬伊的玩伴——過來了，大家向柵欄外面望著，用虔誠的聲調談到湯姆曾經怎樣怎樣做過某些事情，和他們最後一次看見他的情形，還談到喬伊怎樣怎樣說過一些無關重要的小事情（現在他們很容易看得明白，那都是充滿了可怕的預兆的！）——說話的人個個都精確地指出這兩個失蹤的孩子當初所站的地點，並且還添上了這麼一段話：「我那時候就是這麼站著——就像現在這樣，你就好比是他——我離他那麼近——他笑一笑，就像這樣——這一下就好像是有一股什麼邪氣透過我全身似的——眞嚇壞人哩，你要知道——那時候我當然根本沒想到這是怎麼回事，現在我可明白了！」

然後，關於這兩個死了的孩子在世的時候，最後究竟是誰看見他們的這個問題，起了一場爭執。有許多孩子爭著要把這個悲慘的榮譽歸到自己身上，並且提出了一些證據，多少還經過見證人加以修正；後來大家公認了是誰最後看到死者，和他們作了最後的談話，那些幸運的角色就擺出一副了不起的與衆不同的神氣，其餘的人都張著嘴望著他們，非常羨慕。有一個可憐的小伙子說不出什麼別的光榮，就想起一件往事，顯出相當得意的神氣說道：

「唔，湯姆．索亞他有一回揍了我一頓。」

可這個爭取榮譽的企圖失敗了。因爲大多數的孩子都有資格這麼說，所以這就使這個孩子的光榮顯得太不値錢了。這群孩子繼續鬧混下去，大家還是以敬畏的聲調追述兩位死去的英雄的生平事蹟。

第二天上午，主日學校下課之後，教堂的鐘不像平日那麼響，而是緩緩地發出報喪的聲音。那是個非常清靜的星期日，悲慘的鐘聲好像是與那籠罩著大地的沈思似的寂靜配合得很好。村裡的人們開始集合，在走廊裡逗留了片刻的工夫，以便互相耳語，談談這件不幸的事情。可是教堂裡並沒有人耳語，只有婦女們集合到她們的座位那邊去的時候，她們的衣服發出的那種淒涼的沙沙響聲才打破了那兒的沈寂，誰也想不起這個教堂裡曾經在什麼時候像這樣滿座過，後來大家終於凝神靜候，鴉雀無聲地期待了一陣，然後波莉阿姨進來了，背後跟著席德和瑪麗，他們後面又跟著哈波全家的人，個個都穿著深黑色的衣服，於是全體參加人員，還有那年老的牧師，都必恭必敬地站起來，一直站著等到那些穿喪服的人都在前排座位上坐好的時候。又經過一陣默默祈禱的沈寂，其中不時夾雜著一些抑制住的低泣聲，然後牧師把雙手往兩邊攤開，做了禱告。於是大家唱了一首動人的聖歌，隨後就唸了一段經文：「復活在我，生命也在我。」

喪儀進行中，牧師把死去的孩子們的美德和他們討人歡喜的行爲，以及非凡的前途描寫得有聲有色，以至於在座的人個個都覺得自己承認他所描寫得很對，因此他們回想起從前一貫地瞎著眼睛沒有看出這一切，而且一貫地只看到這幾個不幸孩子的過錯和毛病，心裡不免覺得很難受。牧師還敘述了死者生前許多動人的小事件，這些事情都表現出他們可愛的、慷慨的天性，大家現在很容易看出這些偶然的小事是如何地高尙和優美，同時很悲傷地回想起當初這些事情發生的時候，都好像是些道地的流氓行爲，簡直該挨皮鞭子才行。牧師這一番淒楚動聽的話繼續下去的時候，大家衆越來越被他感動了，後來全體終於痛哭起來，和服喪的人們悲慟的哭泣聲打成了一片，牧師本人也情不自禁，在講道壇上哭起來了。

教堂的樓座裡有一陣沙沙的響聲，可是誰也沒有聽見；過了一會兒，教堂的門嘰嘎一聲打開了；牧師把手巾拿開，抬起那雙流淚的眼睛，大吃一驚地呆呆站著不動！於是一雙又一雙的眼睛跟著牧師的視線望過去，然後全體會衆幾乎是突然一致地站起來，瞪著眼睛望著那三個死了的孩

子順著走道走過來，領頭的是湯姆，其次是喬伊，最後是滿身披著破爛衣服的哈克，怪害羞地悄悄地跟在後面走著！他們原來是躲在那空著的樓座裡，聽著追悼他們自己的佈道詞哩！

波莉阿姨、瑪麗和哈波夫婦一下子向他們那兩個復活的孩子撲過去，把他們吻得透不過氣來，同時盡情地傾吐了許多感恩的話，而可憐的哈克卻很害躁地站著，覺得很不舒服，簡直不知如何是好，也不知道上哪兒去躲開那許多不表歡迎的眼睛。他猶豫了一陣，後來就想偷偷溜走，可是湯姆揪住他：

「波莉阿姨，這太不公平，也該有人歡迎哈克才行。」

「確實應該。我就歡迎這個沒娘的可憐孩子！」波莉阿姨儘量對他表示親切的關懷，正是足以使他比原先的感覺更不舒服。

忽然牧師高聲大嚷起來：

「普天之下，萬國萬生，齊聲讚美，父子聖靈！唱吧！大家要熱心地唱呀！」

大家熱心地唱了「頌詩百首」，於是響起了宏亮的聲音，爆發出狂歡的調子；在歌聲震動屋樑的時候，海盜湯姆·索亞向四周張望了一陣，看見了前後左右那些羨慕他的小伙子們，他心中暗自承認，這是他一生最得意的時候。

上了當的會衆成群地走出教堂的時候，大家都說他們幾乎是情願讓人家再開一次玩笑，再來聽聽「頌詩百首」像那樣唱一次。

那一天湯姆所挨的耳光和親吻——全以波莉阿姨的心情變化爲轉移——比他以前每一年所挨的還要多；這兩者之中究竟哪一樣表示對上帝的感謝和對他自己的慈愛最大，他是不大知道的。

18 湯姆透露他做夢的秘密

這就是湯姆的大秘密——和他那兩個海盜弟兄一同回家，參加他們自己喪禮的妙計。他們在星期六黃昏時候漂著一塊大木頭，划到了密蘇里這一邊的河岸，在小鎮的下游五、六哩的地方登陸；他們在鄰近小鎮的樹林裡睡覺，直到快天亮的時候，然後就悄悄地穿過偏僻的胡同和小巷，溜進教堂，在樓座裡那一堆亂七八糟的破凳子當中補足了睡眠。

星期一早晨吃早飯的時候，波莉阿姨和瑪麗對湯姆非常親愛，對他的需要也特別關心。大家談話談得比平常多。在暢談當中，波莉阿姨說：

「唉，湯姆，我看你這個玩笑倒是開得很妙，叫大夥兒差不多受了一個星期的罪，爲的是你們幾個好開心，可惜你不該這麼狠心，叫我也大吃苦頭呀！你既然能夠坐在一塊大木頭上划過來參加你的喪禮，那你也可以過來給我一點什麼暗示，讓我知道你並沒有死，只是跑掉了呀！」

「是呀，你本來可以這麼辦嘛！湯姆，」瑪麗說：「我相信你要是想到了這個，那你準會這麼做。」

「會不會呢，湯姆？」波莉阿姨問道，她臉上露出了渴望的喜色，「你說吧！要是你想到了，你會不會這麼做？」

「我——呃，我不知道。那麼一來，就把整個事情都弄得沒意思了。」

「湯姆，我本來還希望你對我有那麼一分孝心哩！」波莉阿姨說，她那悲傷的音調使這孩子感到不安，「只要你往這上面想過一下，哪怕你沒有那麼做，那也就很不錯了。」

「噢，阿姨，那倒沒什麼關係，」瑪麗替湯姆告饒：「湯姆向來就是這麼輕浮——他做事總是很慌張，從來不會想一想的。」

「那就更不像話了。要是席德，他就會想到那個，並且席德還會回來那麼做。湯姆，將來總會有一天，你回想起來，就會覺得懊悔也來不及了，那時候你就會想到，像這種不要你花什麼本錢的事情，你是應該多替我設想一下的。」

「可是，阿姨，您知道我是愛您的。」湯姆說。

「要是你的行爲更像這麼回事，那我就會相信了。」

「現在我但願當初那麼想過，」湯姆用懊悔的語調說：「可是我總算夢見過您呢！那也還不錯吧，是不是？」

「那算不了什麼——一隻貓還會那樣哩——可是反正比根本沒有那麼回事要強一點，你夢見什麼？」

「噢，星期三晚上我夢見您在那兒坐在床邊上，席德靠近木頭箱子坐著，瑪麗坐在他身邊。」

「不錯，我們是那麼坐著的。我們向來是那麼坐法。你在夢裡對我們操這點心，我也是高興的。」

「我還夢見喬伊．哈波的媽在這兒。」

「嘿，她的確是在這兒！你還夢見什麼別的嗎？」

「啊，還有許多事情，可是現在都記不清了。」

「嘔，你試試記一記吧——行不行？」

「我隱隱約約地記得好像是有風——風吹得——呃——呃——」

「仔細想一想吧，湯姆！風是吹動了一樣東西，再想想——」

湯姆裝出著急的樣子，把手指按住腦門子，過了一會兒才說：

「現在我想起來了！現在我想起來了！風吹動了蠟燭！」

「我的天哪！再往下說吧，湯姆——再往下說！」

「我好像記得您說：『噢，我相信那扇門……』」

「說下去吧，湯姆！」

「讓我稍微想一會兒——稍微想一會兒。啊，對了——您說您相信那扇門是開著的。」

「一點也不錯，我是那麼說來著！是不是？瑪

麗！再往下說吧！」

「後來——後來——嘔，我記不大清楚，可是您好像是叫席德去……呃——呃——」

「怎麼？怎麼？我叫他幹嘛，湯姆？我叫他幹嘛？」

「您叫他……您……啊，您叫他把門關上。」

「啊，眞巧極了！我一輩子還沒聽說過比這更巧的事兒！可別再跟我說什麼夢靠不住的話了。我馬上就去告訴希侖妮・哈波❶。我可要叫她拿她那一套什麼迷信不迷信的廢話來解釋解釋這個。再往下說吧，湯姆！」

「啊，現在一切都記得非常清楚了。後來您就說我並不壞，不過是淘氣和冒失，您說不能怪我，說我還不過是個……是個……我想您是說小毛頭什麼的吧！」

「就是那麼說的呀！啊，我的天哪！再往下說吧，湯姆！」

「然後，您就哭起來了。」

「我的確是哭了，的確是哭了。還不是頭一次哪！後來……」

「後來哈波太太她也哭起來了，她說喬伊就和我一樣，她說那點乳酪本來是她自己把它扔掉的，很後悔不該爲了冤枉他偷吃，把他揍了一頓。」

「湯姆！那是有神附在你身上呢！你說的簡直是預言——一點也不錯！眞了不起，再往下說吧，湯姆！」

---

❶ 喬伊・哈波的母親。

「然後，席德他說……他說……」

「我記得我並沒說什麼。」席德說。

「不，你說了，席德。」瑪麗說。

「別多嘴，讓湯姆說下去！他說什麼，湯姆？」

「他說——我覺得他是說他希望我在另外那個世界更舒服些，不過我要是有時候不那麼頑皮……」

「唷，聽見了吧！這正是他說的話呀！」

「您還叫他馬上住嘴。」

「我的確是那麼說，這裡面準是有個天使在幫你的忙。的確是有個天使，大概是在暗中幫忙。」

「哈波太太還說起喬伊放爆竹嚇過她一跳，您還說起彼得和解痛藥！」

「眞是千眞萬確！」

「後來你們還談到大夥兒到河裡去打撈我們，又談到星期天要辦喪事，說了一大堆，然後您和哈波太太就抱在一起哭了一場，後來她就走了。」

「正是這樣！正是這樣，一點也不錯。湯姆，哪怕你親自來看到過，也不能說得更像呀！那麼，後來呢？再往下說，湯姆！」

「後來我記得您好像是給我禱告了——我簡直就看得見您，您禱告的每一個字我都聽得見。後來您就上床睡覺，我眞的難受極了，所以我就拿一塊洋梧桐樹皮，在上面寫了這麼幾個字，『**我**

們並沒有死——我們只是出來當海盜玩。』就把它放在桌子上蠟燭旁邊；您躺在那兒睡著了，臉上神氣挺好，我記得我好像就走過來，彎下身去，在您嘴唇上親了一下。」

「眞的嗎，湯姆，眞的嗎？你這麼做，我什麼事都饒了你！」於是她就拉住湯姆，拚命用力摟著他，簡直使他覺得自己像是個罪惡滔天的小混蛋。

「這雖然只是一個——夢，但心眼兒總算不錯。」席德自言自語地嘀咕著，聲音剛剛好可以聽得見。

「住嘴，席德！一個人做夢幹的事，他要是醒著也會那麼做。湯姆，這是我給你留下的一個大蘋果，預備把你找到的時候拿給你吃——現在你快上學去吧！這回你終於回來了，我眞是感謝仁慈的聖父，凡是相信祂、聽從祂的話的人，祂一定對他們很有耐心，大發慈悲，不過天知道我是不配的，可是如果只有配受祂愛護的人才能得到祂的保佑，靠祂幫忙度過災難，那恐怕就難得有幾個人臨到最後斷氣的時候，還能從容含笑，或是到主那兒去安息了。快去吧，席德、瑪麗、湯姆——快點走開——你們可耽誤我不少的工夫了。」

孩子們動身上學去了，老太太就去找哈波太太，要用湯姆這個稀奇的夢打破她那種講究現實的思想。席德離開家裡的時候，他對這件事情是心中有數的，不過他覺得還是不把心裡的想法說出來爲妙。他是這麼想的：「靠不住——那麼長的一個夢，一點兒差錯也沒有！」

現在湯姆成了個多麼了不起的英雄呀！他再也不蹦蹦跳跳了，走起路來擺著架子，十足像個自覺受大家注目的海盜的神氣。大家也的確是對他很注目的；他一路走過，故意裝做沒有看見人家在望著他，也沒有聽見人家說的話，可是大夥兒對他那麼注意，可眞是叫他過足了癮。比他小些的孩子們成群地跟著他背後跑，都覺得自己跟他在一起，湯姆本人也讓他們跟著，讓人家看看，那實在是很光榮的，好像他是一個遊行隊伍前面領頭的鼓手，或是一隻領著動物展覽會的禽獸進城去的大象一般。和他同樣大小的孩子們故意裝著根本不知道他曾經跑到別處去過，可是他們還是嫉妒得要命。他們要是能夠有他那樣曬得黑黝黝的皮膚，和他那種光輝燦爛的名聲，那他們情願付出任何代價都行；要是叫湯姆把這兩種東西讓一種給別人，哪怕是拿一個馬戲班和他交換，他也是不會幹的。

學校裡的孩子們把他和喬伊看得很了不起，大家眼睛裡都流露出非常羨慕的神氣，以至於這兩位英雄不久就顯得非常突出，簡直有些使他們受不了。他們開始向那些渴望的聽衆敘述他們的歷險經過——可是他們只是開始講話，因爲有了他們那樣的想像力給他們的故事供給材料，要想把它說到底，大概是辦不到的。後來他們把菸斗拿出來，抽著菸怪神氣地東走走，西走走，他們的光榮就達到頂點了。

湯姆認定他現在可以用不著和貝琪．柴契爾親近了，光榮是足夠使他滿意的，他要爲光榮而生活。現在他既已出了名，也許她會希望「和好」。哼，隨她去吧——叫她瞧瞧他也可以像別人那樣滿不在乎。過了一會兒，她來了。湯姆裝做沒有看見她，他故意走開，和一群男孩和女孩混在一起，開始談話，隨即他就發現她紅著臉，瞟著眼睛，興高采烈地跑來跑去，假裝著忙個不停地追著同學們，抓到了人就嘻嘻笑著，尖聲喊叫；可是他看出她每次捉到別人，老是在他附近，並且逢著那種時候她似乎是老要往他這方面有意地瞟一眼。這充分地滿足了湯姆含著惡意的虛榮心；所以她這種舉動不但沒有博得他的歡心，反而使他更擺起架子來，並且使他更加極力不動聲色，故意裝做不知道她在身邊。隨後她就不再鬧著玩了，只是遲疑不決地東走西走，還嘆了一、兩聲氣，偷偷地、渴望地望著湯姆，然後她發現湯姆這時候特別愛跟艾美·勞倫斯說話，比跟誰都說得多，她便感到劇烈的痛心，漸漸煩惱起來，同時覺得不安。她想走開，可是她那雙腳偏不聽話，偏把她帶到那一群同學那兒。她向一個幾乎靠近湯姆胳臂肘的女孩子說話——故意裝出快活的樣子：

「嘿，瑪麗·奧斯汀！妳這壞ㄚ頭，妳為什麼沒上主日學校來呢？」

「我來了呀——妳難道沒看見我嗎？」

「怎麼，沒看見！妳來了嗎？妳坐在哪兒？」

「我在彼得小姐那一班，向來是在那兒，我可看見妳哩！」

「真的嗎？噢，我沒看見妳，那可真奇怪，我想要把野餐的消息告訴妳哩！」

「啊，那可是好玩透了！誰請客呢？」

「我媽打算讓我來辦一次。」

「啊，好極了，我希望她會讓我參加。」

「噢，她一定請妳。野餐是為我舉行的，我請誰她就讓誰去，我要請妳哩！」

「那可是太妙了，日期是哪一天？」

「沒多久，大概在放暑假的時候吧！」

「啊，那可眞好玩呀！妳打算請所有的男女同學嗎？」

「對，跟我有交情的——或是願意和我要好的——個個我都請。」她非常小心地偷偷望一望湯姆，可是他卻一個勁兒只顧和艾美．勞倫斯談島上那一場可怕的暴風雨，和雷火把那棵大洋梧桐「劈得粉碎」，而他自己正站在「離那棵樹三呎以內」的驚險場面。

「啊，我去一個好不好？」格雷賽．密拉說。

「好。」

「我呢？」莎麗．羅杰說。

「歡迎。」

「我也可以去嗎？」蘇珊．哈波說，「還有喬伊呢？」

「都歡迎。」

這樣一個又一個地講妥了，大家還鼓著小手掌，直到後來，除了湯姆和艾美以外，那一群同學通通要求了貝琪請他們參加野餐。然後湯姆冷淡地轉身走開了，一面還在談著，並且領著艾美一同走。貝琪的嘴唇顫動了，淚水湧到眼睛裡來，她勉強裝出快活的樣子，掩住這些表現，繼續聊天，可是這時候野餐的事已經沒有生氣，一切的事也都沒有生氣了；她連忙走開，隱藏起來，照女人家的說法，「哭了個痛快淋漓」。然後她覺得自尊心受了委屈，悶悶不樂地坐著，一直坐到搖上課鈴的時候。她猛然驚起，懷著報復的心情把眼睛斜瞟了一下，把辮子甩了甩，說她也知道該怎麼辦。

下課休息的時候，湯姆繼續和艾美調情，覺得喜氣洋洋，心滿意足，他老是竄來竄去，尋找貝琪，讓她看著他的舉動而傷心。後來他終於看見了她，可是他的水銀柱突然下降了❷。她在校舍後面一條小板凳上舒舒服服地坐著，和亞爾弗勒·鄧普爾在一起看圖畫——他們倆看得非常入神，把頭靠得緊緊地望著書，好像是除此以外，世界上的一切他們都沒有感覺到似的。

湯姆心裡馬上就翻騰著嫉妒的烈火，他開始恨自己不該放過貝琪給他言歸於好的機會。他罵自己是個傻瓜，還把他所能想起的種種難堪的名稱安在自己頭上，他簡直氣得直想哭起來。艾美和他一面走著，還是高高興興地閒聊，因爲這正是她心花怒放的時候；可是湯姆的舌頭卻打了結。他聽不見艾美說的話，每逢她停止談話，等著他搭腔的時候，他只能結結巴巴地表示尷尬的同意，而且是說錯的時候不比說對的時候少。他不由自主地一次又一次晃到校舍後面，偏要去看那個刺眼又可惡的情景。他眞是無可奈何，他發現貝琪·柴契爾始終沒有一次想到人世間還有他這麼一個人——至少他以爲是這樣——這簡直把他氣得發瘋。其實她是看見他的，而且知道她這一場鬥法贏了；她很高興看到他受罪，就像她自己剛才受罪那樣。

艾美興致勃勃的閒聊簡直令人無法忍受。湯姆暗示他有些事情要做，非趕快去做不可，而時間又過得飛快，可是說也無效——那女孩偏要嘰嘰喳喳說個不停。湯姆想道：「啊，這個討厭鬼，我難道一輩子甩不掉她嗎？」後來他非去做那些事不可了——她還是天眞地說，放學的時候，她

---

❷ 這裡是以溫度表上的水銀柱比喻湯姆的情緒。

就來找他。於是他連忙走開，心裡對她的糾纏是很感厭惡的。

「別的孩子隨便哪個都行！」湯姆咬牙切齒地想道，「這個鎮上隨便哪個孩子都不要緊，偏偏是這個聖路易❸的公子哥兒，那可不行！他自以爲穿得不錯，就算是上流人物了！啊，好吧，先生，你第一次來到這個鎮上，我就揍過你一頓，現在我要再揍你一頓才行！你等著吧，遲早會落到我手裡！那我就要……」

於是，他做出痛打一個想像中的孩子的動作——在空中連續地拳打腳踢，還用大姆指挖人家的眼睛。「啊，你服輸了吧，教訓！」這想像中的痛打使他心滿意足，後來終於結束了。

湯姆中午溜回家去。他的良心實在再也受不了艾美那種含著感激的快樂表情，同時他的嫉妒心理再也忍不住另外那件晦氣事的刺激了。貝琪又和亞爾弗勒一同看圖畫，可是過了一陣，並不見湯姆過來吃醋，她那得意的心情就蒙上了暗影，也就不感興趣了。隨後她就感覺到心情失落和恍恍惚惚，跟著就是一陣悲愁；她有兩、三次側著耳朵靜聽一陣腳步聲，可是那個希望落空了；湯姆並沒有過來。後來她終於難受得要命，懊悔自己不該做得太過分。可憐的亞爾弗勒發覺他已經失去她的歡心，卻不知道那是怎麼一回事，他就老是大聲地說：「啊，這兒又有一張好玩的！妳瞧！」貝琪終於不耐煩了，她說：「啊！別打擾我了！我不愛看這些東西！」接著，她突然哭起來，站起身就走開了。

亞爾弗勒在她身邊跟著走，打算安慰安慰她，可是她說：「你走開，別管我，行不行！我討

---

❸聖路易是美國一個城市的名字，亞爾弗勒．鄧普爾是從那兒來的。

厭你！」

於是，這孩子就站住了，他不知道究竟是什麼事得罪了她——因爲她本來是說過中午休息的時候要一直和他看圖畫的——現在她只顧往前走，一面哭著。然後亞爾弗勒沈思地走進了教室。他感到羞辱和憤怒。他很容易地猜透了那裡面的道理——這個女孩只不過是利用他來對湯姆．索亞發洩她的憤恨罷了。亞爾弗勒一想到這一點，對湯姆的仇恨絕不因此減輕。他很希望有個什麼辦法能叫那孩子吃

點苦頭，而對他自己又沒有多大風險。他一眼看見了湯姆的拼音課本，這是他的好機會。他很高興地揭開那本書，找到那天下午要唸的一課，在書頁上潑了一些墨水。

貝琪恰好在這時候從窗戶外面向他背後看了一眼，發現了他這個舉動，她就趕快走開，不讓他看見自己。於是她動身往回家的路上走，打算找到湯姆，把這件事情告訴他。湯姆一定會感謝她，他們倆之間的一場風波就可以平息了。可是她還沒有走到半路就改變了主意。她想起湯姆在她談到野餐的時候對待她的那種態度，心裡就像火燒似地難受，並且充滿了羞辱。因此她決定讓他去爲了那本弄髒的拼音課本而挨一頓鞭子，並且還要永遠地恨他。

19 「我沒有想一想」的惡作劇

湯姆回到家裡，心情很苦悶，他阿姨對他說的劈頭第一句話就使他明白，他把自己的苦惱帶到一個找不到主顧的市場上來了：

「湯姆，我簡直想要活剝你的皮才好！」

「阿姨，我又怎麼了？」

「哼，你做的好事。我老老實實跑去找希侖妮．哈波，就像個老笨蛋似的，滿以爲我可以叫她相信那個胡說八道的夢，可是好傢伙，你瞧！她早就聽見喬伊說過，你那天晚上回來了，我們談的話你全都聽見了。湯姆，一個小孩子做出這樣的事情，我眞不知道將來會變成什麼樣子。你居然一聲不響，讓我去找希侖妮．哈波，叫我丟臉，眞叫我想起來就難受。」

這可是出乎意外的一種新狀況。湯姆那天早晨耍的花招，他本來還覺得只是一個很好的玩笑，而且非常的聰明，現在可只顯得卑鄙和下流。他低下頭來，一時想不出說什麼才好。然後，他說：

「阿姨，我後悔不該那麼做！可是我沒有想一想。」

「啊，孩子，你從來就不用腦筋，除了你的自私心理以外，你根本就什麼也不會想到。你想得到夜裡從傑克遜島那麼老遠跑回來，拿我們的苦痛開玩笑，你還想得到撒謊說是做了一個夢來騙我；但就是不會想到可憐可憐我們，不讓我們傷心。」

「阿姨，現在我明白那是下流的，可是我本來沒有打算做那種下流事。說實在話，那不是我的本意，並且我那天晚上回來，也並不是爲了和你們開玩笑哩！」

「那麼你回來打算幹嘛？」

「那是爲了叫您別爲我們難過，因爲我們並沒淹死。」

「湯姆，湯姆，我要是能相信你眞正有過那麼好的心，那我就是世界上最快活的人了，可是你自己明白，你根本沒有那種心思——我也明白呀！湯姆。」

「阿姨，我可的的確確是那麼打算的——我要是沒有那個意思，我情願馬上就死。」

「啊，湯姆，別撒謊——千萬別再撒謊。你這麼一來，就把事情弄得糟一百倍了。」

「這不是撒謊，阿姨，我說的是眞話。我本來是想不叫您傷心的——我回來就是爲了這個。」

「我無論如何也不能相信你這種話——你要眞是那樣，簡直就可以把一大堆罪過都抵消了，湯姆。要是眞的，我說不定還會覺得你跑出去那麼胡鬧反而使我高興哩！可是你那個說法未免太不近情理了，因爲你爲什麼不告訴我呢，孩子？」

「哎，您瞧，我聽見您談到要給我們辦喪事，就滿心地只想著我們溜回來藏在教堂裡，我無論如何也不肯把這件好玩的事情放過。所以我就把那塊樹皮又放回口袋裡，乾脆不做聲了。」

「什麼樹皮？」

「我在上面寫了字的那塊樹皮，我告訴您說我們出去當海盜去了。現在我眞想那天晚上我跟您親嘴的時候，您就醒過來了才好！說眞話，我眞想那樣才好。」

他阿姨臉上那些嚴肅的皺紋鬆開了，她眼睛裡忽然閃出慈愛的光芒來。

「你眞的跟我親了嘴嗎，湯姆？」

「唉，眞的，我的確親過。」

「你記得你親過嗎，湯姆？」

「唉，記得，我實在親過，阿姨——記得很清楚。」

「你爲什麼要親我呢，湯姆？」

「因爲我很愛您，那時候您躺在那兒直哼哼，我聽了眞難受哩！」

這話好像說得不假。

「你再跟我親親吧，湯姆——這下快上學去，別再纏我了。」老太太這麼說著的時候，隱藏不住激動的顫聲。

他剛一走開，她馬上就跑到一間小屋裡，把湯姆穿去當海盜的那件破得不成樣子的上衣取出來。然後她把它拿在手裡，停止了動作，心裡想著：

「不，我不敢戳穿。可憐的孩子，我猜他又是撒了謊——可是這個謊眞是叫人痛快，叫人痛快，這裡面包含著很大的安慰。我希望上帝——我準知道上帝一定會原諒他，因爲他撒這個謊是表示挺好的心眼兒，可是我不願意戳穿這個謊，我還是不看吧！」

她把那件上衣放到一邊，站著沈思了一會兒。她兩次伸出手去想要再拿那件衣服，兩次都把手縮回去了。最後她又一次大膽伸手去取，這回她為了加強自己的決心，就這麼想著：「這個謊撒得好——這個謊撒得好——我絕不會讓它叫我傷心。」

於是，她搜了一下那件衣服的口袋。過了一會兒，她就唸著湯姆那塊樹皮上的字，她眼睛裡直是流淚，一面說道：「現在哪怕這孩子犯一百個過錯，我也能原諒他！」

20 湯姆替貝琪挨了懲罰

波莉阿姨和湯姆親吻的時候，她的態度起了安慰的作用，把湯姆的苦悶心情掃除了，又使他恢復到輕鬆愉快的境界。他往學校走去，碰巧在草場巷口的地方遇見了貝琪．柴契爾。他的態度照例是以他的心情爲轉移的。他片刻也不遲疑地向她跑過去說：

「貝琪，今天我做得很不對，實在很對不起妳。我一輩子也絕不會、絕不會這麼做了——請妳再跟我和好吧，行不行？」

那女孩站住了，她輕蔑地直衝著他的臉望著：

「湯瑪斯．索亞先生，謝謝你，別再纏我了吧！我永遠也不再跟你說話了。」

她把頭一揚，就往前走了。湯姆一下子目瞪口呆，沈不住氣，竟至連說一聲「誰在乎呢，漂亮小姐？」都沒有說得出口，等到他清醒過來，已經來不及說了。所以他就什麼話也沒有說，可是他卻氣得要命。他很晦氣地走到學校的院子裡，心裡想著她要是個男孩才好，他想像著她假如是個男孩，他就要怎樣痛打或是臭罵她一頓。隨後他就碰到她，他走過她身邊的時候，就說了一句刺耳的話。她也就回敬了一句，於是他們完全決裂了。貝琪懷著火熱的怨恨，似乎覺得迫不及待地盼著學校趕快上課，因爲她急於要看到湯姆爲了那本弄髒了的拼音課本而挨鞭子。雖然她本來還有一點躊躇的念頭，打算揭發亞爾弗勒．鄧普爾，可是現在湯姆罵了她這一句，惹怒了她，就把她那個念頭完全趕跑了。

可憐的女孩，她還不知道自己馬上就要大禍臨頭哩！教師杜平先生已經到了中年，還懷著一個未曾如願以償的野心。他最熱衷的願望就是想當一個小醫生，可是貧窮注定了他的命運，使他只當了一個村鎮上的小學教師而且無法升遷。每天他從書桌裡取出他那本神秘的書來，趁著沒有學生背誦的時候埋頭鑽研。他平常老是把那本書鎖在書桌裡的。學校裡沒有一個孩子不想得要命，總希望能看它一眼，可是始終沒有機會。每個男孩和女孩對於那本書的性質，各有一種見解；可是沒有兩個人的見解是相似的，而事實究竟怎樣，又無法弄個分明。老師的書桌離門口很近，這一回貝琪從那兒走過的時候，居然發現鑰匙放在鎖洞裡！這是千載難逢的機會。她向周圍張望了一下，看見沒有別人，馬上就把那本書拿到手裡了。書的封面上有**「某某教授的解剖學」**這些字，可是她還是看不出到底是怎麼一回事；因此她就揭開書頁來看。她馬上就翻到了一張製版精細的彩色卷頭插圖——一個赤裸裸的人體像。正在這時候，有一個影子落在書頁上，湯姆．索亞走進門來了，並且瞟了那張圖畫一眼。貝琪連忙把那本書扯了一下，要把它闔上，可是不幸把那張精印的插圖縫中撕開了一半。她把那本書扔到書桌裡，鎖上抽屜，又羞又氣地大哭起來。

「湯姆．索亞，你這樣賊頭賊腦，悄悄過來偷看人家正在看的東西，簡直是卑鄙透了。」

「我哪兒知道妳在瞧什麼呀？」

「你該知道害羞才好，湯姆．索亞；你會告我，你自己知道，啊，我怎麼辦呀？怎麼辦呀？我準會挨揍，可是我在學校裡從來沒挨過揍哩！」

然後她把小腳在地上跺了幾下，說道：

「只要你打算那麼下流，隨你的便吧！我可也知道會要出一件事情哩！你等著瞧就知道了！可惡、可惡、可惡、可惡！」——於是她又爆發了一陣哭聲，憤怒地跑出教室外面去了。

湯姆被這一陣辱罵弄得不知所措，便站著不動。隨後他就暗自想道：

「女孩子眞是稀奇古怪的傻子，從來沒在學校裡挨過揍！見鬼，挨揍算什麼！女孩子就是這樣——她們的臉皮太薄，膽子也太小了。哼，我當然不會向杜平那老傢伙去告發這個小傻子嘍，因爲要和她算賬，還有別的辦法，用不著這麼卑鄙；可是那有什麼關係？老杜平會問，是誰撕破了他的書。誰也不會回答。然後他就會照老辦法做——一個一個地問，他問到犯了錯的那個女孩子的時候，那就用不著誰告，他也看得出。女孩子的臉上老是沈不住氣。她們都是些軟骨頭，她會挨揍的。哎，這一關可叫貝琪．柴契爾不好過，因爲根本就無路可逃。」湯姆把這件事情再仔細琢磨了一會，然後又想道：「算了吧，可是，她要是看到我碰上這種晦氣事，還不是很高興嘛——讓她去乾著急地等著吧！」

湯姆又到外面和那些嬉鬧的同學們混在一起了。過了不久，老師來到，就上課了。湯姆對他的功課並不感覺有濃厚的興趣。他每次偷偷地往教室裡女孩子坐的那一邊瞟一眼，貝琪的臉色就使他心慌。他想起一切事情，當然不願意對她表同情，可是他最多也不過是不表同情而已。認眞說起來，他反正沒有幸災樂禍的感覺。隨後湯姆發現了那個弄髒了的拼音課本，從此以後，他心裡很爲自己的事情慌亂了一陣子。

貝琪從她那種苦惱造成的麻痺心境中清醒過來，對這件事情的進展表示很大的興趣。她預料湯姆即使否認在書上潑了墨水，也不能擺脫這場災難；而她果然是猜對了。湯姆的否認似乎是徒然給他把事情弄得更糟。貝琪以爲自己會因此而高興，她還竭力要相信自己的確是高興，可是她發覺這是靠不住的。後來到了萬分嚴重的時候，她心裡起了一種衝動，想要站起來告發亞爾弗勒．鄧普爾，可是她使了一把勁，強制著自己保持沈默——因爲，她心裡想：「他一定會告我撕破那張圖畫的事情。我可要一聲不響，哪怕是要他的命我也不管！」

湯姆挨了一頓鞭子，回到他的座位上去，他絲毫也不傷心，因爲他想著自己可能在和大家起鬨的時候，不知不覺地打倒了墨水瓶，潑在拼音課本上了——他之所以否認，是爲了形式上應有這一招，還因爲這是老規矩，他之所以否認到底，是爲了堅持原則。

整整一個鐘頭糊里糊塗地過去了，老師在他的寶座上坐著打瞌睡，空中充滿了嗡嗡的讀書聲，令人睏倦。過了一會兒，杜平先生挺直身子坐正，打了個哈欠，然後開了書桌的鎖，伸手去取那本書，可是又似乎打不定主意，不知究竟是把書拿出來或是讓它放在抽屜裡好。大多數的學生都無精打采地抬頭望著，可是其中有兩個卻以專注的眼睛仔細看著他的動作。杜平先生心不在焉地用手指把書摸了一會兒，然後把它拿出來，往椅子上一靠，準備要唸。湯姆向貝琪瞟了一眼。他看見過一隻被獵人追捕的兔子，當獵槍對準了它的頭的時候，它那走頭無路的樣子，就跟貝琪現在的神情一樣，他立刻就忘記了和她的口角。

趕快吧——總得想個辦法！還得馬上就做！可是正因爲危機迫切，他的腦筋更加遲頓，一下子想不出好主意來。好——他靈機一動，想出了一個好辦法！他打算跑過去，把那本書搶到手，就衝出門去跑掉。可是他的決心動搖了片刻工夫，結果就失去了機會——老師把書揭開了。湯姆要是能夠再得到那個錯過了的機會多好呀！來不及了。他心裡想，貝琪是無可挽救了。

隨即老師就正視著全班學生。他一瞪眼，每個人都把眼睛垂下了。他的眼光裡含著一股殺氣，連無罪的孩子們都嚇得要命。全場靜默了一陣，足夠從一數到十的工夫，同時老師正在鼓足他的怒氣。然後他說話了：「誰撕了這本書？」

一點聲音也沒有，連一根針掉下都可以聽得見，沈寂繼續著；老師一個一個地察看孩子們的面孔，希望找出犯罪的神色。「班傑明．羅杰，是你撕了這本書嗎？」

班傑明否認了。又停了一會兒。「約瑟夫．哈波，是你嗎？」

又是一次否認。在這種審問程序的緩慢折磨之下，湯姆不安的情緒越來越緊張了。老師把一排一排的男孩子一個個仔細看了一遍——他想了一會兒，然後轉過身來面向著女孩子這邊問道：

「是艾美．勞倫斯嗎？」

她搖了搖頭。

「是格雷賽．密拉嗎？」

同樣的表示。

「蘇珊．哈波，是妳幹的嗎？」

又是否定的答覆。其次的一個女孩是貝琪．柴契爾。湯姆由於過度激動和感到眼前情勢的無可挽救，從頭到腳都發抖了。

「瑞貝卡．柴契爾❶！」（湯姆向她臉上望了一眼──她的臉色因為恐懼而更加慘白了。）

「是妳撕壞了……不行，妳望著我吧！」（她抬起雙手表示告饒）

「是妳撕壞了這本書嗎？」

有一個念頭像閃電似地在湯姆腦海裡突然出現了。

他猛一下站起來，大聲嚷道：「是我幹的！」

全班學生莫名其妙地瞪著眼睛望著這個不可思議的愚蠢舉動。湯姆站了一會兒，好把他那四分五裂的心神安定下來；當他往老師那兒走過去接受懲罰的時候，可憐的貝琪眼睛裡閃射到他身上的驚奇、感激和愛慕的神情似乎是足夠抵償他挨一百頓鞭打的痛楚。他被自己這個舉動的光榮所鼓舞著，一聲也不號叫，接受了一頓最無情的毒打，像這樣凶狠的打法，連杜平先生也從來沒有下過手；另外他還滿不在乎地接受了一個額外的慘酷命令──罰他在放學以後在學校多待兩小時──因為他知道誰會在外面等著他，一直等到他的禁閉終了，他仍沒把這段時間當成損失。

那天晚上湯姆上床睡覺時，心裡盤算著如何報復亞爾弗勒．鄧普爾；因為貝琪又害羞又懊悔地把一切都告訴了他，連她自己不忠實的行為也說出來了；可是連這種復仇的慾望也只過了一會兒就不得不讓位於一些更加痛快的念頭，後來他終於睡著了，耳朵裡還有貝琪剛才說過的一句話朦朦朧朧地迴盪著：「湯姆，你怎麼會這麼了不起呀！」

---

❶貝琪是瑞貝卡的簡稱。

21 口才的練習和老師的金漆腦袋

暑假快到了。一向嚴厲的老師現在變得比過去更加嚴厲、更加苛求，因爲他要這學校在畢業大考那一天大出風頭。他的教鞭和戒尺現在很少有閒著的時候了——至少在那些較小的學生當中是很忙的。只有最大的男孩和十八歲到二十歲的大女孩才免於挨打。杜平先生打起來是很凶的；因爲他的假髮底下雖然蓋著一個完全光禿和發亮的頭，他卻不過到了中年，而且他的氣力還沒有衰退的現象。那個盛大的日子即將來到的時候，他的橫暴作風通通表現出來了；他似乎是很愛懲治一些最微小的過失，藉此取得懲罰的愉快。

結果是，較小的孩子們白天在恐怖和苦難中過日子，夜裡就商量著如何報復。他們從不錯過一次給老師搗蛋的機會，可是他隨時都占了先。隨著每次復仇的成功而來的懲罰總是非常厲害、非常威風，以至於那些孩子們照例是遭到慘敗而退出戰場。

最後，他們就在一起圖謀對策，終於想出了一個妙計，預料可以獲得輝煌的勝利。他們找到了一個招牌油漆匠的孩子加入他們這一伙，把他們的主意告訴他，請他幫忙。這個孩子有他自己的理由對這件事情感到興趣，因爲這位教師在他父親家裡寄膳宿，有不少的事情惹得這孩子很恨他。教師的太太在幾天之內要到鄉間去訪問親友，因此他們這個計畫就不會遭到任何的阻礙；老師每逢有什麼盛會，照例都是事先喝得大醉，藉此給自己壯膽，招牌油漆匠的孩子說，到了大考

那天晚上，等這位老師醉到相當程度，他就在他靠在椅子上打瞌睡的時候「趁機會下手」；然後到了適當的時刻，就把他弄醒，催他到學校去。

到了一切準備就緒的時候，那個有趣的盛會終於舉行了。晚上八點鐘，校舍裡燈火輝煌，還裝飾著許多綠葉和花朵的彩環和彩結。老師在一個高高的講台上坐在一把寶座般的大椅子上，背後掛著黑板。他顯得大有幾分醉意。在他兩旁每邊擺著三排條凳，前面擺著六排，都坐著鎮上的貴賓和學生的家長。在他左邊，一排一排的公民背後，有一個很大的臨時講台，那上面坐著這天晚上將要參加各項作業練習的學生；一排一排的小男孩，個個洗得乾乾淨淨，穿得整整齊齊，弄到彆扭得要命的地步；一排一排呆頭呆腦的大男孩，還有像雪堆似的一排一排的大大小小的女孩們，穿著細麻布和軟洋布衣服，顯然是時時想到自己赤裸的胳臂和她們戴的那些祖母遺留下來的老式小裝飾品，以及那些小塊小塊的粉紅色和藍色的緞帶和插在頭髮上的鮮花，總覺得有些侷促不安。教室裡其餘的地方都坐滿了不參加節目的學生。

作業練習開始了。一個很小的男孩站起來，挺害躁地背誦著「諸位大概難於料到我這種年齡的孩子會到台上來當眾講話」，和諸如此類的一套——同時還很吃力地做出一些準確而生硬的姿勢，配合著他講的話，好像是機器的動作一般——這還要假設那架機器是有點毛病的。可是他雖然嚇得很慘，還是安然地度過了難關，並且當他機械地鞠了一躬然後退場的時候，還獲得了滿場的鼓掌。

一個臉皮很薄的小女孩背誦了一首詩《瑪麗有一隻小羔羊》，令人愛憐地請了一個安，也獲得了她的一份鼓掌，然後紅著臉、快快活活地坐下了。

湯姆·索亞自負地滿懷信心走上前去，氣勢雄壯地背誦熱情奔放、銳不可當《不自由，毋寧死》那篇演說❶，他慷慨激昂地背誦著，還做了些瘋狂的手勢，可是背到當中就接不下去了。一陣可怕的怯場心理侵襲著他，兩條腿直是發抖，他簡直像是透不過氣來了。他固然是分明地獲得了全場的同情，但同時也遭到了大家的冷場，這比同情更叫他難受。老師皺了皺眉頭，這就使他的不幸到了極點。湯姆掙扎了一會兒，然後慘敗地退場了。有人也勉強鼓了一下掌，但聲音很微弱，很快就平靜下來了。

---

❶《不自由，毋寧死》是美國獨立時期的政治家和演說家柏特里克·亨利（Partick Henry，一七三六～一七九九）

隨後是「那孩子站在燃燒的甲板上」❷，還有「亞述人來了」❸和其他珍貴的詩篇背誦。然後是朗讀表演和拼音比賽。人數特別少的拉丁課背誦獲得了榮譽。現在輪到這個晚上最精彩的節目了——女孩子們獨出心裁的「作文」。各人輪流走到講台邊上輕輕地咳一聲，把底稿在面前舉起（用鮮艷的絲帶紮好了的），然後便開始唸起來了，由於注意到「傳神」和語氣的加重，聲音顯得很做作。題材總是那一套，都是她們的母親和祖母早已在這一類的場合發揮過了的，不用說，她們母系方面所有的祖先，一直回溯到十字軍時代，也都是發揮過這些題材的。《友誼》是其中之一；此外還有《往事的回憶》、《歷代的宗教》、《夢鄉》、《論文化的益處》、《各種政體的比較與對照》、《感傷》、《孝道》、《心願》等等。

這些作文的普遍特色是一種故意培養出來的傷春悲秋的意味；另一個特色是「漂亮的詞藻」像泉水似的湧出，過於豐富；還有一個特色是愛把一些特別喜愛的字和詞句硬搬出來，一直用到陳腐不堪的地步；最顯著地表現出這些文章的標誌和缺陷的一種特徵，就是每篇末尾都要帶上一

---

❷「那孩子站在燃燒的甲板上」是英國女詩人赫·賀斯夫人（Felicia D · Hemans，一七九三～一八三五）的一首題名《卡薩畢揚卡》的詩的第一行。卡薩畢揚卡是一個法國海軍艦長的兒子，這個小孩遵照他父親的命令，在船上著火之後堅持守望，結果父子二人都英勇犧牲了。

❸「亞述人來了」是英國大詩人拜倫的一首題名《西拿基立之毀滅》的詩的第一行。這首詩是根據《舊約·列王紀》第十九章第三十五至三十七節的故事寫的，敘亞述王西拿基立率大軍攻耶路撒冷，遭神譴，大敗而歸。

段由來已久且討厭至極的說教話，好像一隻狗搖著一截斬斷的尾巴一樣。不管是什麼題目，做文章的人照例要大絞腦汁，七彎八轉地說出一番大道理來，爲的是叫講道德和信奉宗教的人仔細琢磨，產生啓發的作用。這些說教的話分明都是毫無誠意的，可是這並不足以使這種體裁在學校裡遭到淘汰，現在也還是一樣；或許只要世界存在，這點毛病就永遠不足以使這種體裁歸於淘汰吧！我們全國還沒有一個學校裡的女孩們不感覺到她們的文章非有一段說教的話結尾不可；並且你還會發現，全校裡最輕浮和對宗教信仰最差的女孩子寫出來的說教話每每是最長的，而且是最虔誠無比的。可是別提這些了吧！反正平平常常的老實話是不吃香的。

我們再回過來談那次考試吧！首先唸出來的一篇作文，題目是《人生原來是如此嗎？》現在我們抄出一、兩段來，讀者也許還忍受得了：

> 在日常的生活環境中，青年人心中盼望著預期的快樂場面，情緒何等愉快啊！他們在想像中日夜描繪著玫塊色的歡樂情景，忙碌不已。耽於縱樂、醉心於時髦生活的角色在幻想中看見自己在歡樂的人群中，受著所有在場的人的注視。她那苗條的身材，披著雪白的衣裳，在歡舞的迷亂中飄飄地旋轉；在那快樂的舞會中，她的眼睛最有光彩，她的腳步特別輕盈。
>
> 在這種甜蜜的幻想中，時光飛快地逝去，最後歡迎她走入那使她做過許多美夢的極樂世界的日子終於來到了。在她那入了迷的視覺中，一切都顯得像仙境一般，何等神妙！神奇的景象一個比一個更加誘人。但爲時不久，她就發覺這種美妙的外表之下，一

切都是虛幻；曾經使她心醉神迷的那些恭維話，現在使她聽了只覺得刺耳；舞廳已失去它的魔力；她抱著衰弱的身體，捧著一顆傷痛的心，終於擺脫這種生活，深信人世的歡樂不足以滿足心靈的渴望！

還有諸如此類的話。在朗誦這篇文章的時候，隨時可以聽見一片嘖嘖讚賞的低語聲，另外還有一些人悄悄地發出「多麼美妙呀！」「多麼動人呀！」「眞是有道理！」等等的讚嘆聲；在這篇東西以一段特別惱人的說教結束了之後，全場都報以熱烈的鼓掌。

然後有一個柔弱的、憂鬱的女孩，帶著一副由於常吃藥丸和消化不良而來的「引人注意的」蒼白面容，站起來唸一首「詩」。這裡只抄出兩節來就夠了：

密蘇里少女告別阿拉巴馬

再會吧，阿拉巴馬，我很愛你！
但我暫時要和你別離！
我心中充滿了依依難捨的離愁，
腦海裡翻騰著烈火一般的回憶！
因為我曾漫遊你那多花的樹林，
我曾在達拉彼薩溪邊讀書和散步，
我曾傾訴達拉西激蕩的急流，

我曾在庫薩山腰向晨光招呼。
但我如今傷心嘆息，不以為羞？
含淚回首，也不臉紅；
我即將離別的並非陌生的地方，
我望著嘆息的也不是陌生的面孔。
我受到貴州親切的歡迎和款待，
如今卻要告別你那些幽谷與高山；
假如有一天我不熱烈地懷念你？
親愛的阿拉巴馬啊，那一定是我已不在人寰了！

在場的只有很少數人知道「人寰」是什麼意思，不過大家還是對這首詩很滿意。其次出場的是一個黑臉蛋、黑眼睛、黑頭髮的女孩，她含著給人深刻印象的神情靜立了會兒，露出一副悲慘的表情，用一種有節奏且莊嚴的音調朗誦起來。

幻境

夜色深沈，風狂雨暴。上帝的寶座周圍沒有一顆星兒閃爍；但雄壯的雷鳴不住地在耳鼓上震蕩；同時可怕的閃電發出暴怒的光芒，從烏雲的天宮裡鑽出來，似乎是藐視有名的富蘭克林❹對它的威力所加的控制！連那一陣一陣狂暴的風也一致從它們那神秘的巢穴裡衝出來，到處咆哮，似乎是要藉著它們的幫助給這狂暴的場面增加一些威風。

在這樣一個黑暗、陰沈的時候，我的心靈深處不禁為了渴求人類的同情而悲嘆；但正在這個關頭，「我最親愛的朋友、我的顧問、我的安慰者和嚮導——我悲傷中的快樂、我歡樂中的第二幸福，」來到我身邊。

她像那些富於想像的青年人所描寫在幻想的伊甸樂園裡，遍地陽光的散步廣場中那些活潑的仙女一般，輕飄飄地走動著，簡直是一個美麗的皇后，除了她本身的非凡美貌以外，沒有其他的裝飾。她的腳步非常之輕，連一點聲響都沒有，如果不是她也和其他溫柔的美女一樣，親切的撫摸予人一種神妙的快感，那她一定會溜了過去還不讓人發覺——不讓人追尋。當她伸手指著外面的狂風暴雨，叫我注視它們所象徵的兩個角色時？她臉上顯出一副奇特的愁容，好似冬神的雪白袍子上凍結的淚珠一般。

這一場惡夢占了十頁上下的底稿，結尾又是一番說教的話，把不屬長老會的教徒們說得毫無得救的希望，因此這篇作文獲得了第一名的獎品。大家都認為這篇文章是那天晚上最出色的作品。村長給作者頒發獎品的時候，說了一番熱烈讚賞的話，他說這是他有生以來所聽到過的寫得

---

❹班傑明．富蘭克林（Benjamin Franklin，一七〇六～一七九〇）：美國獨立前後的政治家和科學家，曾發明避雷針。

最動人的東西，即使是丹尼爾．韋伯斯特❺聽了也會感到得意的。順便可以提一下，那些特別愛用「秀麗」二字和愛把人生的經歷說成「人生之一頁」的文章還是像往常那麼多。

這時候那位老師還有幾分醉意，幾乎是到了興高采烈的地步；他把椅子往旁邊一推，轉過身把背向著台下的聽眾，在黑板上開始繪一幅美國地圖，準備考地理課。可是他的手老是發抖，結果畫得很糟糕，於是全場發出了一片抑制住的嗤笑聲。他知道那是怎麼回事，就連忙設法挽救。他擦掉一些線條，重新畫上；可是他畫得更不成個樣子，嗤笑聲也就更加響亮了。於是他集中全副精神來做這件事情，似乎是下了決心，不因大家的嬉笑而洩氣。他感覺到所有的眼睛都在盯著他；他想像著自己把地圖畫得很好了，可是嗤笑聲還在繼續不停，甚至還顯然更大了。本來也難怪。講台上面有一個頂樓，頂樓上開了一個天窗，正在老師的頭頂上；這時候從天窗裡降下一隻貓來，它腰部拴著一根繩子，使它懸空；它頭上和嘴上捆著一塊破布，使它不能叫喚；它慢慢下降的時候，把身子向上彎曲，用腳爬抓那根繩子，然後它又翻身掉下來，在那抓拿不著的空間亂抓。嗤笑聲越來越大——貓兒離那專心一意的老師的頭頂只差六吋了——再下來，再下來，再低一點，它那無可抓拿的腳爪就抓住了老師的假髮，牢牢地抓著，它和它所奪得的錦標一下子就被提到頂樓上去了！燈光照在老師的禿頭上，照得多麼明亮——因爲招牌油漆匠的孩子早已把他的頭頂塗上一層金漆了！

這樣大家就散會了，孩子們總算報了仇。暑假也來到了。

❺丹尼爾．韋伯斯特（Daniel Webster，一七八二～一八五二）：美國有名的政治家和演說家。

附註：本章所引的幾篇假託的「作文」是一字不改地取材於一本《西部某女士著的散文與詩歌》——可是這些作品都恰好是照女學生的體裁寫的，所以乾脆予以引用這些材料，比採用任何仿製品還要合適得多。——作者原註。

22 哈克、費恩引用《聖經》

湯姆因爲受了少年節制會的漂亮「綬帶」的吸引而加入了這個新的組織。他答應戒掉吸菸、嚼菸和瀆神，一日當會員，一日不破戒。結果他有了一個新的發現。那就是，答應不做某樣事情，就是足以使一個人想去做那件事情。湯姆不久就發覺他自己被一種想喝酒和咒罵的慾望所折磨；這個慾望變得非常迫切，以至於唯有希望自己能有機會揹上紅肩帶出出風頭的願望才能使他打消了退會的念頭。

七月四日❶。快到了；可是他不久就放棄了這個願望——他帶上他的伽鎖還不過四十八小時，就把這個願望放棄了——又把希望寄託在治安推事弗雷塞老法官的身上，因爲這位法官顯然是病得快死了，而且由於他有那麼高的職位，死後一定會舉行盛大的喪禮。湯姆熬了三天，深切地關心著法官的病況，渴望得到它的消息。有時候他的希望大爲增長，以至於他竟大膽取出他的授帶來，對著鏡子表演一番。可是法官的病情變化得令人非常晦氣。後來他終於有了好轉的消息——隨後就逐漸恢復健康了。湯姆大爲懊惱；他簡直覺得受了委屈，於是他馬上申請退會——偏巧在那天晚上，法官忽然因舊病復發而死。湯姆抱定決心，以後再也不相信這種人了。

❶ 美國獨立紀念日。

喪禮舉行得很神氣。少年節制會的會員們派頭十足地排隊遊行，簡直使這位才退了會的會員氣得要命。不過，湯姆又恢復自由了——這究竟有一點好處。現在他可以喝酒和罵人了——可是他很驚奇地發覺自己並不想做這類事情。正因爲他可以有做的自由，就消除了他想做的慾望，而且使這種慾望失去了魔力。

湯姆隨即就很納悶地發覺他那渴望已久的暑假漸漸有些使他感到沈悶無聊起來。

他企圖寫日記——可是過了三天沒有發生什麼事情，所以他就放棄了這個主意。

所有的黑人行吟歌手的演奏中最好的一個來到了這個鎮上，轟動一時。湯姆和喬伊·哈波湊集了一隊演唱員，快活了兩天光景。

連光榮的七月四日也在某種意義下成了一個大煞風景的日子，因爲那天的雨下得很大，因此也就沒有遊行，而世界上最偉大的人物（照湯姆的想法），不折不扣的美國參議員班頓先生，原來是一

個叫人大失所望的角色——因爲他並沒有二十五呎高，甚至連這種身材的邊都挨不著哩！

馬戲團來了。從那以後，男孩子們就在破爛的毯子做成的帳棚裡玩了三天馬戲團的遊戲——入場費是男孩三根別針，女孩兩根——然後大家又把這種遊戲放棄了。

隨後又來了一個骨相家和一個催眠術師——他們又離開了這裡，結果反而使這個村鎮比以前更加沈悶、更加枯燥了。

有時候也舉行過男孩和女孩們的同樂會，可是這種會開得很少，而且非常愉快，以至於徒然使當中間隔著的各段時期那種苦惱空虛的意味更加令人苦惱。

貝琪．柴契爾到她那君士坦丁堡鎮的家裡和她的父母過暑假去了——因此無論在什麼地方，生活都是沒有樂趣的。

那次可怕謀殺案的秘密是一個叫人長期不幸的原因。那簡直是一顆永遠折磨人的毒瘤。然後又鬧了一陣痲疹。

在漫長的兩個星期裡，湯姆像個囚犯似地躺著，對整個世界和世界上發生的事情都漠不關心。他害了很重的病，對任何事情都不感興趣。後來他終於下了床，軟弱無力地到鎮上去走動的時候，一切事物和一切的人都起了一種陰沈的變化。鎮上舉行過一個「奮興會」❷，人人都「入了教」，不單是成年人，連男孩和女孩們都在內。湯姆到處走一走，在絕望之中一直希望著看見一個自得其樂的邪惡面孔，可是他到處都遇到了失望。他發現喬伊．哈波正在讀《聖經》，就很

---

❷「奮興會」是基督教的一種發展教友的佈道會，這種會同時也是爲了給老教友提提精神的。

喪氣地地離開這個惱人的情景。他再去找貝恩·羅杰，結果又碰見他提著一筐佈道的小冊子探訪窮苦的人們。他又找到了吉姆·荷利斯，但吉姆卻拿他最近害的那一場痲疹的寶貴教訓來提醒他，並作爲一番警告。他所遇到的每一個孩子都大大地增加了他的喪氣心情；後來他在無可奈何之中，終於跑到他的知己之交哈克貝利·費恩那兒去逃難，誰知費恩居然也引用了《聖經》裡面的話來接待他，於是他的心都碎了，只好悄悄地溜回家去，躺在床上，心裡感覺到全村只有他一人無可挽救，永遠、永遠、永遠不能升天了。

那天夜裡，起了一陣可怕的狂風暴雨，雷也響得嚇人，漫天的閃電叫人睜不開眼睛。他用被窩蒙住頭，滿懷恐懼、心驚膽戰地等待著自己的末日；毫無疑問，他相信這一陣狂呼怒吼完全是對他發作的。他相信他已經把老天爺惹到極點，使他忍無可忍，現在是報應來了。在他看起來，這樣使用一排大炮來殲滅一隻小蟲，好像是小題大作，而且也未免太浪費彈藥了，可是爲了要把他自己這麼一個壞蟲腳底下的整塊地皮徹底剷除，而掀起這樣一陣狂風暴雨和雷電，似乎並不是什麼不近情理的事情。

後來暴風雨終於精疲力竭，沒有達到目的就平息了。這孩子的第一個衝動的念頭就是謝天謝地，準備改過自新。他的第二個念頭是且等一等——因爲以後也許不會再起暴風雨了。

第二天醫生又來了；湯姆的病又發作了。這次他在床上再躺了三個星期，簡直像是整整的一世紀那麼久。後來他下了病床走到外面的時候，回想起自己的情況多麼淒涼，又想起他是多麼孤單和寂寞，竟至不大感覺到自己沒有遭到雷打是什麼值得慶幸的事。他茫然地順著大街遊蕩著，碰見了吉姆·荷利斯扮演法官，正在一個兒童法庭上審問一隻貓兒謀殺案，還有被它謀害了的鳥兒在場。他又往一條小巷裡走，發現了喬伊·哈波和哈克·費恩在那兒吃一個偷來的甜瓜。可憐的孩子們！他們也和湯姆一樣，老毛病又發作了。

23 莫夫、波特得救

昏昏欲睡的氣氛終於被攪動了——而且是攪動得很厲害：謀殺案在法庭上開審了。這立刻就成爲鎭上閒談中唯一具有吸引力的題材。湯姆無法擺脫這件事情。每逢有人提起這個謀殺案，就使他心裡發抖，因爲他那懷著良心不安和恐懼心理幾乎使他相信人家是故意把這些話說得讓他聽見，作爲「試探」；他不明白別人怎麼會疑心他知道這個謀殺案的內幕，可是他聽了這類閒談，卻老是不能泰然無事。這些話時時刻刻都使他直打冷顫。他把哈克拉到一個僻靜的地方，和他談一談。他暫時吐露一下心事，和另一個吃苦頭的人分一分心中的苦惱，也可以得到幾分安慰。此外，他還要弄清楚哈克是否始終沒有隨便亂說。

「哈克，你可曾對什麼人說過——那件事情嗎？」

「什麼事情？」

「你自己知道是什麼事。」

「嘔——當然沒說過。」

「從來沒說過一句嗎？」

「連一個字也沒說過，我敢當天賭咒。你幹嘛要問這個？」

「哎，我害怕。」

「嘔，湯姆·索亞，那是要讓人家知道了，我們可是連兩天都活不成，你也知道呀！」

湯姆覺得安心一些了，停了一會兒又說：

「哈克，他們誰也不能叫你說出實話來，是不是？」

「叫我說實話？我要是情願讓那個雜種王八蛋把我淹死，那他們就能叫我說出來。要不就怎麼也不行。」

「好吧，只要是那樣就行了。我想只要我們不做聲，就可以安然無事。可是不管怎麼樣，我們再賭一回咒吧！那就更靠得住了。」

「我贊成。」

於是，他們非常嚴肅地又發了一次誓。

「大夥兒說些什麼，哈克？我可聽到不少了。」

「說些什麼？哎，還不老是莫夫·波特、莫夫·波特、莫夫·波特，一天到晚說不完。這些話時時刻刻老叫我提心吊膽，所以我很想到什麼地方去藏起來。」

「他們在我身邊也正是說這一套，我猜他準是完蛋了。你是不是有時候替他難受呢？」

「差不多老是替他難受哩——老是難受哩！他本來不算個什麼；可是他從來沒做過什麼壞事情害人。不過是釣釣魚，賺點錢來喝酒——到處遊蕩的時候多；可是天哪，我們都做這些事呀——至少我們這些人多半都是這樣——連講道的那一類人都是一樣。可是他這個人心眼兒還不壞——有一回他釣的魚不夠兩人分，他就給了我半條魚；還有許多次我的運氣不好，他老是幫我的忙。」

「哎，哈克，他還幫我補過風箏，還給我的釣魚線裝上鉤子哩！我很想——我們能把他救出來才好。」

「哎呀！我們可不能把他救出來啊，湯姆。還有呢，救出來也沒有用，反正人家會把他再抓回去。」

「是呀——的確會抓回去。可是我一聽見他們把他罵得像個鬼似的，眞是難受，其實他根本沒有幹——那件事情。」

「我也難受哩，湯姆。天哪，我聽見他們說，看他那副樣子，簡直像是全國最殺人不眨眼的大混蛋，他們還說他從前不知爲什麼沒被處絞刑哩！」

「是呀，他們一天到晚老是說這一套。我還聽見他們說，他要是放出來了，大夥兒就要用私刑把他弄死呢！」

「他們眞會那麼做。」

兩個孩子說了很久，可是沒有得到什麼安慰。天色漸黑的時候，他們倆就在那孤立的小監牢附近晃來晃去，也許是存著一種模糊的希望，但願發生一件什麼意外的事情，替他們解除困難。可是什麼事情也沒有發生，似乎是並沒有什麼天使或是神仙關心這個倒楣的囚犯。這兩個孩子還是照從前的老辦法行事——到監牢的窗格那兒去，送點菸草和柴火給波特。他在地下的一層，又沒有人看守。

他對他們禮物的感激原來就一直叫他們的良心受到譴責——這一次更是像一把刀似的割得更深。波特給他們說出下面這段話的時候，他們簡直覺得自己膽小和不忠實到了極點：

「孩子們，你們對我太好了——比這鎮上的隨便哪個人都好。我忘不了，忘不了。我心裡老在想著，我說：『我從前常給所有的孩子們補風箏和別的東西，還告訴他們什麼地方最好釣魚，老是拚命地跟他們要好，現在老莫夫倒了楣，他們都把他忘了；可是湯姆沒忘記，哈克也沒有——他們都沒忘記他，』我說，『我也就忘不了他們。』哎，孩子們，我幹了一件糟糕的事兒——那時候是喝醉了，昏頭昏腦——我只能找出這個理由來——現在我只好讓人家把我吊死，這倒是應該的。不錯，而且還挺好挺好哩，我想——反正我但願如此。好吧！咱們別談這個了吧！我不願意叫你們難受，你們倆對我是挺好的，可是我要告訴你們一句話，你們可千萬別喝醉呀——那麼你們就不會關進這兒來。你們再往西邊點站著吧——就這樣——好了，一個人遭了這麼個大禍，能夠看到和他親熱的面孔，真是挺大的安慰；現在除了你們倆，誰也不來理睬我了。親熱的好面孔——親熱的好面孔。你們一個爬到一個背上，讓我摸摸你們的臉吧！好了！咱們拉拉手吧——你們的手可以從窗格子裡伸進來，我的可是太大了。小小的手，沒力兒——可是這雙手幫莫夫．波特的忙可幫得很大，要是能幫更大的忙，那也會幫的。」

湯姆很悲傷地回到家裡，那天晚上他做的夢都充滿了恐怖。第二天和再往後的一天，他老在法院外面轉來轉去，心裡有一種幾乎無法抵抗的衝動，拉著他往裡面走，可是他老是強迫著自己待在外面。哈克也有同樣的經驗。他們故意互相迴避著，各人時時走開，可是同一淒慘的吸引力老是很快地把他們拉回來。每逢那些閒人從法院裡晃出來，湯姆老是豎著耳朵聽，可是每次都聽到令人焦急的消息——羅網越來越無情地把可憐的波特套得緊緊的了。第二天完了的時候，鎮上的謠言都說印弟安．喬的證據確鑿可靠，陪審團怎樣裁決是毫無問題的。

湯姆那天夜裡在外面待到很晚的時候，才從窗戶裡爬進來睡覺。他興奮到了不得的地步，一直過了好幾個鐘頭才能睡著。第二天早上全鎮的人都蜂擁到法院去，因爲這是個盛大的日子，擠滿法院的聽眾當中，男女大約各占半數。等了很久之後，陪審團才排著隊進來就座；隨後過了一會兒，波特帶著鐐銬被押進來了，他臉色慘白而憔悴，神情羞怯，顯出無可奈何的樣子，他坐在全場好奇的眼睛都能望得見的地方；印弟安·喬也是同樣地顯眼，他還是和原先一樣地不動聲色。又過了一陣，法官來到了，執法官才宣布開庭。隨後是律師們照例的交頭接耳和文件的收集。這些細節和相隨的耽擱造成一種準備開庭的氣氛，這種氣氛產生了很深的印象，同時也具有很大的吸引力。

這時候有一位證人被召喚過來了，他證明在慘案被發現的那天清早時，曾經看見莫夫·波特在小河裡洗澡，並且還說他立刻就溜走了。再問了一會兒之後，追訴方面的律師說道：

「訊問證人。」

犯人抬起眼睛望了一會兒，當他自己的律師說出下面這一句話時，他又把眼睛垂下了：

「我沒有什麼問題問他。」

第二個證人證明他曾在屍體附近發現了那把刀。追訴方面的律師說：

「訊問證人。」

「我沒有什麼問題問他。」波特的律師回答道。

第三個證人發誓說他常常看見波特帶著那把刀。

「訊問證人。」

波特的律師拒絕對這個證人提出質問。聽眾的臉上開始流露出惱怒的神態了。這個辯護律師難道打算絲毫不想辦法，就把他委託人的性命輕易送掉嗎？

有幾個證人都供述了波特被帶到凶殺場所時的畏罪行動。被告的律師都沒有盤問他們，就讓他們離開證人席了。

那天早上在墳場裡發生的對被告不利的情況，在場的人都記得很清楚，現在每一細節都由可靠的見證人供述出來了，可是他們沒有一個受到波特的律師盤問。全場的驚疑和不滿都用抱怨的低語表現出來了，結果引起了法官的一番申斥，於是追訴方面的律師說道：

「各位公民宣誓供述了證詞，他們坦白的話是無庸置疑的，我們根據他們宣誓的證詞，判定這個可怕的罪行絕無問題地是被告席上這位不幸的犯人幹的。本案終止提供證據。」

可憐的波特發出了一聲呻吟，他雙手蒙住臉，把身子緩緩地來回擺動著，同時一陣痛苦的沈寂籠罩著整個法庭。許多男人被感動了，許多女人淌著眼淚表示她們的憐恤。

這時候被告的律師站起來說道：

「庭長，本案開始審訊的時候，我們在原先陳述的意見裡弄錯了目標，力圖證明我的委託人是因為喝了酒，在盲目且不由自主的醉意影響之下，才做出這件可怕的事情。現在我們的見解改變了，我申請撤回那個辯訴。」（然後他向書記說：）「帶湯瑪斯．索亞到庭！」

全場每個人臉上都突然顯出一種莫名其妙的驚訝神情，連波特也不在例外。湯姆站起來走到證人席的時候，每一雙眼睛都含著驚奇的興趣盯著他。這孩子因為大受驚嚇，簡直顯得不知所措。他首先宣了誓。

「湯瑪斯．索亞，六月十七號大約在半夜時候，你在什麼地方？」

湯姆向印弟安．喬那張鐵青的面孔看了一眼，他的舌頭就打了結，不聽使喚。聽眾屏住氣息安靜聽著，可是他嘴裡卻說不出話來。過了一會兒，這孩子終於恢復了一點點氣力，勉強把它用來發出一點聲音，使法庭上一部分人可以聽得見：

「在墳場裡！」

「請你大聲點說吧！不要害怕。你在……」

「在墳場裡。」

印弟安．喬臉上飛快地閃過一絲鄙視的微笑。

「你是在霍斯．威廉士墳墓附近的地方嗎？」

「是的，律師。」

「大膽說吧——聲音還要大一點。你離得多近呢？」

「像我離您這麼近。」

「你是不是藏起來了呢？」

「我是藏著的。」

「藏在哪兒？」

「藏在那座墳邊上的幾棵榆樹後面。」

印弟安．喬微微驚動了一下，別人幾乎看不出來。

「有誰和你一道嗎？」

「有，律師。我上那兒去是跟……」

「別忙——等一等！你不用說出你同伴的名字，我們到了適當的時候再把他也傳來。你帶著什麼東西上那兒去呢？」

湯姆有些遲疑，臉色顯得有些慌張。

「大膽說吧，孩子——不用膽怯，說實話總是叫人看得起的。你帶著什麼東西上那兒去的？」

「只帶一隻！呃——一隻死貓。」

全場掀起了一陣波浪似的笑聲，庭長馬上把它制止了。

「我們要把那隻貓的屍體拿出來給大家看。喂，孩子，你把當時發生的一切事情通通說出來吧——照你自己的口氣說出來——一點也不要漏掉，不用害怕。」

湯姆開始說了——起初有些吞吞吐吐，可是後來他對這件事情說得有了勁頭，他的話越說越自然流利；過了不久，一切聲響都平息下來，只剩下他自己說話的聲音；每雙眼睛都注視著他；聽眾張著嘴、屏住氣息，津津有味地傾聽著他說的話，誰也不管時間多久，只是全神貫注地被這離奇故事可怕而又誘人的情節所吸引著。

說到後來，湯姆心中鬱積了很久的憤怒慾到了極點，於是他就說：

「……醫生把那塊木牌子一搶，莫夫．波特就倒在地上了，這時候印弟安．喬就拿起那把刀子跳過來，猛一下……」

啪啦！那個混血種像閃電一樣，飛快地從窗戶裡跳了出去，衝開一切阻擋他的人，跑得無影無蹤了。

24 白天風頭十足，夜裡提心弔膽

湯姆又一次成了一位金光閃閃的英雄——爲年長的人們所寵愛、年輕的人們所羨慕的人物。他的名字甚至獲得了不朽的流傳，因爲鎮上的報紙把他大大宣揚了一番。有些人相信他只要能夠免於被處絞刑，將來總有一天會當上總統。

那喜怒無常、不用腦筋的社會照例又和莫夫．波特非常親密起來，大家盡情地對他表示好感，正如從前凌辱他那麼有勁。可是這種行爲究竟還是人類的美德，因此最好是不必挑它的錯吧！

湯姆白天都過著風頭十足、歡天喜地的日子，可是一到夜裡，他就陷入恐懼了。印弟安．喬闖進他所有的夢裡，而且眼睛裡老是閃著一股要殺人的兇氣。天黑以後，差不多無論什麼誘惑也不能引著這孩子到外面去走動走動。可憐的哈克也在同樣倒楣和恐懼的境況中，因爲湯姆在開庭審案的那個盛大日子前一天晚上把全部事實的經過都對律師說了，所以印弟安．喬的逃跑，雖然免了哈克在法庭作證的那一關，他卻還是怕得要命，唯恐他與這件案子的牽連會洩漏出消息去。這可憐的小伙子已經叫律師答應替他保守秘密了，可是那有什麼用？既然湯姆的嘴原先已經被那最陰森、最可怕的誓詞所封住了，後來他那受了折磨的良心畢竟還是驅使著他在夜間到律師家裡去，把那恐怖的故事吐露出來，哈克對人類的信心也就幾乎掃地無餘了。

白天，莫夫．波特的感激讓湯姆十分高興自己說了實話；可是一到了晚上，他就後悔不該沒有保守秘密。

一半的時間，湯姆唯恐印弟安．喬永遠也捉拿不到；其他一半的時間，他又害怕他被捕。他深深地感覺到，非等那個人死了，讓他親自看見屍體的時候，他再也不能平平安安地換一口氣。

法院懸過了賞，各地都搜查遍了，可是沒有找到印弟安．喬。聖路易把那批神通廣大、令人敬畏的非凡人物派來了一個——一位偵探，他到四處尋找了一番，搖搖頭，顯出精明的神氣，並且照例像他那一行的角色們那樣，獲得了一項驚人的成績。那就是說，他「找到了線索」。可是你究竟不能給一個「線索」判決謀殺罪，把它處以絞刑，因此那位偵探先生偵查完畢回去了之後，湯姆還是和原來一樣，始終覺得不安全。

緩慢的日子一天天混過去了，每過一天，都稍微減輕他一分恐懼心理的負擔。

25 尋找寶藏

每個生得健全的男孩子的一生之中，總有一個時期，會產生一種熾熱的慾望，想到什麼地方去挖掘埋藏的財寶。有一天，這種慾望忽然來到了湯姆心頭。他突然跑出去找喬伊・哈波，可是沒有找到。隨後他又去找貝恩・羅杰，碰巧他也釣魚去了。一會兒他就碰到了血手大盜哈克・費恩。哈克是合適的。湯姆把他領到一個僻靜的地方，和他推心置腹地商談了這樁事情。哈克也很願意。凡是有什麼可以玩得痛快而又不要花本錢的冒險事情，哈克老是情願參加的，因爲他有的是充分的時間，並不把它當成金錢看待，正愁著沒處使用。

「我們上哪兒去挖呢？」哈克問道。

「啊，差不多到處都行。」

「咦，難道到處都埋著財寶嗎？」

「不，當然沒那麼多嘍。財寶是藏在一些非常特別的地方，哈克——有時候埋在島上，有時候埋在一棵老枯樹的大樹枝的尖底下，裝在腐爛了的箱子裡，恰好在半夜裡樹影子落在地上的地方，可是多半是埋在鬧鬼的房子地板底下。」

「是誰藏的呢？」

「噢，當然是強盜藏的嘍——你猜還有誰呢？難道是主日學校的校長嗎？」

「我不知道。要是我的錢，我就不會把它藏起來；我會把它花掉，過快活的日子。」

「我也會那麼做，可是強盜的辦法可不一樣。他們總是把它藏起來，就讓它在那兒待著。」

「他們從此就不再來找它嗎？」

「來是想要來的，可是他們老是忘記留下的記號，要不然他們死了也就完蛋。反正他們的財寶在那兒要埋很久，還要生了銹；後來就有人找到一張發黃的舊字條，那上面寫著怎麼去找那些記號——這種字條非得花一個星期才翻得出來，因爲那上面差不多盡是些密碼和象形字。」

「象——象什麼？」

「象形字——圖畫和各式各樣的玩意兒，你知道嗎？那些東西表面上看起來好像是什麼意思也沒有。」

「你找到了那樣的字條子嗎，湯姆？」

「沒有。」

「啊，那麼你怎麼能去找那些記號呢？」

「我用不著什麼記號。他們老是把它埋在一所鬧鬼的房子地下，或是一個島上，要不然就埋在一棵有大枝子伸出來的枯樹底下。噢，我們已經在傑克遜島上找過一下了，往後還可以再去找找；還有死屋小河上面那所鬧鬼的老房子，那兒還有挺多挺多的枯樹哩——多得要命。」

「那些樹底下通通都有財寶嗎？」

「你眞是胡說！不會有那麼多。」

「那麼你怎麼知道應該往哪棵樹下去找呢？」

「所有的樹底下都去找。」

「嘔，湯姆，那要把整個夏天的工夫都花掉了。」

「咦，那有什麼關係？說不定你可以找到一口銅鍋，裡面裝著一百塊錢，都長了銹，變成了灰色，也許找到一只腐爛的箱子，裡面裝滿了鑽石。那你說怎麼樣？」

哈克的眼睛發亮了。

「那可是妙透了！那對我實在是太好了。你只要給我一百塊錢就行，我不要什麼寶石。」

「好吧！可是我要是找到了寶石，那可絕不隨便地扔掉。有些寶石一顆就值二十塊錢哩——差不多至少也得六、七毛錢或是一塊大洋一顆。」

「哎呀！眞的嗎？」

「當然嘍——誰也會這麼說。你見過寶石嗎，哈克？」

「大概是沒見過，我想不起了。」

「啊，那些國王的寶石可多得很。」

「噢，我可不認識什麼國王呀，湯姆。」

「我也猜到你不認識。可是你要是到歐洲去，你就可以看到一大堆的國王，到處亂蹦。」

「國王也亂蹦嗎？」

「亂蹦？哼！當然不會亂蹦嘍！」

「咦，那你剛才為什麼說他們亂蹦呢？」

「廢話，我的意思是說你會看見他們……當然不是亂蹦——他們幹嘛要蹦呢？可是我的意思只是說你看得見他們……到處都是，你知道吧，就像普通的情形一樣，就像那個駝背的老理查❶那樣。」

「理查？他姓什麼？」

「他沒什麼姓，國王是只有名字，沒有姓的。」

「沒有姓？」

「可是他們眞的沒有嘛！」

「好吧，湯姆，只要他們願意那樣，就隨它去吧！我可是不想當國王，光有個名字，像個黑鬼似的。可是，喂——你打算先從哪兒挖起？」

「噢，我也不知道。我們先到死屋小河對岸的小山上那棵老枯樹那兒下手好不好？」

「我贊成。」

於是，他們就找到一把有毛病的十字鎬和一把大鐵鍬，動身跑他們那三哩的路程去了。他們走到那兒的時候，又熱又喘氣，就躺在附近一棵榆樹的樹蔭底下來休息休息，還抽菸。

---

❶ 指英國理查三世（Richard III，一四五二～一四八五），他是個陰險、醜陋的駝背國王。

「我喜歡做這個。」湯姆說。

「我也喜歡。」

「嘿，哈克，我們要是在這兒挖到了財寶，你打算拿你那一份幹什麼？」

「噢，那我就天天吃餡兒餅，喝汽水，每回有馬戲團來了，我都去看。我敢說日子準會過得挺美。」

「那麼，你難道一點也不存起來嗎？」

「存起來計存起來幹嘛？」

「噢，那是爲了往後好有點錢過日子呀！」

「啊，那可是沒什麼用。爸遲早會回到這個鎮上來，我要是不趁早花掉，他就會把錢搶過去，那我告訴你吧，他很快就會花個精光。你的一份打算拿來幹嘛，湯姆？」

「我打算買一個新鼓、一把十足靠得住的劍、一條紅領帶和一隻小鬥狗，還要結婚。」

「結婚！」

「是有這個打算。」

「湯姆，你……你的腦筋有毛病了吧！」

「你等著瞧，就會明白。」

「哎，你做那種事，可眞是傻透了。你看我爸和媽，光打架！嘔，他們一輩子老打個沒完，我可記得清清楚楚。」

「那不相干，我打算娶的這個女孩是不會打架的。」

「湯姆，我猜她們全都是一樣，她們都會跟你亂打一陣，你最好還是先把這件事仔細想想。我勸你小心點，那丫頭叫什麼名字？」

「根本不是什麼丫頭——她是個女孩。」

「我覺得那都是一樣，有人說丫頭，有人說女孩——兩樣都對，大概是。不管這些，她叫什麼名字，湯姆？」

「往後再告訴你吧——現在不行。」

「好吧——那就行了，不過你要是眞的娶了媳婦，我可就比以前更孤單了。」

「不會的，你來跟我一起住好了，現在我們別老待在這兒吧，該去動手挖了。」

他們幹了半個鐘頭，累得直淌汗，可是毫無結果。他們又苦幹了半個鐘頭，還是沒有結果。哈克說：

「他們老是埋得這麼深嗎？」

「有時候埋得很深——可是並不是每回都像這樣。有深有淺，不一定。我猜我們是找錯了地方。」

於是，他們又選了一處新地方再動手來挖。這回他們幹得慢一點，可是究竟還是有進展。他們埋頭苦幹了一陣。後來哈克把身子靠著鐵鍬，用袖子揩掉額上的汗珠，說道：

「我們幹完這處，你打算再上哪裡去挖？」

「我看我們也許可以上那邊去，挖加第夫山上寡婦的房子後面那棵老樹底下。」

「我猜那兒倒是個好地方，可是寡婦會不會從我們手裡把財寶奪過去呢，湯姆？那是在她的地裡呀！」

「她奪過去！那倒要叫她試試看。這種埋在地下的財寶，誰找到一份就算是誰的。在誰的地裡，那倒沒什麼關係。」

這個說法是叫人滿意的。他們又繼續幹下去。後來哈克說：

「咦？我們準是又弄錯地方了，你看怎麼樣？」

「實在是奇怪得很哩！哈克。我不懂這是怎麼一回事。有時候是女巫搗蛋，我猜現在的麻煩就在這兒。」

「胡說，女巫在白天是使不開她的本領呀！」

「對，這話不假，我沒想到這個。啊，我可知道毛病出在哪兒了！我們眞是兩個大笨蛋！你得找到那樹枝的影子半夜裡落在什麼地方，就在那兒挖呀！」

「那可眞是糟糕，我們費了很大的力氣，白幹了一場。我們只好晚上再來了，路可是挺遠哩！你能溜出來嗎？」

「我猜是能行，我們非得今天晚上來幹不成，因爲要是有誰看見這些窟窿，他們馬上就會知道這兒有什麼，那麼他們也會打主意了。」

「對，我今天晚上到你那兒來裝貓叫吧！」

「好吧，我們把傢伙藏在矮樹堆裡吧！」

這兩個孩子那天晚上大致在約定的時候到了那地方，他們坐在樹蔭底下等著。那是個挺寂寞的地方，又是夜深的時候，有了那些傳說的迷信，就弄得有點陰森森的。沙沙地響著的樹葉子裡有些妖精悄悄說話，陰暗的角落裡有些鬼怪埋伏著，老遠老遠還有深沈的狗叫聲傳過來，一隻貓頭鷹用它那陰沈的聲調應和著，這兩個孩子被這些陰森的氣氛控制住了，都不大說話。後來他們猜想著十二點到了；他們就把影子落地的地方劃了個記號，開始挖起來。他們的希望開始高漲，興致越來越強烈，幹勁也就隨著越來越大了。窟窿越挖越深，每次他們聽見十字鎬碰著什麼東西的響聲，心裡就跳起來，可是每次都徒然遭到一陣新的失望。原來那只是一塊石頭或是一塊木頭。後來湯姆終於說：

「這麼挖還是不行，哈克，我們又弄錯了。」

「咦，我們絕不會錯。我們把樹影子的地點弄得清清楚楚，一點也不差呀！」

「我知道，可是另外還有一點哪。」

「那是什麼？」

「噢，我們不過是猜的鐘點呀！說不定是太晚，也許太早了。」

哈克把鐵鍬丟在地上。

「這話不假，」他說，「毛病就出在這裡。我們這一回又只好是算了吧！我們根本摸不準時候，並且這種事兒也太可怕了，深更半夜在這種地方，四周圍盡是些妖精鬼怪晃來晃去。我總覺得時時刻刻都好像是有個什麼東西在我背後似的；我簡直不敢轉過身去，因爲說不定前面還有其他東西在等著機會搗亂哩。我從到這兒來的時候起，就一直嚇得渾身直打哆嗦。」

「哎，我也差不多是這樣，哈克。他們把財寶埋在樹底下的時候，差不多老是埋一個死人在一起來看守著。」

「哎呀，我的天啊！」

「是真的。我常聽人家說哩。」

「湯姆，我可不喜歡在這種有死人的地方鬼混下去。跟他們打交道，總會惹出禍來。」

「我也不願意把他們吵醒。要是這裡這個死人忽然伸出頭來，說句什麼話，那可怎麼得了！」

「別說了，湯姆！眞嚇死人。」

「唉，就是嘛！哈克，我心裡一點也不舒服。」

「喂，湯姆，這地方我們也算了吧，另外再試別的地方看看。」

「好吧。我看我們也是最好這樣。」

「另外找什麼地方呢？」

湯姆想了一會兒，然後說：

「那個鬧鬼的房子，那倒是對！」

「我可不喜歡鬧鬼的房子，湯姆。噢，那種地方比死人還糟糕得多。死人也許會說話，可是他們並不趁著你不注意的時候披著壽衣偷偷地溜過來，猛一下子從你背後悄悄地望瞧著你，磨起牙齒來，像鬼那樣。那可是叫我受不了，湯姆——誰也受不了。」

「是呀，哈克，可是鬼只有在夜裡才出來到處走動。我們白天到那兒去挖，他們並不會打攪我們。」

「對，這話不假。但你得知道，不管是白天或是夜裡，都沒有人到那個鬧鬼的房子去。」

「噢，那多半是因爲人家不喜歡到一個出過凶殺案的地方去——可是除了晚上，那所房子外面並沒誰看見過什麼——晚上也只有一些藍色的光在窗戶那兒晃來晃去——並沒什麼眞正的鬼。」

「哎，湯姆，只要你看見有那種藍色的光閃來閃去的地方，你就準知道那兒有個鬼緊跟在後面了。那是很有道理的，因爲你當然知道，除了鬼，誰也不用那種藍色的燈籠。」

「是呀，這話很對。可是反正他們白天不會出來，那我們幹嘛要害怕呢？」

「好吧！你要是那麼說，我們就試一試那個鬧鬼的房子吧——可是我看那還是碰運氣的事情。」

這時候他們已經動身往山下走了。他們腳下，那所「鬧鬼的」房子就在那月亮照著的山谷中間，完全孤立著，圍牆早就沒有了，遍地野草，把台階都遮蓋起來了，煙囱也垮了，窗戶框子都是空的，房頂有一個屋角也塌下去了。這兩個孩子瞪著眼睛望了一會兒，有點擔心著會要看到一團藍色的光從窗戶邊上閃過；然後他們用一種適合那種時候和那種環境的低聲談著話，一面儘量往右邊走，遠遠地躲開那所鬧鬼的房子，穿過加第夫山背後長著的樹林走回家去。

26 真正的強盜找到了一箱黃金

大約在第二天中午，這兩個孩子來到了那棵枯樹跟前；他們是來取那兩件東西的。湯姆迫不及待地要到那所鬧鬼的房子裡去；哈克也有些想去——可是他忽然說：「你瞧，湯姆，你知道今天是星期幾？」

湯姆心裡暗自把這個星期的日子計算了一下，然後便很快地抬起眼睛來，顯露出一副驚駭的神情——

「哎呀！我根本就沒想起哩，哈克！」

「啊，我原來也是一樣，可是猛一下子我忽然想起今天是星期五❶。」

「哼，那我們可得特別小心才行，哈克。我們要是在星期五做這種事情，說不定要闖出大禍來哩。」

「說不定才怪哩！還不如說一定！別的日子也許能碰上好運氣，星期五可是不行。」

「隨便哪個傻子都懂得這個。我看你並不是頭一個發現這個道理，哈克。」

「咦，我並沒說過我是呀，對不對？還不光只是碰上了星期五哩。昨天晚上我做了個糟糕透

---

❶ 星期五是耶穌受難日，所以基督教徒們認爲它是個不吉利的黑色日子。

了的夢——夢見老鼠了。」

「眞晦氣！這就是準要倒楣的兆頭。老鼠打架了嗎？」

「沒有。」

「啊，那還好，哈克。老鼠沒打架，那不過是說有倒楣事挨近身邊，你知道吧！我們只要特別當心，迴避著它就行了。今天我們就不做這件事，去玩好了。你知道羅賓漢嗎，哈克？」

「不知道。羅賓漢是誰？」

「啊，他是英國從前最偉大的人物當中的一個——而且是最好的。他是個強盜。」

「眞了不起，我眞希望我也是。他搶誰呢？」

「只搶郡長及主教和富人和國王，還有他們那一類人。可是他從來不打攪窮人，他愛他們。他常常把搶來的東西分給他們，非常公道。」

「啊，他一定是個好漢。」

「我管保他是，哈克。啊，他是自古以來最了不起的人物。現在根本就沒有這種人了，我敢說。他把一隻手綑在背後，就能把英國隨便什麼人狠揍一頓；他拿起他那把水松長弓，離著一哩半就能射中一個一毛錢的銀角子，回回都準。」

「什麼叫水松長弓？」

「我也不知道。反正是一種什麼樣的弓吧，不用說。他要射在那個銀角子邊上，他就坐下來哭——還要咒罵。我們現在來扮羅賓漢玩吧——眞好玩透了，我來教你。」

「我贊成。」

於是，他們就扮演羅賓漢玩了一整個下午，隨時以渴望的眼光往下面望一望那所鬧鬼的房子，並且談一談第二天到那兒去的希望和可能碰到的運氣。後來，太陽開始往西方落下的時候，他們就穿過長長的樹影往回家的路上走，不久就隱沒在加第夫山上的樹林裡，不見蹤影了。

星期六正午過了不久，兩個孩子又到了那棵枯樹跟前。他們在樹蔭裡抽了一會兒菸，聊了一陣天，然後在他們最後挖的一個窟窿裡再挖了一會兒，這並沒有存多大希望，只是因為湯姆說有許多都是有人挖到只離財寶六吋的地方就丟手，結果別人過來，剛挖了一鍬就把財寶掀出來了。不過這次卻沒有挖到什麼，於是這兩個孩子就把他們的傢伙扛在肩膀上走開，他們覺得並沒有輕易放過財運，而是把尋求財寶這件事情所應該做到的一切都做到了。

他們走到那所鬧鬼的房子的時候，那兒在熱烘烘的陽光之下籠罩著死一般的沈寂有些陰森可怕的意味，那地方的淒涼和荒廢的氣氛也有些令人感到沈重，以至於他們一時簡直不敢大膽走進去。於是他們悄悄地走到門口，打著哆嗦往裡面窺探了一下。他們看到一個野草叢生、沒有地板的房間，裡面沒有抹石灰，有一個老式的壁爐，窗戶都是空的，樓梯也壞了；屋裡前後左右，處處都佈滿了亂七八糟的沒有蜘蛛的蛛網。他們隨即悄悄地走了進去，脈搏跳得很急速，他們低聲耳語著，側起耳朵想要聽出最微小的響聲，肌肉也很緊繃，隨時都準備著立即退出去。

過了一會兒，他們漸漸習慣了，恐懼也就減少了，於是他們就仔細又關切地把這地方察看了一番，有些羨慕自己的膽量，並且還因此而感到驚奇。然後他們就要到樓上去看一看。這有點像是破釜沈舟的舉動，可是他們互相說些激將的話，這當然只能有一個結果——他們把傢伙甩到一個角落裡，就往樓上走。上面還是那些凋零的情景。他們在一個角落裡發現了一個壁櫥，裡頭似乎有些秘密，可是這個希望落了空——那壁櫥裡什麼也沒有。這時候，他們的勇氣已經高漲，很有起色。他們正想下樓去開始幹起來，可是——

「噓！」湯姆說。

「怎麼回事？」哈克嚇得臉色發白，悄悄說道。

「噓……那兒……你聽見嗎？」

「聽見……啊，糟糕！我們快跑吧！」

「別出聲！不許動彈！他們一直向著門口走過來了。」

兩個孩子趴在樓板上，把眼睛對準樓板的木節眼，在那兒等著，簡直恐懼得要命。

「他們站住了……不——又過來了……果然來了。千萬別再出聲，哈克。天哪，我眞想能跑出去才好！」

兩個大人進來了。那兩個孩子各自想道：「有一個是近來在鎭上露過一、兩次面的那個又聾又啞的西班牙老頭——另外那個可從來沒見過。」

「另外那個」是個穿得破破爛爛、頭髮亂蓬蓬的傢伙，臉上一點也沒有令人愉快的樣子。那個西班牙人披著一條墨西哥的花圍巾；臉上長著密密的白色絡腮鬍子；長長的白髮從他那墨西哥寬邊帽底下垂下來，他還戴著一副綠眼鏡。他們兩人進來的時候，「另外那個」低聲說著話；他們坐到地上，面向著門，背靠著牆，說話的那個繼續發表意見。他一直說下去，態度變得隨便一些，他的話也清楚一些了：

「不行，」他說，「我通通想過了，我不願意幹這樁事情，那很危險。」

「危險！」那「又聾又啞」的西班牙人抱怨地說。這使兩個孩子大吃一驚，「眞沒出息！」

這個聲音使兩個孩子喘氣和發抖。原來是印弟安・喬！靜默了一陣，然後喬又說：

「還有什麼事比咱們在上面那兒幹的那回更危險呢？可是結果並沒出什麼毛病。」

「那可不同。那是在河上面離著那麼遠，附近又沒別的房子。咱們雖然試了很久，沒有成功，可是根本不會有誰知道。」

「噢，哪兒還有比白天到這兒來更危險的事——誰看見了也疑心我們。」

「那我知道。可是咱們幹了那件傻事以後，沒有什麼地方比這兒更方便了。我也想要離開這個破房子，我昨天就打算走開，可是有那兩個可惡透了的孩子在山上玩，把這兒看得清清楚楚，要想出去就沒辦法。」

「那兩個可惡透了的孩子」聽了這句話，才恍然大悟，因此又顫抖起來；他們想起頭一天記

起了那是星期五就決定等一天再動手，眞是幸運哩！他們滿心地情願，哪怕是等了一年都好。

那兩個人拿出一些食物來吃了一頓。印弟安·喬沈思了許久，沒有做聲，然後他說：

「喂，小伙子——你往河上面那邊去，回你的老地方。你在那兒等著我給你捎信來。我好歹要到這鎮上去再試一回，看看情形，我到四下裡打聽清楚了，覺得情況還好，可以下手的時候，咱們就來幹那樁『危險』事情。幹完就往德克薩斯溜之大吉！咱們倆再一起跑！」

這個辦法倒是叫人滿意。兩個人隨即就打起哈欠來，於是印弟安·喬說：

「我簡直睏得要死，直想睡覺！這回該輪你看守了。」

他彎起身子在亂草中躺下，一會兒就打起鼾來。他的同伴推了他一、兩次，他就安靜下來。那擔任看守的隨即也打起瞌睡來；他的頭越垂越低，後來兩個人都打起鼾來了。

兩個孩子謝天謝地地深深吸一口氣。湯姆悄悄說：

「現在我們的機會來了——快點！」

哈克說：

「我可不行——他們要是一醒，我就活不成了。」

湯姆勸他走——哈克老是不敢動。後來湯姆終於慢慢地、輕輕地站起來，獨自動身。可是他剛走一步，就踩得那搖搖晃晃的破樓板嘰嘰嘎嘎地響得要命，結果他只好躺下來，差點兒嚇死了，他再也不敢試一試。那兩個孩子躺在那兒，計算著緩慢的時刻，直到後來，他們似乎覺得時間一定是到了盡頭，永恆的歲月也熬到了晚年；然後他們一看到太陽終於西下了，這才覺得高興起來。

這時候有一個人的鼾聲停止了。印弟安．喬坐起來，瞪著眼睛向四周張望——他夥伴的頭垂到了膝上，他冷酷地望著他微笑，然後用腳把他踹醒，說道：

「喂！你是擔任看守的，是不是！不過還好——並沒出什麼事。」

「哎呀！我睡著了嗎？」

「啊，差不多，差不多。夥計，快到我們動身的時候了。我們剩下的那一點兒油水怎麼處置呢？」

「我不知道——我看還是照常放在這兒吧！我們還沒動身往南方去，就不用把它拿走。六百五十塊銀元背起來可是不輕哩！」

「對——好吧——再上這兒來一次，也沒什麼關係。」

「沒關係——不過我說還是像從前那樣，夜裡來吧——那要好些。」

「不錯！可是你瞧，我幹那件事情也許要過很長的時間才能有機會下手，說不定會出些什麼料想不到的事情；這地方並不算是十分妥當；我們乾脆就好好地把它埋起來——埋得深深的。」

「好主意！」他的夥伴說完就往那屋子對面走過去，跪在地上，把後面的爐邊石頭取下一塊，拿出一口袋叮鈴叮鈴地響得怪好聽的銀元來。他從口袋裡給自己取出二、三十塊錢，還給印弟安．喬拿了那麼多，然後把口袋送過去交給喬，這時候喬正在一個角落裡跪在地上，用他的獵刀挖著。

兩個孩子片刻之間把他們的恐懼和不幸都忘得乾乾淨淨。他們以暗自歡喜的眼睛望著下面的每一個動作。好運氣——這次好運的光彩真是超出一切想像之外！六百塊大洋這麼一筆錢可真是不少，足夠叫半打孩子變成富人！這可是找財寶碰上了最痛快的吉兆——簡直用不著操心，準有把握知道應該挖什麼地方。他們時時刻刻都把胳臂肘輕輕地互相推一推——推得很能達意，彼此都容易懂，因爲他們的意思不過是——「啊，你該高興我們上這兒來了吧！」

喬的刀碰著了一個什麼東西。

「喂！」他說。

「那是什麼？」他的同伴說。

「快腐爛的木板——不對，這是個箱子，我相信。嘿——幫幫忙，我們馬上就會知道它放在這兒是幹嘛的。不要緊，我已經戮穿了一個窟窿了。」

他把手伸進去，又抽出來——

「夥計，是錢呀！」

那兩個人仔細看了看那一把錢幣。原來是黃金的。樓上的兩個孩子也和他們自己一樣興奮、一樣歡喜。

喬的夥伴說：

「我們得趕快挖才好。壁爐另外那一邊的屋角裡草堆當中有一把生銹了的舊鐵鍬——我剛才瞧見的。」

他跑過去把那兩個孩子的十字鎬和鐵鍬拿過來。印弟安．喬接著那把鐵鍬，認眞地打量了一陣就搖搖頭，自言自語地嘟噥了些什麼話，然後開始使用它。那個箱子不久就被掘取出來了。箱子並不很大，外面包著鐵皮，在它沒有經過多年侵蝕以前，本來是很結實的。那兩個人歡歡喜喜，不言不語，對這份財寶注視了一會兒。

「夥計，這兒有好幾千塊哩。」印弟安．喬說。

「大夥兒都說莫列爾那一夥人有一年夏天到這帶地方來過。」那陌生人說。

「我知道，」印弟安．喬說：「據我看，這倒很像是這麼回事。」

「現在你用不著幹那件事了。」

混血種皺了皺眉頭。他說：

「你不知道我的情形，至少是那件事情，你知道得並不清楚。那根本不是打劫——那是報仇呀！」他眼睛裡閃射出惡毒的光芒來，「這件事我得請你幫忙才行。幹完了——就往德克薩斯一溜。你就可以回家去看你的南茜和小把戲們，在那兒等待機會，等到你聽到我的消息再說。」

「好吧——只要你打算那麼辦。我們把這個怎麼處置呢——再埋起來嗎？」

「對。（樓上的人歡天喜地的高興）不行！好傢伙，那可不行！（樓上的人萬分沮喪）我差點兒忘了。那把鎬上面有新鮮的土呢！（兩個孩子一聽這話可恐懼得要命）。這把鎬和鐵鍬拿到這兒來是幹嘛的？那上面還有新鮮的土又是怎麼回事？是誰拿來的——人到哪兒去了？你聽見什麼人的聲音嗎？看見過什麼人嗎？好傢伙！再埋起來，好讓他們來看出地下已經挖開過嗎？不大妥當——不大妥當，我們把它拿到我的窩裡去吧！」

「噢，當然嘍！本當早就想到這麼辦的。你說的是一號嗎？」

「不——二號——十字架下面。另外那個地方不行——太平常了。」

「好吧。現在天色已經夠黑，差不多可以動身了。」

印弟安．喬站起來，從一個窗戶到另一個窗戶走來走去，小心翼翼地往外面窺探一番。隨即他就說：

「是誰把那兩件傢伙拿到這兒來的呢？你猜他們會不會在樓上？」

那兩個孩子嚇得簡直要斷氣了。印弟安．喬把手按在他那把刀上面，猶豫不決地停了一會兒，然後轉身向樓梯走過去。兩個孩子想起那個壁櫥，可是他們已經沒有氣力了。腳步聲順著樓梯吱嘎吱嘎地響著——這種情勢之下無法忍受的焦急喚起了這兩個孩子危難中的決心——他們正想拚命往壁櫥那邊跑，恰巧在這時候「嘩啦」一聲，腐朽的木頭折斷了，印弟安．喬在那垮下的樓梯的一堆殘破木頭當中摔在地上。他一面咒罵，一面振作精神站起身來；他的夥伴說：

「嘿，你還咒他們幹嘛？要是有人在樓上待著，那就讓他們在那兒待下去吧——誰在乎呢？要是這會兒他們打算跳下來自找苦吃，誰擋住他們？再過一刻鐘天就黑了——到那時候，只要他們打算跟著我們走，就讓他們跟著吧！我是願意的。照我看來，準是把這兩件東西扔在這兒的人瞧見了我們一眼，就把我們當成了鬼怪，我敢說他們這會兒還在跑哩。」

喬嘟噥了一會兒；然後他贊成了他朋友的意見，也認爲要趕緊趁著天色還有點亮的時候，收拾一切，準備動身。過了不久，他們就在那越來越暗的暮色中從這個屋子裡溜出去，帶著他們那個寶貝箱子往河邊走去了。

湯姆和哈克站起來，四肢軟弱無力，可是非常欣慰。他們從那房子的木條縫隙當中睜大了眼睛望著那兩個人的背影。跟著走？他們可不敢。他們又跳下了地，沒有摔斷脖子，就翻過山回鎮上去，這已經使他們心滿意足了。他們不大說話，只是一心埋怨自己——埋怨運氣太壞，不該把十字鎬和鐵鍬帶到那兒去。要不是爲了這個，印弟安．喬是絕對不會懷疑的。那他就會把那些銀元和黃金一同埋在那兒，一直到他幹完那件「報仇」的事情，然後他就會晦氣地發現他的錢財不見了。那兩件傢伙怎麼會帶到那兒去了，眞是倒楣透頂、透頂！

他們決定在那個西班牙人再到鎭上來等機會報仇時，仔細注意盯住他，跟著他到「二號」去，不管它在什麼地方。隨後湯姆心裡忽然想起了一個可怕的念頭：

「報仇？要是他指的是我們倆，那怎麼好，哈克！」

「啊，別說了！」哈克說著，幾乎暈倒了。

他們把這個問題仔細討論了一番，後來他們走到鎭上的時候，一致相信他可能是指的另外一個什麼人——至少他也許是單指湯姆，不指別人，因爲只有湯姆才在法庭上作過證。

湯姆單獨一人陷入了危險的境地，這實在是使他心裡非常非常的不安！他暗自想著，要是有個伴，那就顯然是好得多了。

27 戰戰兢兢的追蹤

那天夜裡，白天的歷險經過大大地侵擾了湯姆的夢境。他有四次伸手抱住了那份豐富的財寶，但是四次醒過來，都是兩手空空，那份財寶化爲烏有了，眼睜睜看到的還是他那不幸遭遇的無情事實。他清早躺著回想起那一場偉大歷險中的情節時，發覺一切都似乎是顯得非常模糊而且久遠——有點像是在另一個世界或是早已過去的時候發生的事情一般。他馬上就想到，那一場偉大的歷險本身一定就是一個夢！有一個十分充足的理由足以證明這種想法——那就是，他所看到的錢幣數量實在是太大了，不可能是眞有其事。他過去從來沒有見過五十塊錢那麼大一個數目放在一堆；在他的想像中，凡是人家提到「幾百」和「幾千」的話都不過是一些幻想性質的說法，而實際上天地間這麼大的錢數根本就沒有：在這一方面，他與年齡身分和他相同的一切男孩子的想法是相似的。他從來沒有片刻設想過，像一百元這麼大的一筆實實在在的錢會歸一個人所有。如果把他對於埋藏的錢財的觀念加以分析，他心目中也許不過是一手可以抓得完的一把眞正的銀角子和一大堆模模糊糊的、光亮的、不可捉摸的銀元。

但是他那一場歷險的情節，在他反覆尋思之後，好像經過一番磨擦似的，越來越使他感覺得鮮明而清楚起來，因此他很快就覺得自己傾向於另一種印象，認爲那件事情歸根究底也許還不是一場夢。這種疑惑不定的心情必須掃除才行。於是，他就打算趕快吃完早餐，去找哈克。

哈克在一隻平底船的舷邊坐著，無精打采地把雙腳垂在水裡，神情顯得很鬱悶。湯姆決定讓哈克先開口談這個問題。如果他不提這件事情，那就足以證明那一場歷險經過只是一場夢了。

「喂，哈克，好呀！」

「喂，你好！」

——沈默了一會兒。

「湯姆，我們要是把那兩件晦氣的傢伙丟在那棵枯樹那兒，那些錢就到我們的手裡了。啊，你說糟糕不糟糕！」

「那麼，原來不是做夢嘍，不是做夢嘍！不知怎麼的，我好像覺得那還不如是個夢哩！說假話不是人，哈克。」

「什麼不是做夢呀？」

「啊，昨天那件事情，我剛才還有一半相信那是場夢哩！」

「做夢！要不是那玩意兒樓梯垮了，那你才會明白那場夢做得多熱鬧！我這一夜也做夠了夢——一個個的夢裡都有那眼睛上貼著紗布的西班牙鬼子直追我——這該死的東西！」

「啊，別咒他。我們要找他才對！要把那些錢追出來！」

「湯姆，我們一輩子也找不著他了。一個人只能碰到一次好機會發那麼個大財——現在這個機會已經錯過了。反正我要是瞧見他，我準會嚇得直打哆嗦。」

「是呀，我也會那樣；可是我不管怎樣還是願意看到他——還要釘住他走——找到他那『二號』去。」

「二號——對，就是嘛！我剛才也在想這個呢！可是我一點也不明白那是怎麼回事。你猜那是個什麼地方？」

「我不知道，那太難猜了。嘿，哈克——也許是一所房子的門牌吧！」

「猜得妙……不，湯姆，那不對。要是門牌的話，那也不會在這個巴掌大的小鎮上。這地方根本就沒什麼門牌呀！」

「對，這話不假。讓我想一想。哈——那是房間的號數——旅舍裡的，你知道吧！」

「啊，這可猜對了！1這兒只有兩個旅舍。我們很快就能找到。」

「哈克，你在這兒待著，等我回來再說。」

湯姆立刻就走了，他不願意和哈克一同到公衆的地方去。他走開了半小時，發現那較好的旅舍裡，二號房間久已有一位青年律師住著，現在他還住在那兒。在那比較寒傖的旅舍裡，一號房間倒是一個謎。旅舍老板那年輕的兒子說，那個房間一天到晚老是鎖著，除了夜裡，從來沒見過那兒有什麼人進出。他對於這種情況，不知道有什麼特殊的原因；他曾經起過幾分好奇心，不過那是頗爲微弱的；他心裡懷著一種念頭，認爲這間房子是「鬧鬼的」，這就使得這間房子格外神秘了；頭一天晚上，他還發現那裡面有燈光哩！

「我調查的結果就是這樣，哈克。我猜那正是我們要找的二號。」

「我猜也是，湯姆。那麼你打算怎麼辦？」

「讓我想想看。」

湯姆想了很久，然後他才說：

「我告訴你吧，那個二號房間的後門是通著旅舍和那個破破爛爛的老磚廠當中的小窄巷子的。現在你去把你找得到的鑰匙通通弄到手，我也去把阿姨的都偷來，只等頭一個漆黑的夜裡，我們就去試試看。你聽著，可得小心提防印弟安．喬，因爲他說他還要到這鎮上來，再打聽打聽，找個機會報仇。你要是瞧見他，就在後面跟著；他要是不進那個二號房間，那就不是這個地方了。」

「老天爺，叫我一人去跟著他，我可不做！」

「噢，當然是在晚上嘍。他也許根本看不見你──要是他看見了，也許也不會多想什麼。」

「好吧，要是夜裡挺黑挺黑，我想我可以去盯他。我說不定──我說不定。試試看吧！」

「要是挺黑的話，我可準能盯住他，哈克。噢，他也許看出了報仇報不成，乾脆就去取那些錢哩！」

「這話有理，湯姆，這話有理。我去盯他，我準去！」

「你這才像話！你可別拿不定主意呀，哈克，我是絕不洩氣的。」

28 印第安．喬的巢穴

那天晚上，湯姆和哈克準備去幹那件冒險的事情。他們在那旅舍附近一帶蕩來蕩去，直到九點過後，一個在老遠注視著那條小巷子，一個注視著旅舍門口。誰也沒有走進那條巷子，或是從裡面出來；進出旅舍門口的，沒有一個像那西班牙人的樣子。夜色看樣子是不會太黑的；於是湯姆就先回家去，他和哈克約定了，要是天色黑到相當程度的時候，哈克就去裝貓叫，湯姆聽見就溜出來，拿那些鑰匙去試開那扇門。可是那天夜裡天色始終是明亮的，哈克就在十二點鐘左右結束了他的守望，到一個空糖桶裡睡覺去了。

星期二這兩個孩子又遭受了同樣的歹運。星期三還是一樣。可是星期四晚上希望較大。湯姆拿著他阿姨那隻洋鐵舊燈籠和一條用來遮住燈籠的大毛巾，趁機會溜了出來。他把燈籠藏在哈克的空糖桶裡，兩人就開始守望。午夜之前一小時的光景，旅舍關門了，那兒的燈光也熄滅了（那是附近一帶僅有的燈光）。他們並沒有看見什麼西班牙人，誰也沒有進出那一條巷子，一切都顯出吉兆。四處都被漆黑的夜色籠罩著，只有遠處轟隆轟隆的悶雷聲偶爾攪擾那萬籟無聲的寂靜。

湯姆拿起他的燈籠，在那大桶裡把它點著，用毛巾嚴密地裹住，於是這兩個冒險家就在黑暗中向著那旅舍偷偷地走過去。哈克在巷子口外站崗，湯姆摸索著走進巷子裡去。然後有一段很長的時間，哈克等得很焦急，心裡頭好像有一座大山壓著似的。他開始希望他能看見燈籠裡閃出一

道光來——那固然會使他驚駭，但至少總可以使他知道湯姆還活著。自從湯姆去了之後，好像已經幾個鐘頭了。一定是他暈倒了吧；也許他已經死了；也許他因恐懼和興奮的影響，心臟已經炸裂了。哈克由於不安，越來越走近那條小巷；他擔心著各種可怕的事情，時時刻刻都預料著會有什麼大禍臨頭，會一下子把他嚇斷了氣。事實上已經沒有多少氣可斷了，因爲他似乎是只能一點點一點點地呼吸，而且他的心也跳得要命，不久就會支持不住了。後來突然燈籠亮了一下，湯姆狂奔地從他身邊跑過：

「快跑！」他說，「趕快逃命！」

他無須重說一遍，一次已經夠了。哈克還沒有等到他再說一遍，就以一小時三、四十哩的速度飛跑開了。兩個孩子跑個不停，一直跑到這村鎮的南邊一所沒有人用的屠宰房的木棚那兒才停下來。剛好在他們跑到木棚底下得到掩蔽的時候，風暴就刮起來了，傾盆的大雨嘩嘩地潑下來。

湯姆剛剛喘得過氣來的時候就說：

「哈克，眞嚇死人！我拚命輕輕地試了兩把鑰匙，可是都吱嘎吱嘎地響得要命，把我嚇得簡直透不過氣來。那兩把鑰匙在鎖洞裡都轉不動。後來我不知不覺地抓住門上的把手，結果一下子門就打開了！原來是根本就沒鎖上！我連忙鑽進去，把燈籠上的毛巾拉開，好傢伙，這下子可眞把我嚇壞了！」

「怎麼——你看見什麼了，湯姆？」

「哈克，我差點兒就踩在印弟安·喬的手上了！」

「不會吧！」

「眞的！他躺在地板上，睡得很死，眼睛上還是貼著那塊舊紗布，兩隻胳臂往外伸著。」

「老天爺，那你怎麼辨呢？他醒了嗎？」

「沒有，一點也沒動彈。我猜，大概是醉了，我一下子抓住那條毛巾，就跑開了！」

「要是我的話，我準會想不起什麼毛巾。」

「噢，我可得想著它，要是我把它弄丟了，我阿姨就會把我治得夠受的。」

「喂，湯姆，你看見那個箱子嗎？」

「哈克，我簡直來不及往四下裡瞧呀！我沒看見那箱子，也沒看見什麼十字。我只看見印弟安·喬身邊有一隻瓶子和一個洋鐵杯子放在地板上，別的什麼都沒看見；啊，是呀，我還看見那屋子裡有兩個酒桶和一大堆瓶子。現在你明白了吧，哈克，你說那間鬧鬼的屋子裡究竟是怎麼回事？」

「怎麼？」

「嘔，鬧的是酒鬼呀！也許所有禁酒的旅舍裡都有一個鬧鬼的房間吧，嘿，哈克你說是不是？」

「對，我猜大概是那麼回事。誰想得到會有這種事情？可是，嘿，湯姆，印弟安．喬既然是喝醉了，這可正好是我們去拿到那個箱子的好機會呀！」

「說倒說得不錯！你去試試看！」

哈克嚇得直打哆嗦。

「啊，不行——我看是不行。」

「我看也是不行呀，哈克。印弟安．喬身邊只有一隻酒瓶還不夠，要是有三隻，那他就醉得夠嗆，我也敢去試一試了。」

他們爲了在心裡盤算，沈默了很久，然後湯姆又說：

「喂，哈克，我們非等知道印弟安．喬不在那兒的時候，再也別打那個主意吧！眞是太嚇人了。只要我們天天晚上來看守著，遲早準會有一天看見他出去，那時候我們就猛一下子把那箱子弄走。」

「對，我贊成。我整夜來守著都行，天天晚上都歸我來守，只要你做其餘那些事就行。」

「好吧，我準幹。叫你做的就只是到胡普爾街去走過一排房子，裝貓叫——要是我睡著了，你就往窗戶上扔一顆小石頭子，那就能把我弄醒了。」

「贊成，妙透了！」

「喂，哈克，這場暴風雨已經過去了，我要回家去了。再過一、兩個鐘頭，天就要亮了。你

回去再看守這段時間，好嗎？」

「我說過願意幹，就一定幹。我每天晚上去釘住那個旅舍，一直幹一年都行！我白天睡一整天的覺，晚上就守它個一整夜。」

「那就好了。喂，你打算在哪兒睡覺呢？」

「在貝恩·羅杰的乾草棚裡。他讓我去睡，他爸爸那個黑奴傑克大叔也答應的。傑克大叔叫我提水，我每回都幫他的忙，我要是叫他給我一點兒東西吃，他只要分得出來，總是給我一點。他眞是個再好不過的黑人哩，湯姆。他喜歡我，因爲我從來沒什麼舉動顯出我比他高一等。有時候我乾脆就坐下來，和他一起吃，可是這個你別跟人家說。一個人餓慌了的時候，就不得不做出一些平常不願意做的事情來。」

「好吧，白天我要是用不著你，就讓你睡覺，我不會來打攪你。到了晚上，你要是看見出了什麼事，就趕快跑過去，裝貓叫就行了。」

29 哈克救了寡婦

星期五早上湯姆聽到的第一件事情是一個可喜的消息——前一天晚上柴契爾法官的家屬回到這鎮上來了。印弟安．喬和那份財寶暫時降到了次要的地位，現在這孩子主要的興趣轉向了貝琪。他見著了她，他們和一大群同學玩「捉迷藏」和「守溝」的遊戲，痛快極了。大家玩了一天，最後還有一樁錦上添花的事情，特別令人滿意：貝琪糾纏著她母親，叫她約定第二天舉行那早已答應卻拖延了很久的野餐，她同意了。那孩子的歡喜是無窮盡的；湯姆的興致也不相上下。太陽落山以前就發出了請帖，村裡的年輕人馬上就捲入了一陣狂潮，紛紛作參加野餐的準備，同時也懷著愉快的預感。湯姆的興奮使他能夠不打瞌睡，一直醒著待到很晚的時候，他懷著很大的希望，等著聽哈克裝的貓叫，但願第二天能把他的財寶拿出去使貝琪和參加野餐的同伴們大吃一驚，可是他失望了，那天晚上什麼叫聲也沒有。

早晨終於來到了，十點或十一點的時候，一群如醉如狂、吵吵鬧鬧的孩子在柴契爾法官家裡集合了，一切都已準備妥當，只待出發。大人照例不參加，以免使野餐減色。他們都認為孩子們有了幾位十八歲的大女孩和二十三歲左右的青年照顧，可以很放心。那隻舊渡輪已被租定作這個用途；隨即這一群歡歡喜喜的孩子就背著一筐一筐的食物，排著隊往大街上走去了。席德有病，只得錯過這次好玩的機會；瑪麗留在家裡陪他玩。柴契爾太太對貝琪說的最後一句話是：

「你們要到很晚才能回來，你或許可以在那些離碼頭很近的同學家裡住一夜吧！孩子。」

「那麼我就在蘇珊．哈波家裡住吧，媽媽。」

「那很好。妳可注意要乖乖的才行，千萬別給人家添麻煩。」

隨後孩子們蹦蹦跳跳地往前走的時候，湯姆對貝琪說：

「嘿——我告訴妳咱們怎麼辦吧。別到喬伊．哈波家裡去，我們乾脆爬上山去，住在道格拉斯寡婦家裡。她那裡有冰淇淋！她差不多天天都吃——多得很。我們去，她準會非常歡迎。」

「啊，那才好玩哩！」

然後貝琪想了一會兒，說道：

「可是媽媽會怎麼說呢？」

「她哪會知道？」

這女孩把這件事情在心裡反覆思索了一陣，然後不情願地說：

「我看這是不對的！可是……」

「廢話！妳媽不會知道，那又有什麼關係呢？她不過是希望妳平安無事，我敢說她要是想到了，一定會叫妳上那兒去。我知道她會那麼說！」

道格拉斯寡婦的殷勤款待是很有誘惑力的。這種誘惑力和湯姆所說的道理馬上就收到了效果。所以他們倆就相約不把那天晚上的計畫向任何人說，隨後湯姆又忽然想到哈克也許就在這天晚上來找他，發出信號。一想到這個，他所期待的快樂就大打折扣了，不過他還是不願放棄道格拉斯寡婦家裡那一場歡樂。而且，他想著其中的道理，他為什麼今天晚上偏會更有希望聽到呢？

當天晚上確有把握的娛樂把那靠不住的財寶壓倒了；他究竟是個孩子，所以他就決定順從那比較強烈的願望，那一天再也不許自己想到那一箱錢財了。

在這村鎮的下游二哩地方，渡船在一個樹木叢生的山谷口上停住，靠了岸。孩子們一窩蜂擁了上去，不久那樹林中各處和高聳的巉崖上無論遠近都響遍了大嚷大笑的回聲。一切累得渾身發熱和精疲力盡的玩耍方式都玩過了，後來那些到處亂闖的小角色七零八落地回到他們露營的地方，個個都有了很好的胃口，就開始掃蕩那些美味的食品了。飽餐一頓之後，大家就在枝葉繁茂的橡樹陰影之下很暢快地休息和閒談了一陣。後來有人大聲嚷道：

「誰打算到洞裡去玩？」

人人都準備去。一把一把的蠟燭拿出來了，大家馬上就蹦蹦跳跳地一齊爬上山去。洞口在山腰上面——進口的地方像個A字形。笨重的橡木大門並沒有閂上。裡面有一個小房間似的石窟，像冰窖那麼冷，四周是天然又堅實的石灰岩牆壁，那上面好像是出冷汗似的冒著水珠。在這裡站在深沈的黑暗之中，往外望著那陽光中閃閃發光的蔥翠山谷，頗有一番浪漫和神秘的意味，但是這個境界的感染力很快就消失了，大家又頑皮地嬉鬧起來。每逢有人點著一支蠟燭，別人就向他一齊擁上去，跟著就是一陣搶奪和衛護的掙扎，可是蠟燭不久就被碰倒或是吹滅了，於是大家就發出一陣興高采烈的哄笑，又跑到別處起鬨去了。可是凡事都有個結局，後來大家排成縱隊前進，順著主要通道的陡坡往下走，那一行閃爍的燭光模模糊糊地把高聳的石壁照亮，幾乎照到頭頂上六十呎高處兩壁相接的地方。這條主要的通道不過有八呎或十呎寬。每隔幾步，就有其他高聳的、更狹窄的裂口從這條大道的兩旁分出去——因為麥克道格爾洞原是許多彎彎曲曲的過道組成的一個絕大的迷宮，那些過道互相交叉，又互相分開，不知究竟通到什麼地方。據說遊洞的人在裡面隨便東走西走，可以在它那些錯綜複雜的裂口和崖縫當中一連走幾個晝夜，始終找不到洞的盡頭；他盡可以老往下走了又走，走了又走，一直往地底下鑽，老是一樣——迷宮之下又是迷宮，哪一個也走不到底。誰也不「熟悉」那個洞。那是不可能的事情。大多數年輕的男子們都只熟悉洞裡的一部分，而且照例都不敢超出他們所熟悉的這一部分，再往前走多遠。湯姆·索亞對這個洞所知道的也和別人一樣有限。

遊洞的行列順著主要的通道前進，大約走了四分之三哩，然後就有些人分成一群一群、一對一對，往旁邊溜到那些分岔的支道裡去，順著一些陰森的走廊奔跑，在這些走廊再碰到一起的地方互相偷襲。分開的小隊可以互相閃避，經過半小時之久，而不至於走出那些「熟悉」的範圍之

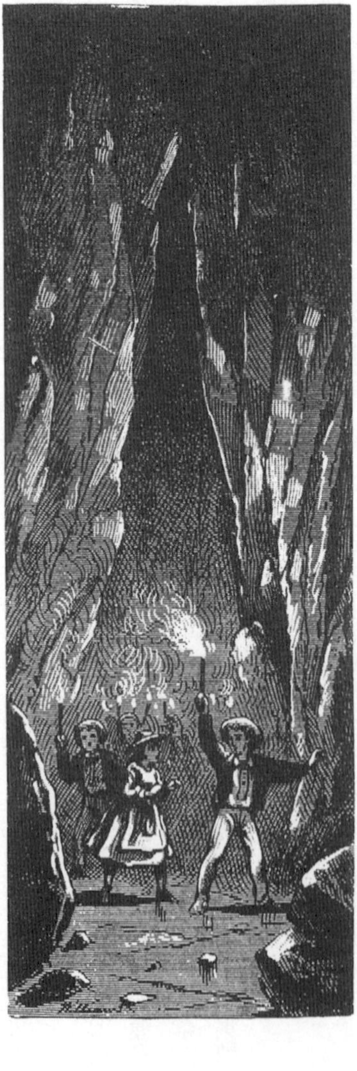

外。

不久就有一群又一群的人七零八落地回到洞口來。直是喘氣，歡歡喜喜，從頭到腳，渾身滴滿了融化的蠟燭油，沾滿了黏土，大家都對這一天痛痛快快的玩耍感到十足的高興。然後他們就大吃一驚地發現大家都沒有注意到時間，想不到晚上就快到了。船上的鐘已經噹噹地敲了半小時。但是這一天的遊玩如此結束是富有浪漫意味的，因此大家都很滿意。渡船載著那一些歡天喜地的乘客開到河裡的時候，除了船長以外，誰也不對那浪費掉的時光感到絲毫的惋惜。

渡船的燈光一晃一晃地從碼頭旁邊閃過的時候，哈克已經開始留意了。他沒有聽見船上有什麼聲音，因爲那些年輕人就像一般疲勞得要命的人一樣，大家都老老實實、不聲不響了。他不知道那是隻什麼船，爲什麼不靠碼頭停住——隨後他就不再把它放在心上，又專心注意他自己的事情了。晚間的雲漸漸濃起來，天色也越來越暗。十點鐘到了，車馬的聲響也已停息，東一處西一處的燈光開始熄滅，七零八落的步行人也不見了，整個村莊都進入了夢鄉，只留下這個守夜的小伙子獨自陪伴著寂靜的鬼怪。十一點又到了，旅舍的燈光也熄了；現在到處都是一團漆黑。哈克等待了似乎很長久的一段令人厭倦的時間，可是仍毫無動靜，他的信心漸漸微弱了，老等下去是否有什麼好處？是否當眞有什麼好處呢？爲什麼不就此算了，回去睡覺呢？

這時候他聽到一點響聲，立刻就拚命注意傾聽。小巷的門被人輕輕地關上了。他連忙跑到磚廠轉角的地方。片刻之後，就有兩個人由他身邊迅速地掠過，其中有一個似乎是在腋下挾著一件什麼東西。那一定是那個箱子！原來他們是打算要把那份財寶搬走呀！現在怎麼能去叫湯姆呢？那未免是太荒謬的舉動——那兩個人就要帶著那個箱子跑掉，再也找不著了。不行，他要緊釘住他們後面，跟著走才行；他可以信賴夜間的黑暗，保障他的安全，不至於被人發現。哈克心裡一面這樣盤算著，一面走出來，在那兩個人後面悄悄地跟著走，光著腳，像隻貓似的，老讓他們在自己面前保持適當的距離，剛剛可以叫他看得見。

他們順著沿河的街道往上走了三條街口，再向左轉到一條橫街上。然後他們就一直往前走，一直走到通著加第夫山上的那條小路，就順著它上山。他們走過半山腰上那威爾斯老頭的房子，毫不躊躇，只顧繼續往山上爬。哈克想著，好吧，他們會把它埋在那老石坑裡。可是他們在石坑那兒又不停留片刻，還是往山頂上走。哈克緊跟上去，縮短了他的距離，因爲他們絕不能看見他。他們鑽進兩旁高高的五倍子樹叢之間的一條狹窄的小路，馬上就在黑暗中隱藏起來了。哈克緊跟上去，縮短了他的距離，因爲他們絕不能看見他。他快步向前走了一會兒，然後又把腳步放慢一些，怕的是追得太快；他又向前走了一小段路，隨後就完全停住了；他靜聽著，沒有聲音；除了他似乎是聽得見自己的心跳以外，什麼聲音也沒有。有一陣貓頭鷹唬唬的叫聲從山後面傳過來——這是不好預兆的聲音！可是沒有腳步聲。天哪，難道是完全落空了嗎？他正想拔腿就逃，偏巧這時候有一個人在離他不到四呎的地方輕輕咳了一下，哈克的心一下子跳到嘴裡來了，可是他又把它吞了下去；然後他站在那兒發抖，好像同時有十幾次瘧疾侵襲著他一般；他嚇得四肢無力，簡直覺得非倒在地上不可。他知道自己在什麼地方。他知道他已經離那通到道格拉斯寡婦庭園的梯階不過五步了。他心裡想，好吧，就讓他們把它埋在這兒，那是不難找到的。

這時候有人說話——聲音非常低沉——那是印弟安．喬的聲音：

「他媽的眞混蛋，說不定有人在她那兒——這麼晚了，還有燈哪。」

「我瞧不見什麼燈呀！」

這是那個陌生人的聲音！那個鬧鬼房子裡的陌生人。一陣劇烈的寒顫侵襲著哈克心頭——原來這就是要幹那「報仇」的勾當呀！他的念頭就是逃跑。隨後他又想起道格拉斯寡婦有好幾次都對他很厚道，現在這兩個人可能是打算要謀殺她。他很希望自己有膽量去給她報個信；可是他知道他不敢——他們可能追過來抓住他。那個陌生人說了那句話之後，過了一會兒，印弟安．喬才又開口，在這片刻之間，哈克想到了這一切，還想到一切別的事情。印弟安．喬說的是：

「那是因爲這一堆樹擋住了你。來——往這邊瞧！這下你瞧見了吧，對不對？」

「對了。唔，果然有別人在那兒，我猜是。還是算了吧！」

「哪能算了，我馬上就要離開這帶地方，再也不回來了！一算了，也許就永遠不會再有機會了。我早就告訴過你，現在再對你說一遍吧，我根本不在乎她那點錢財——那可以讓你拿去。可是她的丈夫對我很凶——他有好幾回都對我很凶——主要是他當治安法官，說我是個無業遊民，把我關進監牢，並且還不只這個，那還算不了一百萬分之一呢！他叫我挨過馬鞭——把我在監牢前面拿馬鞭子抽，像個黑鬼子似的——全鎭的人都圍著看！拿馬鞭子抽呀——你懂嗎？他倒早死了，算是便宜了他，可是我得在他老婆身上來算帳。」

「啊，別要她的命吧！可別來這一手！」

「要命？誰說過什麼要命的話呀？那個男人要是在這兒，我會要他的命；我可不會弄死這女人。你要對一個女人報仇的話，用不著要她的命——沒那麼傻！你得毀她的相貌，你把她的鼻孔拉開——給她的耳朵拉個缺口，像隻豬似的！」

「天哪，那可是……」

「請你免開尊口！這麼對你才最妥當。我把她綁在床上，她要是流血流死了，那能怪得著我嗎？她死了，我也不會哭呀！朋友，這件事情要你來幫我個忙——爲了我——叫你來原就是爲的這個——我一人也許幹不成。你要是怕事情，我就要你的命。你明白嗎？我要是非弄死你不行，那就連她也幹掉——那麼我想誰也不會知道這事情是什麼人幹的。」

「好吧，要是非幹不行，我們就下手吧！越快越好——我渾身都在打侈嗦哪。」

「現在就下手？有別人在那兒也不管？你當心吧——你先要明白，我可要對你犯疑心。不行——我們得等到熄了燈的時候——用不著太急。」

哈克覺得隨後會有一陣沈默——這比隨便說多少謀殺的話更加可怕；所以他就屏住氣，小心翼翼地往後退了一步，他靠一條腿使勁，很不穩地先把身子側向一邊，再側向另一邊，幾乎栽了個筋斗，然後才仔細地、穩穩地把腳跟站定。他又向後退了一步，還是費了那麼大的勁，冒了那麼大的危險；然後又退了一步，再退了一步，然後——一根小樹枝在他腳下喀嚓一聲踩斷了！他停住了呼吸，靜聽了一會兒。什麼聲音也沒有——絕對的安靜，他感到無限的安慰。這下子他就轉過身來，在兩道牆一樣的五倍子樹叢當中走——他轉身轉得非常小心，好像自己是一艘船似的——然後他就加快了腳步，不過還是謹慎地往前走著，後來他走了出去，到了石坑那裡，他就覺得放心了，於是他拔起腿飛跑起來。他往下跑了又跑，一直跑到那威爾斯人住的地方。他乒乒乓乓地敲門，隨即那老頭和他那兩個壯健的兒子的頭都從窗戶裡伸出來了。

「怎麼回事？誰在敲門？你要幹嘛？」

「讓我進來吧——快！我全都告訴你們。」

「咦，你是誰呀？」

「哈克貝利．費恩——快，讓我進來！」

「哈克貝利．費恩，哈，原來是你呀！據我看，憑你這個名字可是叫不開多少人家的門呢？可是孩子們，讓他進來吧，咱們瞧瞧到底出了什麼事兒。」

「請您千萬別說是我告訴您的，」這是哈克一進門首先說的話，「千萬別說出去——人家會要我的命，一定會——可是寡婦有時候對我很厚道，所以我要報信！只要您答應我絕不跟人家說這是我說的，我就一定說。」

「哎呀，他的確是有什麼事要說呢，要不然他不會這樣！」老頭大聲說：「儘管說吧，孩子，這兒誰也不會說出去。」

三分鐘之後，老頭和他那兩個兒子都帶好了武器，往山上走，他們踮著腳尖，把武器拿在手裡，走進那五倍子樹叢當中的小路。哈克沒有陪著他們再往前走，他躲在一塊大圓石後面，開始靜聽。過了一段拖延的、令人焦急的靜默時間之後，突然一下子爆發了一陣槍聲和喊聲。

哈克沒有等查明詳細情形。他連忙轉身往山下跑，兩條腿拚命地跑得飛快。

30 湯姆和貝琪在洞裡

星期天早上剛剛有一點點天亮的模樣，哈克就摸索著往山上走，輕輕地敲一敲威爾斯老人家裡的門。屋裡的人還在睡著，可是由於前一天夜裡那件驚心動魄的事，他們還是有點睡得提心弔膽。有一個窗戶裡發出了一聲問話：

「是誰呀？」

哈克那驚魂未定的聲音低低地回答說：

「請您讓我進來吧！我是哈克．費恩呀！」

「憑你這名字，不管白天夜裡，都可以叫開這個門，孩子！而且還歡迎你！」

這句話在這流浪兒的耳朵裡是怪生疏的，而且也是他這一輩子所聽到過的最悅耳的聲音。他想不起那末尾的話曾經有任何人對他說過。門很快就打開了，他馬上走了進去。主人讓哈克坐下，老頭和他那兩個高大的兒子都趕快穿起了衣服。

「喂，好孩子，我想你該是餓得厲害了吧，太陽一出來，早飯就會預備好了，咱們可以吃一頓滾熱的飯——你儘管放心吧！昨天晚上我和我那兩個孩子還希望你會回來在這兒過夜哩！」

「我簡直嚇得要命，」哈克說，「我跑掉了。一聽見手槍響，我拔腿就跑，一直跑了三哩才站住。現在我回來是為了要知道究竟怎麼樣，您知道吧！我不等天亮就來了，因為我不願意再碰見那兩個鬼，哪怕是他們死了，我也不想看見他們。」

「哎，可憐的小伙子，看你那神氣，就知道你昨晚上準是夠受的——可是這兒有一張床鋪，一會兒你吃過早飯就可以睡一覺。哎，他們還沒死哪，孩子——這眞叫我們怪不稱心。你瞧，我們照你說的那些情形，很知道應該在什麼地方對他們下手：所以我們就踮著腳尖悄悄地走到離他們只有十五呎的地方——那五倍子樹當中的小路上簡直是漆黑一團——恰好在這時候，我覺得要打噴嚏了。這眞是倒楣透頂的事！我想憋住，可是不行——非打不可，而且果然就打出來了！我是舉起手槍在前面領頭走的，後來我的噴嚏驚動了那兩個壞蛋，他們就沙沙地鑽出那條小路往外走，我就大聲喊起來，『開槍，孩子們！』這下子就衝著那沙沙響的地方連放了好幾槍。孩子們也開槍了。可是他們馬上就溜了，那兩個王八蛋，我們跟在後面追，從樹林裡往下跑。我猜我們根本沒打著他們。他們開步跑的時候，各人放了一槍，可是他們的子彈在我們身邊嗖地一下飛過去，一點也沒傷著我們。我們一到聽不見他們腳步聲的時候，就不再追了，我們跑到山下，把警官叫醒了。他們集合了一隊人，開到河邊上去站崗，只等天一亮，警長還要帶一隊人到樹林裡去搜。我這兩個孩子馬上也會跟他們去。我很想我們能知道那兩個傢伙是什麼樣兒——那是很有幫助的。可是你在黑地方瞧不見他們的模樣兒，是不是，孩子？」

「啊，我瞧見過，我在鎮上瞧見過他們，還在他們背後跟著走。」

「好極了！你說說他們的樣子吧——快說，好孩子！」

「一個是那又聾又啞的西班牙老頭，他到這帶地方來過一、兩次；另外那個是個怪難看的、穿得很破爛的……」

「這就夠了，孩子，我們知道這兩個人！有一天我們在樹林子裡寡婦的房子後面碰見他們，他們就偷偷地溜走了。快走吧，孩子們，快去告訴警長——你們明天再吃早飯吧！」

威爾斯人的兩個兒子馬上就動身了。

他們正要走出那屋子的時候，哈克突然站起來，大聲喊道：

「啊，請你們千萬別跟人家說是我告發他們呀！啊，千萬千萬！」

「好吧，你不叫我們說就不說，哈克，可是你幹了這樁好事，總該讓人家知道你的大功勞呀！」

「啊，不，不！請千萬別說吧！」

兩個年輕人走開之後，那威爾斯老頭就說：

「他們不會說的——我也不會。可是你爲什麼不願意讓人知道呢？」

哈克說這兩個人之中有一個他已經很熟悉了，所以他無論如何不願意讓人知道他知道了他的秘密——那個人要是知道他看破了他的秘密，準會要他的命。除此以外，哈克再也說不出什麼理由來了。

老人再一次答應了保守秘密，他又說：

「你怎麼會盯著那兩個傢伙呢，孩子？是不是他們形跡可疑？」

哈克沒有做聲，心裡一面編出一個相當小心的回答，然後他說：

「噢，你知道，我是個教不好的壞蛋——至少是大家都這麼說，我也並不覺得冤枉——有時候我就爲了心裡在想這個，簡直不大睡得著，老想改一改自己的行爲。昨天晚上又是這麼回事，我睡不著覺，所以我就在半夜裡到街上走，心裡翻來覆去想著這件事情，後來我走到那戒酒的旅舍旁邊那個老磚廠那兒，就靠著牆站著再想一想。哈，正在這時候，那兩個傢伙就悄悄地溜過來，緊靠著我身邊走過，胳臂底下還挾著一個什麼東西，我猜那準是他們偷來的。他們倆有一個在抽菸，另外那個向他接火；所以他們就在我面前站住了，雪茄菸的光照亮了他們的臉，我就從那個大個子的白鬍子和眼睛上戴的眼罩看出他就是那又聾又啞的西班牙人，另外那個是一個討厭的、穿得破破爛爛的鬼。」

「抽菸的光照著，你就看得清他穿的是破爛衣服嗎？」

這一問——使哈克一時答不上話，後來他才說：

「啊，我不知道——可是，我好像是看出來了。」

「後來他們就再往前走，你就……」

「跟著他們走——是的，就是這樣。我要看看究竟是怎麼回事——他們那樣偷偷摸摸地走實在是有點蹊蹺。我一直跟著他們走到寡婦的梯階那兒，站在黑暗當中，聽見那個穿破衣服的人替寡婦求饒，那西班牙老傢伙卻發誓要毀掉她的臉相，就像我告訴您和您那兩個……」

「怎麼！那個又聾又啞的人居然說了那麼多話呀！」

哈克又犯了一個絕大的錯誤！那個西班牙人究竟是誰，他原本想極力不讓這位老人得到絲毫聯想的線索，可是他雖然拚命在注意，他的嘴卻似乎是偏要給他找麻煩。他幾次設法要想逃出窘境，可是那老人的眼睛老在盯住他，於是他一次又一次地露了馬腳。隨後那威爾斯人便說道：

「好孩子，你別怕我。我無論如何連一根頭髮都不會傷害你。不會——我要保護你——我要保護你。這個西班牙人並非又聾又啞；你無意中洩露了秘密，現在你再也掩蓋不住了，你想把那個西班牙人隱瞞起來，其實他的事情你是知道一些的。現在你相信我吧——把實情告訴我，儘管相信我吧——我不會洩露你的秘密。」

哈克盯住那老人誠實的眼睛望了一會兒，然後彎過身去，對他耳朵裡悄悄地說：

「那不是個西班牙人——那是印弟安・喬！」

那威爾斯人幾乎從他的椅子上跳起來了。過了片刻工夫，他就說：

「現在事情完全明白了，你說到什麼把耳朵拉個缺口和拉開鼻子的時候，我還以為那是你自己編出來的一套，因爲白人是不會採取這種報復手段的。原來是個印第安人！那根本就完全是另外一回事嘍！」

吃早飯的時候，談話還在繼續著，在這番談話當中，老人說他和他的兒子在睡覺之前還做了一件最後的事情，那就是打著燈籠到那梯階和附近的地方去，察看一下是否有血跡。結果他們沒有發現血跡，可是找到了很大的一捆……

「一捆什麼？」

即使這幾個字是閃電，也不可能顯出更令人吃驚的突然神氣，從哈克那發白的嘴唇裡迸出來。這時候他的眼睛睜得很大，呼吸也停止了──他在等著回答。威爾斯人大吃一驚──他也瞪著眼睛望著哈克──三秒鐘──五秒鐘──十秒──然後他回答說：

「一捆夜賊用的傢伙。咦，你怎麼啦？」

哈克把身子往後一靠，微微地喘著氣，可是他感到深深的、說不出的快慰。威爾斯人嚴肅地、好奇地注視他──隨後又說：

「是的，夜賊用的傢伙。這好像是叫你放心得多了，可是剛才你怎麼那麼吃驚呢？你原來猜想我們找到的是什麼東西呢？」

這一問把哈克逼得很緊──探詢的眼光在盯著他──他情願付出一切代價，換取一個顯得有理的回答措詞──他想不出什麼好主意──只有一個毫無意義的回答在他腦子裡出現──他來不及估量，於是就硬著頭皮說了出來──聲音很低：

「主日學校的課本吧，也許是。」

可憐的哈克太難受了，他簡直笑不起來，可是那老人卻哈哈大笑，笑得很開心，把周身從頭到腳的各部分都笑得發抖，最後他說這種笑等於口袋裡的錢，因爲它可以減少付給醫生的診費，效果大極了。然後他又說：

「可憐的小伙子，你臉色發白，臉都變樣了呢──你一定是很不舒服──難怪你有點兒心神不寧、沈不住氣，不過你會好過來的。我相信你只要多休息休息再睡一覺，就會什麼毛病都沒有了。」

哈克那麼笨頭笨腦，竟至露出那種可疑的激動神氣，他想起來不免煩躁。原來他在寡婦的梯階那裡聽到那兩個傢伙的談話，馬上就改變了想法，不再認爲他們從旅舍帶出來的那包東西是那份財寶了。不過他只是以爲那不是財寶，而不知道那的確不是，所以他一聽見老人提到他拾到一捆東西，就無法保持鎮靜。可是整個說來，他還是因爲發生這段插曲而高興，因爲現在他無疑地知道那一捆東西並不是那一捆東西，所以他心裡就安然無事，而且非常舒服。事實上，現在一切的事情似乎都是朝著正確的方向走；那份財寶一定還在第二號，那兩個人會在當天被捕，關進監牢，他和湯姆可以在當天夜裡拿到那些黃金，一點也不會有什麼麻煩，也無須擔心什麼打攪。

早餐剛剛才吃完的時候，外面有人敲門。哈克連忙跳開，想找個躲避的地方，因爲他絲毫也不願意和最近那件事情發生任何關係。威爾斯人讓幾位女客和紳士進來了，其中有道格拉斯寡婦，同時還看到一群一群的人往山上爬——去仔細看看那梯階。原來是消息已經傳播開了。

威爾斯人不得不把那晚上的事情向客人們敘述一遍。寡婦也把她自己因爲得到保護而感到的感激心情爽爽快快地說了出來。

「您別提了吧，太太，另外還有個人也許比我和我的孩子們更値得您感謝，可是他不許我說出他的名字。要不是有了他，我們還不會上那兒去呢。」

這話當然引起了絕大的好奇心，以至於幾乎使主要的事情都顯得無足輕重了——可是威爾斯老人卻不肯說出他的秘密，偏讓這種好奇心深深地印入客人們的腦子裡，再由他們把它傳遍全鎮。後來他把其他一切都說明了之後，寡婦說道：

「我那時候上床睡覺了，還在床上看書，後來外面鬧得那麼凶，我可是睡著了，一直都沒醒，你們怎麼不來把我叫醒呢？」

「我們覺得那不值得驚動您。那兩個傢伙看樣子不會再來——他們想要再幹也沒有傢伙了，並且我們要是叫醒您，把您嚇得要死，那有什麼好處？我們走了之後，我家裡那三個黑人整夜都在您門外守衛哩！他們剛剛才回來。」

又有別的客人來了，主人只好把那件事情說了一遍又一遍，一直又說了兩個鐘頭。

走讀學校放假的期間，主日學校也不上課，但是大家都老早就到教堂去了。那驚人的事件已經傳得滿城風雨了，據說始終還沒有發現那兩個歹徒的蹤影。佈道完畢之後，柴契爾法官的太太跟著人群順著走道走出來的時候，緩下腳步來和哈波太太走成並排，說道：

「我的貝琪難道要睡一整天嗎？我本就料到了她會累得要命哩。」

「您的貝琪？」

「是呀，」法官太太露出驚駭的神色——「她昨晚上不是住在您那兒嗎？」

「什麼，沒有呀！」

柴契爾太太臉色慘白，一下子坐倒在教堂裡一個座位上，恰巧在這時候，波莉阿姨和一個朋友談得興致勃勃，正由旁邊走過。波莉阿姨說：

「您好，柴契爾太太。您好，哈波太太。我家那個淘氣孩子不見了，我猜我的湯姆昨晚上大概是在妳們家裡過夜——不知是在妳們哪一位家裡。現在他不敢來作禮拜，我可得找他算算帳。」

柴契爾太太軟弱無力地搖搖頭，臉色變得更加慘白了。

「他並沒有在我那兒住。」哈波太太說，同時她開始感到不安。波莉阿姨臉上露出了顯然的焦慮神色。

「喬伊·哈波，你今天早上見過湯姆嗎？」

「沒有，伯母。」

「你最後看見他是在什麼時候？」

喬伊想要記起來，可是記不清楚，不能肯定地回答。往教堂外面出去的人們都停下來不走了。大家交頭接耳把消息傳開，每個人的臉上都籠罩了一種不祥的焦慮。孩子們都受到焦急的詢問，年輕的老師們也是一樣。他們都說渡船開回來的時候，沒有注意湯姆和貝琪是否在船上；那時候已經天黑了，誰也沒有想起要問一問是否有人不見了。最後有一個年輕人突然說是他們恐怕還在洞裡！柴契爾太太馬上就暈過去了。波莉阿姨大哭起來，一面還用力扭著雙手。

這個驚人的消息飛快地從大家嘴上傳出去，一群人傳到一群人，一條街傳到一條街，還不到五分鐘，教堂的鐘就叮噹叮噹地大響起來，把全鎮的人都驚動了！加第夫山的事件馬上就沒有人重視了，那兩個賊也被人忘記了，大家趕緊把馬套上鞍子，把小艇配備了划手，叫渡船開出去；這陣恐懼還不到半個鐘頭，就有兩百多人由大路和河道紛紛向石洞那邊蜂擁而去了。

在那整個漫長的下午，村裡似乎是空空洞洞、死氣沈沈。有許多婦女去探訪波莉阿姨和柴契爾太太，想要安慰她們。她們還陪著她們倆一起哭，這比言語的安慰更好。整個沈悶的一夜，鎮上一直在等待消息；可是到了天色終於破曉的時候，傳來的消息卻只是，「再送蠟燭來——送食物來。」柴契爾太太幾乎是神經錯亂了；波莉阿姨也是一樣。柴契爾法官從洞裡派人送來樂觀和鼓舞的喜訊，可是這些消息並沒有帶來真正的歡喜。

威爾斯老人在天快亮的時候回家了，他渾身滴滿了蠟燭油，沾滿了黏土，幾乎累得精疲力竭了。他發現哈克還在給他預備的那張床上，發著高燒，昏迷不醒。醫生們都到石洞那裡去了，所以道格拉斯寡婦就來照料病人。她說她要盡力看護他，因為不管他是好是壞，或是也不好也不壞，他究竟是上帝的孩子，只要是上帝的，那就無論怎樣都不應該忽視。

威爾斯老人說哈克有他的一些優點，寡婦也說：

「的確不錯。那是上帝留下的記號，上帝絕不會疏忽，祂是從來不疏忽的。凡是祂手裡造出來的生靈，祂總要在他身上某一處地方留個記號。」

下午還早的時候，就漸漸有一隊一隊累得要命的人左歪右倒地回到村裡來，可是最強壯的村民還是繼續在那裡尋找。所能得到的消息只是說洞裡從來沒有人到過的深處都有人在搜尋；每個角落、每個裂口都會經過徹底的探索；每逢有人在那許多通道交叉的迷宮中鑽來鑽去的時候，總是看見老遠有亮光到處閃動，嚷叫和放射手槍的聲音順著那些陰

森的通道發出空洞的混雜回聲，傳到耳朵裡來。有一處，在遠離一般遊客所穿行範圍的地方，有人發現了**「貝琪和湯姆」**的名字用蠟燭的煙子燻在岩壁上，附近還有一小截油污的緞帶子。柴契爾太太認出了這截緞帶子，便對著它痛苦起來。她說這是她從她的孩子那裡所能得到的最後一件遺物了；還說她的其他紀念品再沒有像這樣寶貴的了，因爲這件東西是她遭到慘死之前最後離開她的肉體的。有人說洞裡時時都有老遠的一點亮光微微閃動，然後就會爆發出一陣歡天喜地的呼聲，於是就有一、二十個人排著隊順著那發出回聲的通道跑過去——然後照例是遭到令人心煩的失望；那兩個孩子並不在那兒，原來那是搜尋人的亮光。

三個可怕的晝夜在沈悶的光景裡熬過了，村裡陷入了絕望的茫然狀態。誰也沒有心思做任何事情。剛才偶然發現的一件事情——那禁酒旅舍的東家在他的房子裡居然存著酒——雖然是驚人的消息，卻絲毫不怎麼令人興奮。

哈克在他神智清醒的時候，軟弱無力地把話題拉到旅舍的問題上，最後還問到他病了之後，是否在那禁酒旅舍裡發現過什麼東西——他心裡暗自擔心著會有最不幸的消息。

「發現過。」寡婦說。

哈克把眼睛睜得好大，在床上驚坐起來：

「怎麼！發現了什麼東西？」

「酒呀——旅舍已經查封了。躺下吧，孩子——你把我嚇了一大跳！」

「您只要告訴我一件事情就行了——只有一件事情——請您告訴我！是不是湯姆．索亞發現的呢？」

寡婦突然哭起來了，「安靜點，安靜點，孩子，安靜點！我早就對你說過，你千萬不能說話。你的病很不輕，很不輕呢！」

那麼，除了酒以外，並沒有發現什麼了；要是發現了黃金，那麼，大家一定會大談特談。足見那份財寶是永遠找不著了？永遠找不著了！可是，她究竟爲什麼哭呢？她忽然哭了起來，眞是怪事。

這些念頭模模糊糊地在哈克心裡轉了一會兒，這使他精神疲憊不堪，因此他就睡著了。

寡婦暗自想道：

「唔——他睡著了，可憐的小倒楣蛋。還說湯姆．索亞找到的呢！可惜沒有人能找到湯姆．索亞！哎，現在還抱著希望，還有氣力繼續去找他的，已經沒有剩得多少人了。」

31 找到之後又失蹤了

現在再來說說湯姆和貝琪參加那次野餐的情況吧！他們跟著其他同伴在那些陰暗的通道裡穿過，遊覽洞裡那些大家熟悉的奇跡——這些奇跡都被人取了一些形容得過分的名字，如「會客廳」、「大教堂」、「阿拉丁的宮殿」❶等等。隨後捉迷藏的遊戲開始了，湯姆和貝琪熱心地參加著，直到後來因爲玩得太起勁，漸漸有些使人厭倦的時候，他們就隨便順著一條彎彎曲曲的通路往前走，手裡高舉著蠟燭，唸著岩壁上用蠟燭煙燻上的那些彎彎扭扭的蜘蛛網似的人名、日期、通信地址和格言之類的字跡。他們再往前隨意走著，一面談著話，不知不覺地走到岩壁上沒有燻字的地方了。他們在一個岩石的突出部分底下燻上了自己的名字，再往前走。不久他們就來到了一處地方，那兒有一小股流水從一個突出的岩層上流下來，那水裡帶著石灰石的沈渣，經過窮年累月的時間，聚結成了一道閃爍的、不朽的石墜，像一道鑲著邊的、起皺紋的大瀑布一般。湯姆把他那小小的身體擠到石墜後面去，爲的是要從裡面把它照亮，好叫貝琪看了高興。他發覺那石墜遮住了一道夾在狹窄石壁當中陡峭的天然石階，於是他立刻就起了一種野心，想做一個探險家。貝琪響應他的號召，於是他們用煙熏了一個記號，作爲以後引路的標誌，隨即就開始探察。

---

❶阿拉丁是《一千零一夜》中的人物，「阿拉丁的宮殿」是他用「神燈」變出來的宮殿。

他們在洞裡東轉西繞鑽進秘密的深處，又留了一個記號，然後再往岔路上去探索新奇的東西，以便回到外界去告訴別人。有一處他們發現了一個寬大的石窟，從那石窟的頂上垂下許多像人腿那麼長、那麼大的鐘乳石；他們在石窟裡整整轉了一周，又是驚奇，又是讚嘆，隨後就從那通著石窟的無數通道之中的一條走出去了。他們順著這條路走去，不久就到了一個美妙的泉水所在，泉水的池邊鑲著一層閃亮水晶體構成的霜花；這個泉水在一個石窟當中，石窟的四壁由許多稀奇古怪的柱子撐持著，這些柱子都是由一些大鐘乳石和大石筍上下連接而成的，那是千萬年來不曾間斷的滴水的結果。石窟頂下有一大群一大群的蝙蝠結集在一起來，每一群有成千上萬那麼多；燭光驚動了這些小動物，於是它們就幾百幾百地成群飛下來，一面尖叫，一面向蠟燭猛撲。湯姆知道它們的習慣和這種行動的危險，他拉住貝琪的手，推著她往首先發現的一個通道裡去；這一招做得正好，因爲貝琪走出石窟的時候，就有一隻蝙蝠用它的翅膀撲滅了她的蠟燭。那些蝙蝠把孩子們追了很遠；可是這兩個逃亡者碰到每一條新出現的通道都往裡面鑽，最後終於擺脫了這些危險的東西。湯姆不久就發現了一個地下湖，在黑暗中往遠處伸展，一直到它的輪廓在暗影中看不見了。他要去探察它的岸邊，可是終於決定最好還是先坐下來休息一會兒。現在這地方深沈的寂靜第一次伸出一隻恐怖且冰冷黏濕的摩掌抓住了這兩個孩子的心靈。

貝琪說：「噢，我簡直沒注意，我們好像有挺大挺大的工夫沒聽見別人的聲音了。」

「妳要知道，貝琪，我們已經離開他們很遠，跑到他們底下來了——我不知道我們跑了多遠，也分不清到底是東西南北哪一方。我們在這兒聽不見他們的聲音了。」

貝琪漸漸擔心了起來。

「我不知道我們到這下面來了多久了，湯姆。我們還是動身往回走吧！」

「是呀，我想著也是回去好，也許回去好些。」

「你找得著路嗎，湯姆？我覺得這裡面簡直是彎彎曲曲，亂七八糟。」

「我想我能找得著路——可是那些蝙蝠眞討厭。要是它們把我們的蠟燭都弄滅了，那可眞糟糕。我們還是另外找條路試試看吧，免得再走那兒通過。」

「那也好。不過我希望我們可別走迷了路才好，那眞是太可怕了！」這女孩一想到有發生這種危險的可能，不禁打了個冷顫。

他們穿過一條通道動身往前走，一聲不響地走了很遠，每逢有個新的出口就要望一眼，看看那樣子是不是有點像他們見過的地方，可是每處都是陌生的。每次湯姆仔細察看的時候，貝琪就盯住他的臉，希望能看到一點令人鼓舞的表情；他卻總是愉快地說：

「啊，沒關係。這個出口不對，但我們馬上就可以找到！」

可是，一次又一次的失敗使他越來越覺得沒有希望，隨後他就乾脆向那些岔路裡拚命亂闖，希望能找到他所要找到的出口。他嘴裡還是「沒關係」，可是心裡卻有一種沈重的恐懼，以至於他說出來的話失去了爽朗的聲調，聽起來好像他說的是「一切都完蛋了！」貝琪懷著極度恐懼的痛苦心情，緊緊地貼著他身邊，極力想止住眼淚，可是眼淚還是要流出來。

後來，她終於說：「啊，湯姆，不管那些蝙蝠吧，我們還是朝那邊往回走！看樣子我們一直都是越走越不對頭了。」

湯姆站住了。

「妳聽！」他說。

深沈的寂靜，靜得連他們呼吸聲息都可以聽得很清楚。湯姆大聲喊叫，他的喊聲順著那些空洞的通道傳過去，一路發出回聲，老遠地變成一個微弱的聲音，漸漸聽不見了，那遠處的微弱聲音簡直像是一陣嘲弄的笑聲一般。

「啊，可別再這麼嚷了，湯姆，太嚇壞人了。」貝琪說。

「的確是嚇人，可是我還是要嚷嚷才好，貝琪。他們也許會聽見的，妳要知道。」於是，他又喊了一聲。

「也許」這兩個字甚至比那可怕的嘲笑聲還更加令人恐懼，因爲這分明是承認越來越沒有希望了。兩個孩子站住靜聽，可是毫無結果。湯姆馬上轉過身來往回走，並且還加快了腳步。只過了片刻的工夫，他的態度又表示出一種舉棋不定的意味，使貝琪發現另一個可怕的事實——他連往回去的路也找不著了！

「啊，湯姆，你怎麼沒留下一些記號呀？」

「貝琪，我眞傻透了！傻透了！我根本沒想到我們還得往回走！糟了——我找不著路，簡直弄不清楚了。」

「湯姆，湯姆，我們迷路了！我們迷路了！我們永遠也走不出這個可怕的地方了！啊，我們爲什麼要離開別人走呢！」

她軟弱無力地往地上坐著，哇哇地哭得要命，這可把湯姆給嚇壞了，使他想到她可能會死去，或是發瘋。他在她身邊坐下來，伸出胳膊去摟著她；她把臉鑽進他的懷裡，同時緊緊地靠著他，盡情地傾吐她的恐懼心情和無益的悔恨，遠處的回音把她的傾訴通通都變爲嘲弄的笑聲了。湯姆懇求她重新鼓起勇氣，恢復信心，可是她說她辦不到。他就開始責備自己不應該把她弄到這種不幸的地步；這卻產生了較好的效果。她說她要極力恢復希望，只要他不再說這種話，那就無論他領著她到什麼地方去，她也要站起來跟著他走。因爲她說他的過錯並不比她自己的大。

於是，他們又往前走——毫無目的地——乾脆就是亂走——他們所能做到的只有往前走，繼續往前走。有一會兒工夫，希望又有復活的趨勢——並不是有什麼復活的理由，而是因爲希望的源泉還沒有由於時間太久和失敗太多而消滅的時候，它就自然是要復活的。

後來湯姆把貝琪的蠟燭拿過來把它吹滅了。這種節約眞是意味深長！那是無須解釋的。貝琪心裡明白，因此她又喪失希望了。她知道湯姆手裡拿了一整支蠟燭，口袋裡還裝著三、四支——

可是他還是不得不節約。

過了一會兒，疲勞開始強迫他們休息：這兩個孩子極力想要置之不理，因爲時間既已變得這麼寶貴，坐下來休息是不堪設想的事情；只要是往前走，只要是朝著某一方向走，朝著任何方向走，至少總是前進，可能會有結果：但坐下來卻等於坐以待斃，縮短死神的追蹤。

後來貝琪那柔弱的四肢終於不肯再拖著她往前走了，她只好坐了下來。湯姆也陪著她休息，他們就談起了家，談起家裡的親人和舒服的床鋪，尤其是亮光！貝琪哭了，湯姆極力要想出一個什麼方法來安慰她，可是他一切的鼓勵都因爲說得次數太多，變得陳腐無力了，聽起來就像是諷刺的話一般。疲勞沈重地壓迫著貝琪，以至於她終於昏昏入睡了。湯姆覺得滿心歡喜。他坐在那裡望著她那蹙眉噘嘴的面孔，看見它在愉快的美夢影響之下變得安靜而自然，隨即又有一副笑容露出來，繼續停留在她臉上。那平靜的面容使他自己精神上也多少受到了一些安心和撫慰的影響，於是，他的心思就轉移到往日的情景和夢一般的回憶上去了。當他正在深深地沈思的時候，貝琪發出一聲小小的、爽快的笑聲醒過來了——可是這個笑聲剛到嘴邊就遭到了致命的打擊，跟著就是一聲呻吟。

「啊，我怎麼居然睡著了！我還不如根本、根本就沒醒過來！不！不！我不是這麼想，湯姆！你別做出這個樣子！我絕不再說這種話了。」

「妳睡著了我很高興，貝琪；現在妳休息了一陣子，就會覺得精神好一些，我們正好找路出去哩。」

「我們可以試一試，湯姆；可是我在夢裡看到了一個非常美麗的地方。我想我們快要上那兒去了。」

「也許不會，也許不會。提起精神來吧，貝琪，我們還是得試一試才行。」

他們站起來，隨便往前走，兩人手挽著手，顯出絕望的樣子。他們想要估計一下自己在洞裡已經有多久了，可他們只知道那好像是有許多天、許多星期了，不過那又顯然是不可能的，因爲他們連蠟燭都沒有點完哩。後來過了很久——他們弄不清是多久了！湯姆說他們必須輕輕地走，聽聽滴水的聲音——他們必須找個泉水才行。不久他們就找到了一處，湯姆說又是該休息休息的時候，兩人都累得夠受了，可是貝琪說她覺得還可以再往前走一走。她聽見湯姆表示不同意，覺得很驚訝，她無法理解，於是他們坐下來，湯姆就把他的蠟燭用黏土黏在他們面前的石壁上。兩人都忙著想心事，過了一陣子沒有說話。然後，貝琪打破了沈寂說道：

「湯姆，我簡直餓得要命！」

湯姆從口袋裡拿出一點東西來。

「妳記得這個嗎？」他說。

貝琪幾乎笑起來了。

「這是咱倆的結婚蛋糕，湯姆。」

「是呀——我很希望它有一個桶子那麼大才好，因爲我們就只剩下這個了。」

「這是我在野餐的時候把它留下來，給咱倆想著玩的，湯姆，就像大人吃結婚蛋糕那樣可是現在它成了我們的……」

她說到這裡就不往下說了。湯姆把蛋糕分開，貝琪胃口挺好地吃著，同時湯姆卻把他那一份一點點咬著吃。吃過蛋糕之後，有的是充分的涼水給他們喝。後來貝琪又提議再往前走，湯姆停了一會兒沒有做聲，然後他說；

「貝琪，我要是跟妳說一件事情，妳能受得了嗎？」

貝琪臉上發白，可是她認爲她可以受得了。

「好吧，那麼，貝琪，我們就得在這種有水喝的地方待下去才行。那一小截就是我們最後的蠟燭了！」

貝琪放聲大哭起來。湯姆盡力安慰她，可是沒有什麼效果。後來，貝琪說：「湯姆！」

「怎麼，貝琪？」

「他們一看我們不在，就會來找我們！」

「是呀，他們會來！他們一定會來！」

「也許現在他們就在找我們哩，湯姆。」

「噢，我想他們也許是在找，我希望他們在找才好。」

「他們什麼時候才會發現我們不在呢，湯姆？」

「他們回到船上的時候，我猜是。」

「湯姆，那時候恐怕是天黑了吧——他們會注意到我們沒回去嗎？」

「那我可不知道，不過反正妳媽媽只等大家一回家，就會知道妳沒回去呀！」

貝琪臉上露出一種驚駭的神色，這使湯姆恍然大悟，知道自己弄錯了。貝琪原是說好了不回家的！於是，這兩個孩子都沈默起來，想著心事。過了一會兒，貝琪又突然說了一陣發愁的話，這使湯姆明白他自己心裡的一個念頭同時也在貝琪心頭浮現了——那就是，星期天的上午大概要過了一半，柴契爾太太才會發現貝琪不在哈波太太家裡。

兩個孩子都把眼睛盯著他們那一點點蠟燭，看著它慢慢地、毫不留情地熔化掉；最後只看見那半吋長的燭心獨自豎著；看見那微弱的火焰一起一落，又往那細長的一縷煙上面爬，在它頂上停留了片刻工夫，然後——一片漆黑的恐怖籠罩一切了！

這以後究竟過了多久，貝琪才慢慢地有了知覺，明白自己在湯姆的懷裡哭泣，他們倆都不知道。他們所知道的只是經過了一段好似是非常長久的時間之後，他們倆才從一陣昏睡中醒過來，又恢復了他們那不幸的情緒。湯姆說現在可能是星期天了——也可能是星期一。他極力設法引起貝琪說話，可是她的憂慮太使她受不了，她的一切希望都沒有了。湯姆說人家想必早已發現他們失蹤了，毫無疑問，大家一定是正在進行尋找。他要大聲喊叫，也許會有人過來，他試了一下；可是黑暗中的回聲聽起來特別可怕，因此他再也不敢試了。

時間慢慢地消耗過去，飢餓又來折磨這兩個小俘虜。湯姆那半塊蛋糕還剩下了一部分；他們兩人分來吃了，可是他們反而顯得比原先更餓，那可憐的一口食物徒然刺激了食慾。

過了一會兒，湯姆說：

「噓！妳聽見了嗎？」

兩人都停住呼吸來靜聽。有一個聲音好像是極微弱的、老遠的喊叫聲。湯姆立刻就回答了，並且他牽著貝琪的手，順著那個喊聲的方向在走道中摸索著走過去。隨即他又聽了一會兒，又聽見那個聲音，而且顯然是近一些了。

「是他們！」湯姆說：「他們來了！走吧，貝琪——我們現在不要緊了！」

這兩個俘虜的歡喜幾乎是使人激動得受不了。可是他們走得很慢，因爲腳下到處都是陷坑，不得不加小心。他們很快就遇到一個坑，因此不得不站住。這個坑也許有三呎深，也許有一百呎——總而言之，要想跨過去是不行的。湯姆仆倒在地上，儘量伸手往下探索。他摸不到底。他們必須在那兒待著，等待尋找的人過來。他們再聽，遠處的喊聲顯然是越來越遠了！再過了一兩分鐘，那聲音就根本聽不見了。這多麼倒楣，多麼叫人喪膽！湯姆拚命地嚷，一直嚷得嗓子都啞了，可是毫無用處。他滿懷希望和貝琪談話；可是過了很長的一段焦心盼望的時間，結果還是沒有再聽見什麼聲音。

兩個孩子又摸索著回到泉水那裡。令人睏乏的時間慢慢地拖下去；他們又睡著了，醒來時餓得難受，心裡苦痛不堪。湯姆相信這時候一定是星期二了。

現在他忽然有了一個主意。附近還有幾條支路。他們與其在這裡閒著受那坐以待斃的活罪，還不如到這些通道裡去探索探索爲好。於是他從口袋裡拿出一根放風箏的繩子，把它拴在一塊突出的岩石上，隨後他和貝琪就動身往前走，由湯姆領頭，一面摸索著前進，一面放開那根繩子。他們走了二十步之後，那條走廊就在一個凹下去的陡地方終止了。湯姆跪在地上，伸手往下面摸，然後儘量向他的手所能伸到的地方往那角落的周圍摸過去，他極力想要再向右邊伸出去一點，正在這時候，還不到二十碼以外，有一隻手拿著一支蠟燭從岩石背後出現了！湯姆拉開嗓子大聲歡呼，馬上又看見那隻手後面有一個人的身子跟上來——原來是印弟安·喬！湯姆嚇得魂不附體，

簡直不能動彈了。可是他隨即又看見那「西班牙人」拔腿就跑，逃出他的視線，這可眞叫他謝天謝地。湯姆不知道爲什麼喬沒有聽出他的聲音，跑過來殺死他，報他在法庭上作證的仇。想必是洞裡的回聲使他的聲音變了樣吧！他琢磨著那無疑地是這麼回事。湯姆所受的驚駭使他全身的筋肉都沒有力氣了。他暗自想著如果他還有氣力能夠回到那個泉水旁邊，他就要在那裡待著，無論什麼誘惑也不能引著他再冒著危險去和印弟安．喬見面了，他很小心，沒有向貝琪說明他碰見了什麼人。他只對她說，他是爲了「碰碰運氣」而大聲呼喊的。

可是到了後來，飢餓和疲憊終於戰勝了恐懼心理。他們又在泉水旁邊等了一段令人厭煩的時間，再睡了一大覺，結果就產生了變化。兩個孩子醒來的時候，都感到了劇烈飢餓的折磨。湯姆相信那一定是星期三或是星期四了，甚至已經到了星期五或是星期六，並且認定大家已經不再尋找他們了。他提議再到一條通道裡去探索。他覺得情願去冒那遭遇印弟安．喬和其他一切恐怖的危險，可是貝琪非常軟弱無力，她已經陷入了一種可怕的痲木狀態，無法喚起她的精神。她說她現在就在她所在的地方等死——大概沒有多久了。她向湯姆說，只要他願意，儘管帶著放風箏的繩子去探索；可是她懇求他每隔一會兒工夫就回來和她談談話，並且她還叫他答應到了那可怕的時刻就留在她身邊，握住她的手，直到一切完結爲止。

湯姆覺得嗓子裡有什麼東西梗住似的，他和她親吻，還故意裝出很有信心的樣子，表示很有把握能找到尋找他們的人，或是從洞裡逃出去；然後他把那根放風箏的繩子拿在手裡，手腳著地，順著那些通道之中的一條，摸索著爬過去；他因飢餓而感到苦痛，同時還因死亡將臨的預感而悲傷。

32 「快出來！找到他們了！」

星期二下午到了，並且漸漸拖到黃昏時分，聖彼得堡鎮還在哀悼，那兩個失蹤的孩子還沒有找到。大家爲他們舉行了公開的祈禱，私自爲他們祈禱的人也很多，個個都是誠心誠意地祈求；可是洞裡仍舊沒有傳來什麼好消息。

尋找的人大多數都停止尋找，又恢復日常的工作了，他們都說這兩個孩子顯然是永遠也找不到了。柴契爾太太病得很厲害，大部分的時間都在神智昏迷地胡言亂語。人家都說聽見她呼喊她的孩子，看見她抬起頭來，一次足足地傾聽一分鐘之久，然後疲憊地呻吟一聲，放下頭去，那種情形實在令人傷心。

波莉阿姨已經轉入了無言的悲愁，她那灰色的頭髮幾乎都變白了。村裡的人在星期二晚上各自休息，大家都懷著悲傷和絕望的心情。

那天半夜裡，村裡的大鐘忽然噹啷噹啷地大響起來，片刻之間，街上擠滿了衣服沒有穿整齊的人，瘋狂似地大嚷大叫：「快出來！快出來！找到他們了！找到他們了！」

除了這種喧囂之外，還加上了洋鐵盆子和號角的聲音；村裡的居民聚集成一堆，向河邊走去，迎接那兩個坐在一輛敞車上回來的孩子，車子由那些歡呼的居民拉著，前後左右還圍著許多人；迎接的人也跟著車子往回走，在大街上派頭十足地像一陣風湧過來，一面發出一陣又一陣的

歡呼聲！

村裡燈火輝煌，誰也不回去睡覺，這天晚上的偉大場面是這個小鎮從來沒有見到過的。在起初的半小時中，村裡的人排成了隊伍到柴契爾法官家裡去繞過一遍，大家都抱著那兩個得救的孩子，和他們親吻，並還捏一捏柴契爾太太的手，想說話又說不出來——然後像流水似地湧出到處都像下雨般掉了滿地的眼淚。

波莉阿姨快樂到了極點，柴契爾太太也差不多。只等派到洞裡去報告這個喜訊的人把消息告訴她的丈夫，她也就會快樂到極點了。湯姆在一張沙發椅上，身邊坐著許多熱心的聽衆；他敘述著這次稀奇的歷險經過，同時還添了許多動人的情節，大事渲染一番；最後他描寫了他怎樣離開貝琪，獨自去進行探險；怎樣順著兩條通道一直走到他那根放風箏的繩子所能夠得著的地方；怎樣再往第三條通道裡走，一直把那根繩子放到了不能再放的時候，他正想往回走，卻瞟見了老遠有一個發亮的小點，好像是日光；於是他就丟下繩子，摸索著向那個小點走過去，把頭和肩膀鑽出一個小洞，看見寬闊的密西西比河在那兒滾滾地流著！假如碰巧是在夜裡，他就不會看見那一點日光，也就不會再去探索那一條路了！他又敘述了他怎樣回去找貝琪，把這個好消息告訴她，她卻叫他不要拿這種胡說的話惹她心煩，因爲她很疲倦，知道自己快死了，而且也情願死去。他描寫他怎樣對她下了一番工夫，才使她相信了；她摸索到了看得見那一點藍色的天光的地方，又怎樣歡喜得要死；他又怎樣先鑽出那個小洞，然後幫助貝琪出去；他們怎樣坐在那裡，高興得大聲歡呼；有幾個人怎樣划著一隻小艇由那兒經過，湯姆又怎樣招呼他們，跟他們說明他們的遭遇和飢餓的情況；那幾個人起先又怎樣不相信這個荒唐的故事，因爲他們說，「你們在那個洞所在的山腰的下游有五哩遠。」——後來他們還是讓他們上了船，划到一個人家，給他們吃了晚飯，讓他們休息到天黑以後兩、三小時，然後才把他們送回家來。

天亮之前，送信的人才到洞裡順著柴契爾法官和跟他在一起尋找的那幾個人用麻繩在後面留下的領路線把他們找到，並且把這個好消息告訴了他們。

湯姆和貝琪不久就發現他們在洞裡勞累和飢餓了三天三夜，不是一下子就恢復得過來的。他們星期三和星期四兩天都完全睡在床上，而且似乎是一直都越來越覺得疲乏。湯姆星期四就稍微走動了一下，星期五就到鎮上去了，星期六差不多完全恢復了原狀；可是貝琪卻一直到星期天才走出她的房間，而且還好像是生過一場使人消瘦的大病一般。

湯姆聽說哈克生了病，星期五就去看他，可是人家不讓他進臥室去，星期六和星期天也進去不成。以後他每天都可以進去，可是人家警告他，千萬不要提起他的歷險經過，也不要說到什麼

使人興奮的事情。道格拉斯寡婦在旁邊監督著，叫他遵守。湯姆在家裡聽到了加第夫山的事件，也聽說了那個「穿得很破爛的人」的屍體終於在渡船碼頭附近的河裡被人發現了；他也許是想要逃跑，結果卻淹死了。

湯姆從洞裡得救以後，大約過了兩個星期就去看哈克；這時候哈克已經相當健康，可以聽令人興奮的談話了；湯姆有些這樣的話要和他談，也覺得那是會叫他很感興趣的。湯姆路過柴契爾法官的家，他就進去看看貝琪。法官和幾個朋友使湯姆打開了話匣子，有一個人用諷刺的口吻問他是否打算再到洞裡去。湯姆說他覺得他是滿不在乎的。

法官就說：

「是呀，湯姆，還有別人也像你這樣哩，我看毫無問題。可是我們已經想好了對付的辦法，誰也不會再在洞裡失蹤了。」

「爲什麼？」

「因爲我已經在兩個星期以前用鍋爐鐵板把洞

口的大門釘上了一層，並且上了兩道鎖——鑰匙在我手裡呢！」

湯姆臉色馬上變得慘白。

「怎麼回事，孩子？喂，快！誰去拿杯水來！」

有人拿了水來，潑在湯姆臉上。

「啊，現在你好過來了。你剛才是怎麼回事，湯姆？」

「啊，法官，印弟安·喬在洞裡呢！」

33 印弟安．喬的命運

幾分鐘之內，這個消息就傳出去了，十幾隻小艇裝滿了人，往麥克道格爾洞那邊開，隨後渡船也滿載乘客跟在後面。湯姆在柴契爾法官所乘的那隻小艇裡。

洞門打開的時候，一幅悲慘的情景在那個地方的暗淡光線之下呈現出來。印弟安．喬伸直身子躺在地上，已經死了，他把臉緊靠著洞門的縫，好像是他那雙渴望的眼睛始終盯著外面自由世界的光明和快樂，一直盯到了最後一秒鐘。湯姆心裡很難受，因爲他根據自己親身的經驗，知道這個倒楣蛋吃了多大的苦頭。他動了憐憫的心，可是現在他還是有了十分快慰和安全的感覺，這種心情使他想起當初說了那番話，證明這個殺人不眨眼的流浪漢的罪行之後，心頭一直壓著多大的恐懼；他對這一點是從來沒有像現在這樣看得明白的。

印弟安．喬那把獵刀還在他身邊，刀刃已經裂成兩半了。洞門底下那根墊腳的橫木被他費了很大的勁削開了一個缺口，並且鑿穿了；可是這卻枉費了力氣，因爲天然的岩石在洞門外面形成了一個門框，他那把刀碰到這種堅固的材料，就不起作用了，結果反而損壞了刀子。可是即使沒有石頭的阻擋，他的勞力也還是白費的，因爲印江．喬假如把那根橫木完全挖掉了，他那身體也不能從門底下鑽出來，而且他自己也明白這個。所以他拿刀鑿那個地方，只不過是爲了要找點事幹——爲了消磨那令人厭倦的時間——爲了使他那受著折磨的腦筋有所寄託。要是在平時，這個門廊裡可以發現遊客們留下的五、六截蠟燭頭插在那些隙縫裡，可是現在一截也沒有。那個囚犯已經把它們找出來通通吃掉了。此外，他還設法捉到了幾隻蝙蝠，也把它們吃了，只剩下幾隻腳爪。這可憐的倒楣蛋是餓死的。在附近的一處地方，有一個石筍已經慢慢地從地下往上長了許多個年代了，那是頭頂上一個鐘乳石的滴水積成的。那被囚的人敲斷了那隻石筍，在它的頂上放了一塊石頭，他在石頭上挖了一個淺淺的洞，用來接住那每隔三分鐘落下一滴的寶貴的水，這種滴水掉下來是很有規則的，簡直像鐘擺的響聲那麼沈悶——每一晝夜也不過積得起一茶匙那麼多。那一滴水在金字塔新建成的時候就已經在往下滴；在特洛伊陷落的時候也在往下滴；在羅馬城剛鋪地基的時候；在耶穌釘在十字架上的時候；在征服王創建不列顛帝國的時候；在哥倫布航海的時候；在來克星屯的屠殺慘劇還是「新聞」的時候❶，那一滴水都在往下滴。現在還在往下滴；而且將來這些事情從人類歷史的後期和世代流傳的史實的最後階段再往下推移，終於好像在漫漫長夜中似的，通通被人忘卻了的時候，它還是會往下滴。是否一切事物都有一個目標，有一個使命呢？這一滴水是否耐心地滴了五千年之久，特為準備供這個流浪的可憐蟲的需要呢？它是否在今後一萬年之中還要達到一個重要的目的呢？沒有關係，自從那個倒楣的混血種把那塊石頭挖個

❶最早的一座金字塔是五千多年以前修建的；特洛伊是小亞細亞古城名，相傳三千多年前被希臘人攻陷；羅馬古城是二千七百多年前修建的；耶穌被釘在十字架上是一千多年前的事；征服王是指英王威廉一世，他創建不列顛帝國是九百多年前的事；哥倫布航海是四百多年前的事；來克星屯的屠殺慘劇是一七七五年美國革命爆發時的事。

洞來接那些非常寶貴水滴的時候，到現在已經有許多年了，可是直到今天，遊客們來看麥克道格爾洞的奇景時，還是用最長久的時間來注視那塊令人感傷的石頭和那滴得很慢的水。「印弟安・喬的杯子」在這個石窟的奇蹟之中占著第一位；連「阿拉丁的宮殿」也比不上它。

印弟安・喬就在洞口附近埋葬了；周圍七哩內的人乘著船和大車從各市鎮和所有的農莊和小村成群結隊地到那兒來；他們還帶著孩子們和各種的食物；據他們說，他們看到喬下葬，差不多和看到他被處絞刑一樣痛快。

這件喪事結束了一件事情的繼續發展——那就是向州長請求寬赦印弟安・喬的運動。有許多人在請願書上簽了名，還開過許多次淚眼汪汪和振振有詞的會，選了一批菩薩心腸的婦女組織一個請願團，穿著滿身喪服到州長身邊去號哭，懇求他做一個慈悲的傻子，把他的職責置之度外。據說印弟安・喬殺過這村裡五位居民，可是那有什麼關係呢？即使他就是魔王，也還是會有不少的草包情願在請求寬赦的請願書上簽名，並且從他們那永遠沒有修理好而會漏水的自來水龍頭裡滴出淚水來灑在請願書上。

印弟安・喬埋了之後的那天早晨，湯姆把哈克帶到一個僻靜地方，和他談一件很重要的事情。這時候，哈克已經從那威爾斯人和道格拉斯寡婦那裡聽到了湯姆的全部歷險經過，可是湯姆說他估計還有一件事情，他們還沒有告訴他；那件事情就是他所要談的。

哈克臉上馬上露出了不痛快的神色。他說：

「我知道那是什麼事。你到第二號裡面去過，結果什麼也沒找到，只有一些威士忌。誰也沒對我說那是你；可是我一聽說那件威士忌的案子，馬上就知道那一定是你告的，並且我還知道你沒找到那筆錢財，因爲你儘管對別人都不聲不響，可是好歹總會找我，說給我聽。湯姆，早就有一種兆頭告訴了我，那份油水永遠也不會落到我們手裡。」

「噢，哈克，我根本沒告發那個旅舍老板呀！你總該知道那個星期六我去參加野餐的時候，他那小旅舍還沒出什麼毛病哪。你不記得那天晚上你該去守著嗎？」

「啊，不錯！哎，那簡直就像是一年以前的事了。就是那天夜裡，我跟在印弟安．喬後面到寡婦那兒去的。」

「原來是你跟著他呀！」

「是的——可是你千萬別說出去。我猜印弟安．喬死了還有朋友哩，我可不願意讓他們找到我頭上來，給我使壞。要不是我，他這陣子準到德克薩斯去了，準沒錯。」

於是，哈克把他那全部歷險經過都很親信地告訴了湯姆；湯姆原先從威爾斯人那裡所聽到的還只是一部分哩！

「哎，」哈克隨即回到本題說，「誰搞到了二號的威士忌，誰就搞到了那些錢財，我猜是——反正是沒有我們的份了，湯姆。」

「哈克，那些錢根本就不在那二號呀！」

「怎麼！」哈克目不轉睛地打量著他夥伴的臉色，問道，「湯姆，難道你又找到那些錢的線索了嗎？」

「哈克，就在那洞裡！」

哈克眼睛裡發出光來。

「你再說一遍吧，湯姆。」

「錢在那洞裡哪！」

「湯姆──哎，可別瞎說──你到底是開玩笑，還是說眞話啊？」

「是眞話，哈克──我一輩子不撒謊，現在還是一樣。你陪我一起到洞裡去，幫我把它弄出來，好嗎？」

「我敢打賭準去！只要我們能夠一路作上記號，走進去不會出不來，我就一定去。」

「哈克，我們這回到洞裡去，根本就一點什麼麻煩也不會有。」

「那好極了！你怎麼會知道那些錢在……」

「哈克，你別著急，等我們到了洞裡再說。我們要是找不到那些錢，我就答應把我的小鼓和我所有的一切東西通通給你。我賭咒說，一定給。」

「好吧──一言爲定。你說什麼時候吧？」

「你要說行的話，馬上就去。你身體有力嗎？」

「在洞裡老遠的地方嗎？這三、四天裡，我已經好一點了，可是要比一哩路還遠，我就走不了，湯姆──至少我覺得走不了那麼遠。」

「哈克，除了我一人，誰上那兒也得走五哩來路，可是有一條頂近的路，只有我一人知道，別人誰也找不著。哈克，我馬上就划小船把你帶到那兒去。我可以把它漂到那兒去，回來的時候我可以一個人划，你根本就用不著動手。」

「我們馬上就動身吧，湯姆。」

「好吧。我們得帶點麵包和肉，還有我們的菸斗、一兩個小口袋、兩三根放風箏的繩子，還得帶點他們叫做洋火的那個新玩意兒。我給你說吧，上回我在洞裡，好幾次我都想著，要是有洋火多好呀！」

中午稍過的時候，這兩個孩子從一個出門去了的居民那兒借一隻小艇，馬上就開了出去。他們到了「空心洞」下面幾哩的時候，湯姆就說：

「喂，你瞧這兒這一個高崖，從空心洞一直往下來都好像是一模一樣——沒房子，沒鋸木廠，矮樹叢都是一樣。可是你瞧見那崩了一塊山的地方上面那一塊白色的地方嗎？嗯，那就是我作的一個記號，現在我們該上岸了。」

他們就上了岸。

「喂，哈克，我們站在這兒，拿一根釣魚竿就可以搆得著我鑽出去的那個小洞洞。瞧你找不找得到。」

哈克把那一帶地方四處找遍了，什麼也沒有發現。湯姆挺得意地邁著大步走進一堆很密的五倍子樹裡，說道：

「哈，就是這兒！你瞧，哈克；這要算是這帶地方頂秘密的一個洞了，你可千萬別說出去。我老早就想當強盜，可是我知道我非得有這麼個地方才行，就可惜找不著。現在我們總算找著了，我們可得保守秘密，不過我們得讓喬伊．哈波和貝恩．羅杰入伙才行——因爲我們當然得有個幫，要不然就簡直沒有派頭。『湯姆．索亞幫』——這名字倒還挺好聽的，是不是，哈克？」

「嗯，實在是好聽得很，湯姆。我們搶誰呢？」

「啊，差不多誰都可以搶。攔路劫人——差不多都是這個辦法。」

「還把他們殺了嗎？」

「不，並不一定殺。把他們攆到洞裡藏起來，叫他們湊一筆贖款來才放。」

「什麼叫贖款？」

「就是錢嘛！你叫他們拚命地湊錢，讓他們的親戚朋友送來；要是把他們關了一年，還是湊不出錢來，那你就把他們殺了。普通都是這麼辦，不過女孩子們你可不能弄死，你把她們關起來，並不殺她們。女孩子們總是又漂亮、又闊氣，但一個個嚇得要命。你把她們的錶和別的東西都搶掉，可是老得在她們面前摘下帽子，說話也得客客氣氣才行。誰也沒有強盜那麼客氣——隨便看哪本書你都會明白。嗯，女孩子們慢慢就會愛上你，她們在洞裡待上一兩個星期之後，就不哭了，再往後你攆也攆不走她們。你把她們攆出去，她們馬上轉個身又回來了。所有的書裡都是這麼說的。」

「嘔，那可眞是妙透，湯姆。我想這比當海盜還強些。」

「是呀，有些地方是要強些，因爲這離家近，看馬戲什麼的也很方便。」

這時候什麼都準備好了，兩個孩子就進了洞，領頭的是湯姆。他們挺費力地鑽到了洞的那一頭，然後把那捻接起來的風箏繩子拴住，再往前走。他們走了幾步，就到了泉水那兒，於是湯姆就覺得渾身打了個冷顫。他把石壁上用一塊黏土黏住的那一點蠟燭心指給哈克看，並且敘述了他和貝琪睜眼望著那火焰一抖一抖和熄滅的情形。

兩個孩子漸漸把聲音低下來，變成了耳語，因爲這地方的寂靜和陰沈的氣氛使他們精神上感到沈重。他們再往前走，隨即就鑽進了湯姆的另外一條走廊，一直順著走過去，後來他們終於到了那個凹下去的陡地方。他們拿蠟燭一照，就看出那其實並不是一個懸岩，而是一座二、三十呎高的陡峭的黏土小山。

湯姆悄悄說：

「現在我來指一樣東西給你看吧！哈克。」

他高高地舉起蠟燭說道：

「你往犄角那邊儘量往遠處看吧！你瞧見了嗎？那兒——在那邊那塊岩石上——用蠟燭煙子燻的。」

「湯姆，那是個十字呀！」

「現在你說你那二號在什麼地方吧？『在十字下面。』咦？我就是瞧見印弟安．喬在那邊伸出蠟燭來的，哈克！」

哈克對那個神秘的標誌瞪著眼睛望了一會兒，然後用發抖的聲音說道：

「湯姆，我們快出去吧！」

「怎麼！連財寶也不要了嗎？」

「不要了——快走開吧！印弟安．喬的鬼就在那塊地方，一定是的。」

「不會，哈克，不會的。他的鬼會上他死的地方去——離這兒老遠，在洞口那兒——離這兒有五哩路呢。」

「不，它不會上那兒去，它會盯住擱錢的地方轉。我知道鬼的習慣，你也知道呀！」

湯姆有些害怕起來，擔心哈克說得不錯。不安的情緒在他心裡漸漸地增長了，可是他馬上有了一個主意！

「嘿，哈克，我們眞是大傻瓜！這兒有個十字，印弟安．喬的鬼是不會來的❷！」

這話說得很有道理，果然起了作用。

「湯姆，我沒想到這個，可是這話不假，這是我們的好運氣——我說的是那個十字。我看我們得往那邊爬下去找那個箱子。」

---

❷ 十字可以避邪，是西方的迷信。

湯姆在前面走，他一面下去，一面在那黏土的小山上挖一些簡單的梯階，哈克在後面跟著走。由那塊大岩石所在的小石窟，又分出四條通道。兩個孩子察看了三條，毫無結果。他們在離岩石腳下最近的那一條通道裡發現一個小小的窩，那裡面還用毯子鋪著一個小床；另外還有一只舊掛籃、一塊燻肉皮、兩、三隻啃得乾乾淨淨的雞骨頭，可是那兒並沒有那個裝錢的箱子。兩個孩子把這地方一遍又一遍地搜尋，還是枉然。湯姆說：

「他說的是在十字底下。咦，這是離十字底下最近的地方呀！總不會正在岩石底下吧，因爲岩石是牢牢地豎在地上的。」

他們把各處再搜尋了一遍，然後喪氣地坐下來。哈克想不出什麼辦法。

過了一會兒，湯姆才說：

「嘿，你瞧，哈克，岩石這邊土地上有腳印和蠟燭油，另外那幾邊都沒有。哈，那是怎麼回事？我看那些錢準是在岩石底下，我來把這層土挖開吧！」

「這倒是想得不錯，湯姆！」哈克興奮地說。

湯姆立刻拿出他那把「老牌巴羅刀」來，他還沒有挖到四吋深，就碰到了木頭。

「嘿，哈克——你聽見這聲音吧？」

哈克也連挖帶刨地幫著幹起來。他們不久就挖出了幾塊木板，搬到一邊，這幾塊木板掩蓋了一個通往岩石底下的天然裂口。湯姆鑽進這個裂口，拿著蠟燭儘量往岩石底下伸進去，可是他說看不到那條裂口的盡頭，於是他提議往裡面探索。他彎下腰來，由裂口下面穿過；那條狹道漸漸往下去。他順著那彎彎曲曲的路走，先往右，後往左；哈克在後面跟著。後來湯姆轉過一道短短的弧形路線，大聲喊道：

「老天爺，哈克，你瞧！」

果然是那箱財寶，一點也不錯，這東西放在一個隱密的小石窟裡，旁邊有一個空火藥桶、兩支裝在皮套裡的槍、兩、三雙印第安人的舊鹿皮靴、一根皮帶，另外還有一些雜七雜八的東西，都讓岩石上滴下來的水泡得透濕了。

「終歸還是找到了！」哈克伸出手到那些變了色的錢幣當中抓來抓去，一面說，「哦，我們可發財了，湯姆！」

「哈克，我向來就猜著我們會找得到的。這眞是太好了，簡直有點叫人不敢相信，可是我們到底找著了，一點也不錯！嘿——我們別再在這兒耗著吧！我們得把它拖出去。讓我試試能不能扛得動這個箱子。」

那個箱子大約有五十磅重。湯姆歪歪倒倒地勉強可以扛得動，可是卻不能隨隨便便把它搬走！」

「我早就猜對了，」他說：「那天在那鬧鬼的

屋子裡，連他們拿著都像是挺重的樣子，我看出來了，我覺得我想到了帶小口袋來，主意倒是不錯哩！」

那些錢不久就裝進口袋裡了，孩子們把它搬上去，拿到帶十字的岩石那兒。

「現在我們再去把槍和別的東西拿出來吧！」哈克說。

「不，哈克——留在那兒吧！我們要當強盜的時候，正好用得著那些傢伙。我們老把它們擱在那兒，還可以在那兒開痛飲會。那地方開痛飲會眞是愜意透了。」

「什麼痛飲會呀？」

「我也不知道。可是強盜們老愛開痛飲會，當然我們也就不開不行嘍！走吧，哈克，我們在這裡面待的工夫不小了。我猜現在已經不早了吧！我肚子也餓了，我們上了小船，就可以吃東西和抽菸。」

他們隨即就出了洞，鑽進那五倍子樹叢裡，小心地往外望了一陣，發現河邊沒有人，馬上就到小船裡吃起點心、抽起菸來了。太陽向天邊落下的時候，他們就撐著船離了岸，划著走了。湯姆在那一段很長的黃昏時候沿著河邊輕快地往上划，一面歡歡喜喜地和哈克閒聊，天黑之後不久就靠岸了。

「喂，哈克，」湯姆說，「我們把這些錢先藏在寡婦的柴火棚的樓上吧！明天早上我再過來，我們就可以點點錢數，兩人分了，然後我們再到樹林去找個地方，把它放得穩穩當當。你就悄悄在這兒待著，看住這點東西，等我跑去把班尼．泰勒的小車子偷過來，我一會兒就回來了。」

他走開了，隨即就拖著車子回來，把那兩個小口袋放在車上，再在上面鋪了幾塊破布，就拉著車子動身走了。兩個孩子走到威爾斯人家門口的時候，就停住來休息一下。後來他們正待準備繼續前進，威爾斯人卻走出來說：

「喂，那是誰呀？」

「哈克和湯姆．索亞！」

「好！跟我進來呢，孩子們，你們叫大家等了好久！喂！快點，趕快往前走——我來給你們拉車子。咦，看樣子應該是很輕，拉起來可是分量不小呀！車上裝著磚呢？還是破銅爛鐵啊？」

「破銅爛鐵。」湯姆說。

「我猜是哩！這鎮上的孩子們就是不怕麻煩，愛花許多工夫去找廢鐵賣給翻砂廠，找了半天也不過賣到六、七毛錢；要是幹正經事，賺一倍的錢還花不了那麼多工夫哪。可是這就是人的天性——趕快走吧，趕快走吧！」

兩個孩子想要知道爲什麼要那麼著急。

「先別管吧；我們到了道格拉斯家裡，你們就會明白了。」

哈克一向慣於被人無端歸罪，所以他就有些擔心地說：

「瓊斯先生，我們倆並沒做什麼壞事呀！」

威爾斯人大笑起來。

「噢，我也不知道，哈克，好孩子。我不知道是什麼事，你跟寡婦不是好朋友嗎？」

「是的。呃，反正她對我總算是挺夠交情。」

「那麼，好了。那你還有什麼可怕的？」

這個問題在哈克那遲頓的腦子裡還沒找到答案，他已經和湯姆一起被推進道格拉斯太太的客廳裡去了。瓊斯先生把車子放在門口，跟著走進來。

那裡面燈火輝煌，村裡稍有地位的人物都在座。那兒有柴契爾全家、哈波全家、羅杰全家、波莉阿姨、席德、瑪麗，還有牧師、報館主筆和許多別的人，大家都穿著最講究的衣服。寡婦非常熱烈地接待哈克和湯姆，無論是誰接待這麼寒傖的兩個孩子，最多也不過是這麼熱烈了。他們滿身都是黏土和蠟燭油。波莉阿姨羞躁得滿臉通紅，皺著眉頭直對湯姆搖頭。可是最難受的還是這兩個孩子，誰也趕不上他們一半。

瓊斯先生說：「湯姆還沒回家，所以我就不找他了；可是我偏巧在我門口碰見他和哈克，所以我就趕緊帶著他們進來了。」

「你做得很對，」寡婦說，「跟我來吧，孩子們。」

她把他們帶到一間臥室裡，對他們說：

「你們先洗一洗，換換衣服吧！這兒有兩套新衣服——襯衫、襪子，樣樣都齊全。這是哈克的——不，不用道謝，哈克——一套是瓊斯先生買的，另外一套是我買的，可是你們倆穿起來都合適。快穿上吧！我們等著你們——你們打扮好了就下來吧！」

她說完就出去了。

34 成堆的黃金

哈克說：「湯姆，我們要是找得到一根繩子，就可以溜之大吉。窗戶離地面並不太高。」

「瞎說！你幹嘛還要偷跑呢？」

「唉，我跟那麼一堆人在一起怪不習慣哩。我受不了，我可不下去，湯姆。」

「啊，眞討厭！那沒什麼了不起。我可一點兒也不在乎，我來幫你應付吧！」

席德出現了。他說：

「湯姆，阿姨等你等了一整個下午。瑪麗把你的好衣服預備好了，大家都爲了你挺著急的。嘿——這不是蠟燭油和黏土嗎，你的衣服上？」

「哼，席德先生，請你少管閒事。可是今天這兒大請其客，究竟是怎麼回事？」

「這又是寡婦舉行的宴會，她是常來這一套的。這回是因爲威爾斯人和他那兩個兒子那天晚上幫她逃脫了那場災禍，特爲他們請客的。嘿——你要願意知道的話，我倒可以告訴你一件事情。」

「唔，什麼事？」

「噢，瓊斯老先生今天晚上打算說出一件事情來叫大家大吃一驚，可是我今天偷偷地聽見他當成一個秘密告訴了阿姨，現在我看這簡直就算不了什麼秘密了。誰都知道了——連寡婦都知道，儘管她還要裝做不知道的樣子。瓊斯先生打定了主意要哈克到這兒來——要是哈克不在場，他那個大秘密說出來就沒意思，你知道吧！」

「什麼秘密，席德？」

「關於哈克盯著強盜上寡婦那兒去的事。我猜瓊斯先生還想靠他這件叫人吃驚的事大熱鬧一場，可是我敢說那簡直會吹台。」

席德顯出心滿意足的神氣，嘻嘻地笑著。

「席德，是你把這秘密說出去的嗎？」

「啊，別管是誰說的吧！反正有個人說出去了——這就夠了。」

「席德，這個鎮上只有一個下流傢伙才會幹這種事，那就是你。要是把哈克換成你，那你就會溜下山去，根本不會向誰報告強盜的消息。你就專會幹卑鄙齷齪的事，人家做了好事情，你還不願意看見別人誇獎他。好，賞你這個——照寡婦的說法，不用道謝了。」湯姆一面說，一面打了席德兩個耳光，一連踢了他幾腳，把他攆出門去，「好，快去向阿姨告狀吧，只要你敢——明天你就知道厲害！」

幾分鐘之後，寡婦的客人都坐上了晚餐席，十幾個孩子在同一間屋子裡被安排在旁邊的小餐桌上規規矩矩地坐著，這是那帶地方當時的習慣。到了適當的時候，瓊斯先生就發表了一篇短短的演說，他謝謝寡婦給他和他的兒子們這麼大的體面，可是他說另外還有一個人卻很謙虛——以及其他等等的話。他用最富於戲劇性的章法突然宣布他的秘密，把哈克在這次歷險經過當中所起的一份作用告訴大家；這種章法原是他的拿手好戲，可是他的故事所引起的驚訝主要是假裝的，

而且這種情緒不如在較好的情況下所能表現的那麼熱鬧，那麼充沛。但是寡婦還是裝出相當驚異的樣子，拚命地給哈克戴了一大堆高帽子，說了許多感激的話，以至於哈克因爲成了大家注視和讚揚的對象而感到完全無法忍受的不安，反而把他那身新衣服所引起的幾乎無法忍受的不安差不多忘記了。

寡婦說她打算在她家裡把哈克收養下來，給他受教育；並且說等她出得起一筆錢的時候，就要讓他開始去做一個小規模的買賣。這時候湯姆的機會來到了。他說：

「哈克用不著您的錢，他發財了。」

在座的來賓爲了不失禮貌，便拚命忍住，總算沒有爲了恭維這句有趣的笑話而發出一陣應有的哈哈大笑，可是大家的沈默有些尷尬。湯姆打破了這種沈默：

「哈克已經有錢了，也許你們還不太相信，可是他已經有了一大堆的錢。啊，你們千萬別笑——我看我可以拿來給你們瞧瞧，請你們等一會兒吧！」

湯姆跑到門外。客人們懷著莫名其妙的興趣互相望一望——又以疑惑的眼光望著哈克，可是哈克窘得說不出話來。

「席德，湯姆害什麼毛病？」波莉阿姨說，「他——哎，這孩子老是叫人猜不透，我從來沒有……」

湯姆背著那個挺重的口袋，壓得歪歪倒倒地走進來，波莉阿姨那一句話也就沒有說完。湯姆把那一大堆金幣倒在桌子上，說道：

「瞧——我剛才怎麼跟你們說的？一半是哈克的，一半是我的！」

這種光景把全體在座的人都嚇得大吃一驚。大家都瞪著眼睛望著，一時誰也沒有說話。然後大家一致要求湯姆說明原委。湯姆說他可以說明，於是他就照辦了。他的故事很長，可是極有趣味。幾乎沒有任何人插嘴來打斷這個滔滔不絕的故事。他講完之後，瓊斯先生說：

「我原來還以為我給今天這個場合安排了一點叫人吃驚的花樣，可是現在那簡直不算什麼了。我情願承認，這件意外的事情使我說的那件事兒聽起來太沒勁了。」

有人把錢清點了數目，總計竟有一萬二千多元。在場的人雖然有幾位的財產總值比這個數目還要多得多，可是誰也從來沒有一次見過這麼一筆巨款。

35 體面的哈克加入了強盜幫

湯姆和哈克發了意外橫財的消息在聖彼得堡鎮這個貧窮的小村莊引起了一陣大大的轟動，讀者對於這點大概是信得過的。這麼一大筆錢，全部都是現款，好像是幾乎令人不相信。大家都談論這個奇聞，對它表示羨慕並稱讚不已，以至於後來有許多村民因爲那種損害健康的興奮心情使他們神經過於緊張，弄得頭腦都有些恍恍惚惚了。

聖彼得堡和鄰近各村的每一所「鬧鬼的」房子都被人把一塊一塊的板子撬開，地基也被挖掘，大家都去搜尋埋藏的財寶——這些人並不是小孩子，而是大人——其中有些人還是相當嚴肅的、不追求幻想的人物。湯姆和哈克無論在什麼地方出現，他們都要受人巴結、羨慕和注視。這兩個孩子想不起他們說的話從前曾經受人重視過，可是現在他們的話卻被人看得很寶貴，被人重述；他們的一舉一動似乎都有點被人認爲了不起；他們顯然已經失去了做平凡的事和說平凡的話的能力了；不但如此，還有人把他們過去的經歷搜集起來，而且發現那是具有顯著的與衆不同的特點。村裡的報紙還發表了這兩個孩子的小傳。

道格拉斯寡婦把哈克的錢拿出去照六分息放債，柴契爾法官也接受了波莉阿姨的委託，把湯姆的錢照樣處理。現在這兩個孩子各人都有了多得驚人的收入——一年之中所有的平常日子和一半的星期日，每天都有一塊大洋。這和牧師的收入恰好相等——不對，牧師的收入還靠不住，人家答應了給他這麼多，他可是往往收不齊。在當初那種生活簡樸的日子，每星期有一元二角五分錢就可以夠一個小學生的膳宿和上學的費用——並且還連穿著和洗衣服的錢一併計算在內。

柴契爾法官對湯姆非常器重。他說一個平凡的孩子絕不能把他的女兒從洞裡救出來。貝琪非常秘密地把湯姆在學校裡替她挨鞭子的情形告訴她的父親的時候，法官顯然是大受感動；她說到湯姆爲了把那一頓鞭打從她身上轉到他自己身上而撒的那個大謊的時候，就懇求她的父親原諒他，可是法官熱情迸發地說那是句高尚的、慷慨的、寬宏大量的謊話——這句謊話有資格昂頭來邁步前進，在歷史上永垂不朽，與華盛頓曾經大受表揚的那句關於斧頭的老實話❶爭光！貝琪覺得她父親踏著地板、跺著腳說這句話的時候所顯出的那副了不起的神氣是她從來沒有見過的。她馬上就跑去把這件事告訴了湯姆。

柴契爾法官希望湯姆將來成爲一個大律師或是著名的軍人。他說他打算設法叫湯姆進國立軍事學院，然後再到全國最好的法律學校去受教育，以便使他能在這兩者之中選擇一種作他的終身事業，或是二者兼任。

哈克有了錢財，又受了道格拉斯寡婦保護，他這種新的處境從此就使他進入了社交場合中——不對，是硬拖著他進去，硬把他扔進去的——於是，他的苦痛就幾乎使他無法忍受了。寡婦的僕人老把他連梳帶刷，收拾得乾乾淨淨，打扮得整整齊齊，每天晚上還給他床上鋪著毫不親

❶據說美國第一任總統華盛頓小時後曾拿父親給他的一把小斧頭砍掉一棵櫻桃樹，後來他父親查問起來，他不怕受到責罰，老老實實地承認了自己的過錯。

切的被單，那上面竟找不出一個小小的污點，好讓他按在心坎上當作知心的好朋友。他不得不用刀叉吃飯，還不得不用餐巾、杯子和碟子；他還得唸書，還得上教堂作禮拜；談起話來總得要斯斯文文，以至於語言在他嘴裡變得枯燥無味；無論他走到什麼地方，文明的柵欄和障礙物總是把他關在裡面，連手帶腳綑綁起來。

他勇敢地忍受了這些折磨，過了三個星期，然後有一天他就忽然失蹤了。寡婦急得要命到處尋找他，一直找了兩天兩夜。鎮上的人也都深爲關心；他們到處尋找，還到河裡去打撈他的屍體。第三天一清早，湯姆．索亞很聰明地到那廢棄的屠宰場後面放著的幾個舊空桶當中去搜索，果然在一個空桶裡把這個逃亡者找到了。哈克在那裡睡過了覺，剛剛吃過一些偷來的殘湯剩飯當早餐，正在拿著菸斗舒舒服服地歇一歇。他邋遢不堪，蓬頭垢面，又穿上了他自由快樂的時候使他顯得很有趣的那套破爛衣服。湯姆把他攆出

來，給他說明他所引起的麻煩並勸他回家。哈克臉上立即失去他那自得其樂的神情，換了一副發愁的樣子。他說：

「別提了吧，湯姆。我已經試過了，那簡直不對勁，簡直不對勁呀，湯姆。那種日子不是我過的，我過不慣。寡婦對我心腸好，夠交情，可是她那一套規矩，我實在受不了。她叫我每天早上準時起床；她叫我洗臉，他們還給我用力地梳頭；她還不許我在柴火棚裡睡覺，我得穿那些綁手綁腳的衣服，那簡直把我悶得透不過氣來，湯姆；那種衣服好像是一點也不透氣，不知怎麼的，那麼講究得要命，穿上了就簡直叫我坐也不敢坐，躺也不敢躺，更不敢到處打滾；我已經多久沒有溜進人家的地窖了，大概有——哼，好像是有好幾年了；我還得去作禮拜，眞是活受罪，活受罪——我恨透了那些屁錢不值的講道的鬼話！我在那兒不能抓蒼蠅，也不能嚼東西，整個星期天還得穿著鞋。寡婦吃飯也要搖鈴，睡覺也要搖鈴，起床也要搖鈴——什麼事都得按著死規矩，實在叫人受不了。」

「噢，大家都是那樣呀，哈克。」

「湯姆，那也不相干。我不比大家，我受不了！那麼綑得緊緊的，眞要命。吃的東西也來得太容易了——這種吃法我覺得沒味道。我要釣魚也得先問過寡婦，要去游泳也得問過她——簡直不管幹什麼都得先問過她才行。哎，我說起話來要斯斯文文，眞彆扭——我只好每天跑到頂樓上去，隨便亂罵一會兒，嘴裡才有點滋味，要不然我就活不下去了，湯姆。寡婦還不許我抽菸；她還不許我在人家面前喊叫，也不許我張大嘴，不許我伸懶腰，不許我抓癢——（然後他做出一陣表示特別煩躁和委屈的動作）還有呢，眞是活見鬼！她一天到晚老是禱告！我從來沒見過這種女人！我不溜掉不行呀，湯姆——我簡直非溜掉不行。還有那學校也快開學了，我要不跑就得去上學——噢，那我也是受不了的，湯姆。你瞧，湯姆，發了財並不像人家說得天花亂墜那麼快活。這簡直是叫人發不完的愁，受不完的罪，老是情願死了還好些。我在這兒穿上這套衣服挺合適，睡在這個桶裡也怪對勁，我可是拿定了主意，再也不離開它們了。湯姆，要不是因爲有了那些錢，我根本就不會惹上這些痲煩；現在把我那一份和你自己的都歸你拿去吧，有時候你給我個把角子就行了——用不著常給，因爲不管什麼東西，要是毫不費勁得來的，我根本瞧不起——現在你替我去跟寡婦告辭吧！」

「啊，哈克，你知道我辦不到，這是不合適的，並且那種生活你只要多試幾天，你慢慢就會喜歡的。」

「喜歡！是呀——就像一個火爐似的，我在上面坐的工夫大了，就會喜歡它吧！不行，湯姆，我可不要當富人，我也不要在那些倒楣又悶死人的房子裡住。我喜歡樹林子、喜歡河裡、喜歡這些大桶，我要跟它們在一起。倒楣！我們剛好找到了槍，找到了一個洞，什麼都安排好了，要去當強盜，偏巧就生出這件倒楣事，弄得一切都完蛋了！」

湯姆找到了機會——

「喂，哈克，發了財並不會妨礙我們去當強盜呀！」

「眞的嗎？啊，那可好極了！你說的是眞話嗎，湯姆？」

「一點也不假，可是哈克，你知道嗎？你要是不體面一點，我們可不能讓你入幫。」

哈克的一場歡喜又洩氣了。

「不能讓我入幫嗎，湯姆？你不是一講我去當過海盜嗎？」

「是呀，可是那跟這個不同。強盜比海盜的派頭要大一點——照一般習慣說。大多數的國家裡強盜在貴族當中的地位簡直高得要命——都是一些公爵之類的人物。」

「噢，湯姆，你不是向來跟我交情挺好嗎？你不會把我關在門外吧，是不是，湯姆？你不會那麼做吧，到底怎麼樣，湯姆？」

「哈克，我並不想把你關在門外，實在不願意那麼做——可是人家會怎麼說呢？噢，他們會說：『哼！湯姆．索亞的強盜幫！幫裡的角色這樣寒傖！』他們就是指你呀，哈克。你也不喜歡那樣，我也不喜歡哩。」

哈克楞了一下沒有做聲，心裡左思右想，不知怎麼才好。後來他說：

「好吧，湯姆，只要你讓我入幫，我就回到寡婦那兒去，再熬一個月試試，看看是不是會慢慢地受得了吧！」

「好吧，哈克，一言爲定！走吧，老伙計，我去要求寡婦對你放鬆一點吧，哈克。」

「眞的嗎，湯姆——眞的嗎？那很好。只要她把那些最難受的規矩放鬆一點，我就背著抽菸，背著說粗話，拚命熬下去，熬死了也活該。對了，你什麼時候成立這個幫，當起強盜來呢？」

「啊，馬上就幹起來。也許我們今天晚上就把小伙子們找到一起，舉行個入幫禮。」

「舉行什麼？」

「舉行入幫禮。」

「那是什麼回事？」

「那就是叫大家發誓互相幫助，永遠不洩露幫裡的秘密，哪怕你讓人家砍成肉醬也不能說出來，誰要是傷害在幫的人，就得把他和他家裡的人通通殺掉。」

「那可是好玩——那可是好玩透了，湯姆，眞是。」

「是呀，我也覺得好玩。發誓的那一套都得在半夜裡幹，還得找個頂偏僻、頂可怕的地方才行——最好是鬧鬼的房子，可是現在都拆掉了。」

「噢，反正半夜是挺好的，湯姆。」

「是呀，的確不錯。我們還得在棺材上發誓，還得用血來簽名。」

「哈，那可眞是太好了！喔，這可是比當海盜強到一百萬倍了。我決定一輩子跟寡婦在一起，湯姆；要是我成了一個道地呱呱叫的強盜，大家都談到這件事情，我想她準會因爲她把我從那倒楣的境況裡搭救出來了，覺得挺得意哩！」

尾聲

這個故事就是這樣完結了。這既然是個小孩子的故事，就非在這裡完結不可；要是再往下說，那就說不了多久就會成爲一個大人的故事了。寫關於大人的小說的時候，作者知道應該在什麼地方停筆——那就是，寫到結婚爲止；可是寫起少年人物來，就只好能在哪兒收場，就必須趁早收場。

這本書裡的登場人物大多數至今還在世，並且都富裕而快樂。也許將來有一天，不妨再把這裡面比較年輕的幾位的故事繼續往下說一說，看他們究竟成了哪一種人物；所以關於他們生活中的那一部分，目前最好乾脆就一字不提吧！

・如果看完《湯姆歷險記》還不太過癮的人；
・歡迎繼續閱讀以哈克貝利為主角的《頑童歷險記》。

國家圖書館出版品預行編目資料

湯姆歷險記／馬克 ・ 吐溫／著　張友松／譯
-- 修訂一版 -- 新北市：新潮社，2020.06
面；　公分
譯自：The Adventures of Tom sawyer
ISBN　978-986-316-763-1（平裝）

874.57　　109003910

湯姆歷險記

馬克 ・ 吐溫／著

張友松／譯

【策　劃】林郁
【制　作】天蠍座文創
【出　版】新潮社文化事業有限公司
電話：(02) 8666-5711
傳真：(02) 8666-5833
E-mail：service@xcsbook.com.tw

【總經銷】創智文化有限公司
新北市土城區忠承路 89 號 6F（永寧科技園區）
電話：(02) 2268-3489
傳真：(02) 2269-6560

印前作業　菩薩蠻、東豪印刷事業有限公司

二　版　　2020 年 06 月